文春文庫

耳袋秘帖

# 南町奉行と殺され村

風野真知雄

耳袋秘帖　南町奉行と殺され村●目次

耳袋秘帖

# 南町奉行と殺され村

この小説は当文庫のための書き下ろしです。

編集協力　メディアプレス
DTP制作　エヴリ・シンク

# 序章 殺しの見世物

## 一

江戸の町に、蝙蝠(こうもり)でも飛び交ったみたいに、おかしな噂が出回った。

「両国(りょうごく)の見世物小屋で人が殺された」

というのである。瓦版ではない。人の口伝えで広まっているらしい。

ところが、町奉行所には、そんな話は入ってきていない。

真偽を確かめるため、南町奉行所から宮尾玄四郎(みやおげんしろう)と椀田豪蔵(わんだごうぞう)、それに女岡っ引きのしめと子分の雨傘屋こと英次(えいじ)が、両国橋西詰(りょうごくばしにしづめ)にやって来た。

西詰の広小路は、大にぎわいである。

だいたいふだんから大勢の人でにぎわうところだが、このところの混雑ぶりは異常なほどである。年が変わって半月ほど経つが、松の内のころより、人出は増えているのではないか。

当然、揉めごとなども多い。一昨日も、昼間から酔った男が、面識のない女子ども四人に斬りつけ、一人は亡くなってしまった。

さっそく、評定所の会議の席で、南町奉行根岸肥前守鎮衛は、

「なんとかしろ」

と、老中から叱責されたらしい。

混雑の理由の一つに、人気の見世物小屋がそろったことがあるらしい。

この手の演し物に詳しい雨傘屋が言うには、これだけ粒のそろった見世物が並んだのは、「近年にないこと」だそうだ。

「しかも、大坂に行っていた天才からくり師の畑中奇右衛門が江戸にもどって来て、江戸の小屋主たちと組んでいるらしいんです」

「それは、からくり奇右衛門と呼ばれた男のことか？」

と、椀田が雨傘屋に訊いた。

「はい。見世物が評判になっているのも、奇右衛門の力のせいだと思いますよ」

「だが、こんな騒ぎがつづくと、からくり奇右衛門を元凶とみなす向きも出てくるかもな」

「それはないでしょう」

雨傘屋は、からくり奇右衛門をかばうように言った。

「おめえは、奇右衛門の顔は知ってるのか？」

「ええ。もう、七、八年前になりますが、弟子にしてもらいたくて、何度か会いに行ったりしましたから」

「そうだったのか。でも、江戸で売れてたのに、なんで大坂に行っちまったんだ？」

「それはわかりません。なにか揉めごとでもあったのかも」

「おいらは、見世物小屋ってところはどうも好きじゃねえんだよな」

と、椀田は眉をひそめながら言った。

「そうなので？」

「いろんな仕掛けだらけだろう。なにが起きても不思議はねえ。つまりは、とんでもねえ悪事もおこなわれたりするってことだ」

「なるほどねえ」

橋の手前を右に曲がった。

「おい、そこじゃねえか」

と、椀田が言った。

殺しがあった小屋がどこだとは、噂でははっきりしていない。だが、その小屋の

頭上には、女が刃物で襲われる絵が掲げられている。入り口の横には、薄っぺらい看板が掲げられ、それには、

〈殺され村〉

と、金釘流（かなくぎりゅう）の字で大書されている。

「おいおい、殺され村かよ」

椀田が呆れたように言うと、

「ぞくぞくしちゃいますね」

しめが半分嬉しそうに肩をすくめた。

さらに、小屋の前に、絶世の美女がいる。美女は後ろ手に縛られ、哀願するように中空を見つめている。そのようすは、いかにも痛々しい。

これは活（い）き人形と呼ばれる、人そっくりにつくられた人形である。真実味を持たせるため、実在する女に似せてつくられるのだという話もある。

隣にいた男たちが、

「ああ、こんないい女にむしゃぶりつきてえぜ」

と、じっさい抱きついたりして、小屋の若い衆に引き剝がされた。

椀田たちもこの活き人形を眺めていると、

「この美人が襲われるところが見たいでしょ？」

と、小屋の若い衆が椀田をそそのかした。椀田は、黒羽織に着流しという同心姿ではない。浅葱裏に縞の袴という、国許から出てきた田舎武士という恰好である。

「襲われてると、どうなるんだ？」

「殺されちまうかも」

若い衆はニタリと笑って、

「はいはい。そっちの三人連れ。殺され村は面白いよ」

と言いながら、離れて行った。

「ほんと、いい女ですね」

しめが感心して言うと、

「だって、人形だろうよ」

宮尾はせせら笑うように言った。

「人形でもきれいじゃないですか」

「……」

宮尾は首をかしげた。美人に興味がないと評判の宮尾である。しかも、しょせん人形なのに、変に整ったような顔立ちで、むしろ薄気味悪い。宮尾は、うっかり鏡を見てしまったときの、自分の顔に感じる薄気味悪さに似ているような気がしたのだった。

「男の人って、美女が苛められたりするところは、ほんとは見たいんじゃないですか?」

「わたしは別に見たくないな」

と、宮尾は言った。

「いや、そういう危ない気持ちは、心の片隅にあるのかもな」

椀田が言うと、雨傘屋がうなずいた。

結局、宮尾を置いて、三人で入ることにした。わざわざ四人で見てもしょうがないし、外から異変を確認する役も必要だった。

木戸口で、一人四文、三人で十二文を払った。だが、これだけでは済まない。見世物小屋というのは、いったん入ってから追加を取られるのがふつうなのだ。

なかはすでに、満員である。

舞台まではかなり遠い。あいだには、早くから並んだらしい客が、ぎっしり詰め込まれている。

小屋の隅には、女の生首が並んでいる。もちろん、人形である。天井からも、三人の縛られた女がぶら下がっていて、苦悶の表情を浮かべている。これも人形とわかるが、それでもかなり恐ろしげである。

「なんだか、あたし、出たくなってきちゃいましたよ。やっぱり宮尾さまと、外で待っていればよかったかも」

と、しめが愚痴(ぐち)った。

「はい、お一人、あと十六文を出してもらいますよ」

結局、木戸銭は二十文なのだ。若い衆が追加の銭を集め終わったあたりで、
カーン。

と、拍子木が鳴ると、舞台で動きがあった。若い女が、押し出されるように舞台に現われ、膝をついた。

観客の視線がいっせいに女に注がれる。

舞台は、袖のろうそくの明かりだけで、かなり暗い。が、女の顔は見える。外の活き人形に似た、きれいな顔立ちの若い女である。

手ぬぐいで頬かむりをした髭面(ひげづら)の男が、袖から現われ、

「覚悟はできてるんだな？」

と、女に訊いた。

「はい」

「おとっつぁんは礼を言ってたぜ」

「ありがとうございます」

「大丈夫だ。おめえは死んでも、生まれ変わることができるからな」

「あたしはもう、生まれてきたくなんかありません。こんな苦労ばかりの世のなかなんかこりごりですよ」

「心配するな。同じ境遇じゃねえ。いったん、ここまで苦労をしたなら、次はもっといい境遇に生まれることになってるんだ」

「だったら、あたし、江戸ではなく、田舎に生まれたい。人なんかほとんどいなくて、牛や馬と作物つくって、野原や空を眺めて暮らしたい。人の顔は見たくない」

「ああ、きっとそうなるよ」

男はそう言って、匕首を引き抜いた。

切っ先が真上に向けられる。

女の顔がふいに強張った。

客は固唾を飲んで見守っている。

刃が斜めに走った。胸元から着物が切り裂かれ、一瞬、白い乳房が見えた。たちまちパアッと血が噴き出した。

「ぎゃあ」

女の凄まじい悲鳴が上がった。

女が後ずさりすると、裾が乱れ、太腿まで露わになった。男はそこへ覆いかぶさるようにして、深々と刃を腹に刺し込み、グイッとえぐった。

「うわっ」

客は皆、目を瞠（みは）っている。見るに堪（た）えず、顔を手で覆う女の客もいる。

だが、そこでいきなり幕が下りた。

客席は悲鳴などで騒然としている。誰かが幕をめくってなかをのぞこうとすると、相次ぐ者がいて、若い衆たちに怒鳴られながら押し出された。

「おい、いまのは……」

椀田が呻（うめ）いた。

「ほんとに殺されたんですか」

と、しめが目を瞠った。

「まさか、それはないでしょう」

雨傘屋が言った。

「おいらは見に行くぞ」

椀田が舞台の裏をのぞきに行こうとするが、混雑で進めない。客席は騒然としている。

「外から回ろう」

はたして、本当の殺しなのか。椀田も、信じられないが、いまの舞台はあまりにも真実味が溢れていた。

「どけ。小屋主を出せ」

椀田は若い衆を突き倒すように、楽屋へ飛び込む。しめと雨傘屋もつづいた。

「どうなさいました。あたしが小屋主の庄兵衛(しょうべえ)ですが」

「南町奉行所の者だ」

と、十手(じって)を見せ、

「いま、やった女の殺しだがな」

「旦那。落ち着いてください。これは見世物ですぜ」

「だが、おいらにはほんとに殺したように見えたぞ」

「だから、それは……」

「噂も流れているんだ。見世物小屋で、人殺しがおこなわれていると」

「本気にするのがいるんですよ」

旦那みたいにと言いたげな顔をした。

「さっき斬られた女はどこだ？」

椀田は、さらに進んだ。

細い通路を抜けると、四畳半ほどの土間があった。

若い女が座って、鏡に向かい、化粧をしていた。白粉(おしろい)の匂いが鼻を突く。

「さっきの女か？」

椀田は怪訝(けげん)そうに訊いた。

「違いますよ」

と、小屋主が言った。

「じゃあ、さっきの女はどこだ？」

「いま、血まみれになったんで、どこかで血糊(ちのり)を落としてるんですよ」

「すぐ、もどるのか？」

「どうでしょう。まだ、飯を食ってないので、そばでも食ってくるんじゃないですかね」

「ほんとに殺したんじゃないだろうな？」

「そんなわけないでしょう。疑うなら、明日の同じ刻限に見に来たらいいでしょう。また、あの女が斬られたり、刺されたりしますから」

小屋主の庄兵衛は、からかうような口調で言った。

二

この日は、ほかの見世物小屋も一通り見て回った。

だが、人殺しらしきことをしてみせる小屋はほかになく、噂の元はやはりあの小屋に違いないと思われた。

翌日の同じ刻限に、やはり椀田、宮尾、しめ、雨傘屋の四人で、殺され村の小屋にやって来た。

「そういえば、朝飯のとき、御前といっしょになって、この件を報告するとき、昨日、椀田が言ったことも伝えたんだよ。見世物小屋というところは、なにが起きても不思議がないから、好きじゃないと言ってたって」

と、宮尾が言った。

「なにか、おっしゃってたか？」

「不思議な見世物も、しょせんは人がやることだわなと」

「そりゃそうだ」

椀田は苦笑して、

「今日は舞台の裏から見てみようか」

「それはいいですね」

と、しめも賛成した。

だが、小屋主の庄兵衛に申し出ると、

「勘弁してくださいよ。あっしらは、ネタがばれたらおしまいなんですぜ。それに、邪魔にもなるし、だいいち、皆さんたちのお着物が、血糊でべっとりになりますぜ。あの血しぶきはご覧になったでしょう？」

「……」

確かに、あの血糊を浴びると思ったら、勘弁してもらいたい。

結局、昨日と同様に、客席から見ることになった。ただし、昨日とは見る角度を変え、目を皿のようにして、一挙手一投足を見守ることにした。

ただ、宮尾だけは、

「わたしは小屋の裏手に回って、出て来る者はいないかを見張っているよ」

そう言っていなくなった。

またも、殺され村の惨劇がおこなわれた。女は斬られ、刺され、血しぶきを振りまいた。今日の客は、若い娘が多く、悲鳴に泣き声も混じって、客席の騒ぎは凄まじいものになった。

いったん外に出て、

「どうだった？」

椀田は、しめと雨傘屋の感想を訊いた。

「あの女、似てはいましたが、昨日の女とは違うんじゃないですか。それに、殺され方も微妙に違っていた気がします」

と、しめは言った。

「男と女とのやりとりも違ってましたね」

とは、雨傘屋の感想である。

「よし、また楽屋に行こう」

三人は、楽屋に向かい、小屋主を問い詰めた。

「え？　まあだ、お疑いなんですか？　同じ女です。ほら、そこにいますよ」

小屋主は、手桶の手拭いを取り、乳房のあたりを拭いている女を指差した。

「顔が違う気がするぞ」

「女ってえのはその日の気分で化粧を変えるんですよ。それで、違う女に見えたりするのかもしれませんね」

小屋主は、しれっとした調子で言った。

椀田たちが楽屋の方から外に出ると、向こうに宮尾がつまらなそうに立っていた。

椀田が宮尾に訊いた。

「なにか、変わったことはなかったか？」

「とくにはないな。血まみれになった男が、へらへら笑いながら出て来ると、そこの手桶で顔を洗い、湯屋にでも行くみたいにいなくなったよ」

「ふうむ」

椀田は顔をしかめた。

居並ぶ見世物小屋のあちこちから、悲鳴や歓声が聞こえている。

# 第一章　怪鳥の風

## 一

椀田たち四人は、両国橋のほうに来て、さっきの殺され村の小屋を眺めた。ここから見れば、ほかの小屋と比べても、だいぶ小さい。だが、人気のほどは、隣にある大きな演し物に負けておらず、すでに次の回の客が並び出している。

「一日になんべんやるんだろうな？」

椀田がそう言うと、

「さっき訊いたら、七回だとさ」

宮尾が言った。

「七回もやるのか」

「七回もやれば、一回くらい間違ってほんとに殺してしまうのかもな」

宮尾はしめを見ながら言った。笑わせようとしたらしいが、しめは笑えない。女の悲鳴と血しぶきが、まざまざと頭のなかに蘇ってくる。

「でも、百人以上入っていたんじゃないですか」

と、雨傘屋が言った。

「百人じゃきかねえ。二百人はいたぜ」

椀田はざっとだが、数えていたのだ。

「木戸銭が一人二十文でしょう。二百人で十六朱（九万円くらい）、それを一日に七回やってたら……こりゃ堪えられませんね」

雨傘屋は呆れたように言った。

「おいらはやっぱり臭いと睨んだのだ。なんとしても突っ込んでみてえが、ここからどうしたものかな」

と、椀田が頭に手を当てた。

「昨夜、土久呂が源次といっしょに、この界隈を見回ったそうだが、とくに怪しいことはなく、静かなものだったとさ」

宮尾が人の流れに目をやりながら言った。

「そうか」

「土久呂も興味を持ったみたいだが、なにせ見世物は昼しかやってないしな」

そもそも広小路は火除け地である。昼間は、仮小屋の営業を許しているが、夜になればすべて畳んで、わきに片付けなければならない。土久呂が見回るのは、そんなふうになにもなくなったただの広場なのだ。

「夜回り専門の土久呂さまでは難しいでしょう」

「これは面倒な調べになりそうですね」

しめと雨傘屋が言った。

ただ、根岸の命令で、両国界隈の警戒はかなり強化されているのだ。隠密同心の顔をあちこちで見かけるし、しめの娘婿でもある神田の辰五郎親分も駆り出されて、大勢の下っ引きとともに、見回りをつづけている。

「とりあえずは、あの小屋の噂でも訊き込むか」

と、椀田が言った。

「わかりました」

四人は歩き出した。今日も広小路は混雑している。

「昼間っから、こんなところに来ているということは、よほど暇なのかね。駕籠に乗る人、担ぐ人、そのまた草鞋をつくる人なんて言うけど、あの連中が駕籠に乗っているのか、おいらたちは草鞋をつくっているのか、わからなくなってくるな」

椀田がぶつぶつとそんなことを言った。

大川沿いに薬研堀のほうへ進むと、とある小屋の前で騒ぎが起きていた。

立派な身なりの武士が、怒鳴っている。

「わしの紙入れも飛ばしただろうが」

「いえ、それはしてませんので」

小屋の若い衆がなだめるようにしている。

「なぜだ。ほかの者の紙入れも飛んでいただろうが」

「あれは、仕掛けのうちでもありまして」

「いいから、早く持って来い」

「だから、お武家さま。それはないんですって」

武士はいまにも刀を抜きそうな剣幕である。

「紙入れが飛ぶってなんだ?」

椀田がそう言うと、

「わたしの紙入れは軽いので、しょっちゅう飛んでしまうけどな」

宮尾はおちゃらけた。

小屋の上の看板には、〈怪鳥、江戸襲来〉と大書されている。

「とにかく、落ち着きなすってくださいまし」

小屋の若い衆は、ほかの客や見物人の目をはばかっているらしい。

「どうした？」

と、椀田が声をかけた。

「この方の紙入れが消えてしまったみたいでして」

「紙入れのなかの金はどうでもいいのだ。それより大事な書付が入っている。それだけは返してもらいたい」

「そう、おっしゃられても」

「わしは頼んでいるのだぞ。なんなら、この小屋の営業を止めてやろうか？」

「そんなご無体な」

若い衆はどうしていいかわからない。

「詳しい話をお聞かせ願いますか」

椀田は武士に向かって言った。

「なんだ、そなたは？　ここの用心棒か？」

椀田は、十手を見せた。

「町方か？　根岸のところか？」

「はい。南町奉行所の者です」

「ちょうどよかった」

武士は、旗本の長崎作次郎といって、千代田城西の丸の御目付をしており、根岸とは若いころからの友人とのことだった。

## 二

どういうことが起きたのかを確かめるため、椀田たちは長崎といっしょに、次の回の同じ見世物を見ることになった。

この小屋は、殺され村の小屋と比べたら、倍以上、大きかった。あっちは、なかは薄暗かったが、こちらは壁に隙間（すきま）が多く、暗さにまぎれてなにかされるような心配もなかった。

小屋は大きいが、客はすし詰めみたいに詰め込まない。

「今回は、ここまで」

と、若い衆が客の入りを制限した。それでも百人ほどは入れただろう。

木戸銭は、こちらのほうが高かった。入るときに十文、なかでさらに二十文取られた。計三十文と、両国の見世物にしては、かなり高い。それでも文句が出ないのは、この見世物への期待があるからだろう。

「あらゆるものが飛び交（か）いますので、巾着などの貴重品は、しっかり押さえといてくださいよ。あとで、無くなったと騒がれても、当方は責任を負いませんので」

長崎への厭味（いやみ）らしい。

「そろそろやつが来ますぜ。頭上にご注目！」

若い衆が怒鳴った。

小屋の上は、屋根があったはずである。その屋根がいつの間にか、消えていて、そこへ化け物のような巨大な鳥が出現した。

「うぉっ！」

これには椀田も宮尾も目を瞠った。

羽根を広げた大きさは、五間（約九メートル）ほどになるのではないか。

それが空を覆い隠すように宙に浮いている。爛々と輝く目は、小屋の観衆を見下ろしている。

「クァオウー」

鳥は聞いたことのない声で啼いた。

それだけで、観客たちは、腰を抜かし、恐怖のあまり叫んだ。

怪鳥は両足の指を広げると、なんと客の一人に摑みかかった。

「うわっ。お助けを！」

客の一人が持ち上げられた。

そのまま空へ飛び去るかと思いきや、いきなり客を放した。客は下に落ち、ごろごろと、地面の上を転げて逃げ回った。

「クァオウー」

もう一度啼くと、鳥は激しく両方の翼をバタバタさせた。

その羽ばたきで、凄まじい突風が吹いた。

「こ、これは」

椀田たちも、ほかの客同様に腰をかがめた。まともに立っていられないほどの突風なのである。夏の颶風でも、これほどの風は体験したことがない。あたり一面、紙屑や木の枝が舞い上がっている。

はたしてこれが仕掛けなのか。銭が飛び、紙入れも飛んでいる。

「凄い！　これぞからくり奇右衛門の仕掛けだ！」

と、雨傘屋が興奮して叫んだ。

客の着物の裾がばさばさとまくれ上がる。

「きゃあ」

女たちの悲鳴が上がる。

小屋じゅうが埃とも粉とも霧ともつかない白いもので霞んできた。とても目を開けてなどいられない。

いったい、どれくらいのあいだ、突風は吹いていたのだろう。

ふいに、すうっと風が熄んだ。白かった視界は、元の光景を取りもどした。小屋の上には屋根があり、隙間から日差しが落ちてきていた。

「怪鳥の襲来は終わりました。どうぞ、お気をつけて、お帰りください」

若い衆が笑みを含んだ声で言った。

「ああ、凄かったなあ」

感心する者がほとんどで、私物が無くなったと騒ぐ者はいなかった。

客の波に押されながら、

「長崎さま」

と、椀田は声をかけた。

「む」

「落としたのでは？」

「足元はさんざん捜したわ」

長崎はムッとして言った。

三

長崎作次郎は、宮尾といっしょに南町奉行所にやって来て、根岸と会った。

「そなたの家臣がいてくれてよかったが、肝心な問題は解決しておらぬ」

そう言って、長崎は自分の口で、さっきの見世物小屋で起きたことを語った。いかにも能吏らしく、話は簡潔で、要点は洩らさないものだった。

「なるほど、よくわかった。そのとき、懐から紙入れが飛んだ感触はあったのか？」

「それはわからぬ。なにせ、あんな凄まじい仕掛けなど、想像もしていなかったので、つい、紙入れのことは頭から消えていた」

「まあ、仕方ないだろうな」

「だが、わしはこうして身を低くしていたし、いま思えば紙入れには小判も数枚あったし、銀貨もあった。宙に舞い上がることはなかったと思うぞ」

長崎がそう言うと、

「飛んでいた紙入れは、わざと飛ぶようにした小道具かと思いました。当然、軽かったはずです」

と、宮尾が少しだけ口を挟んだ。

「だが、その書付とはなんなのだ？」

根岸が訊いた。

長崎はチラリと宮尾を見た。聞かせたくないらしい。

「わしの腹心だ。洩れる心配はない」

長崎は、根岸の言葉にうなずき、

「うむ。じつはな、お名前は控えるが、西の丸にはいま、お預かりしている上さまの姫君がおられるのだ」

「姫君……」

将軍家斉には子どもが大勢いて、もちろん子の母も大勢で、どの方の子のことか、根岸にもよくわかっていない。もしかしたら、ご本人も誰が誰の子なのか、わからなくなっているという、これはきわめて内密な話すら囁かれている。

「まだお若いのだが、どうもちと、おませなようでな」

「ははあ」

噂は根岸も聞いていた。西の丸では、まるでお伽話を読むようなぞんざいさで、春画や春本が読み散らかされていると。

「誰に聞いたのか、某役者の贔屓になり、文までお書きになられた。それを届けてよいものか、迷っているところだった」

「そんなときに、そなたは見世物小屋になど行っていたのか？」

「じつは、姫君は見世物にもご興味がおありで、まさか両国におでましにはなれぬが、西の丸に呼ぶことはできぬものかと、見に来たところだったのだ」

「そういうことか」

「まさか、あれを読んだだけで、姫君のこととわかる町人はおるまいが、どこからどう噂が出回るかはわからぬ」

「それはそうだ」

「当然、わしは女中を呼んで叱るわな。そんなことは、じっさい何度もあった。すると次の日には、わしは大奥のほうから呼び出され、お年寄から厭味を言われるのだ。長崎は、籠の鳥の気持ちを知らぬと。非情の人でなし扱いだぞ」

「そうらしいな」

根岸も大奥や西の丸のお女中たちの面倒さは、始終、聞かされている。

「だが、西の丸の姫君が、役者をたらし込んでいるなどという醜聞が出回ってみろ。わしもただでは済まぬ」

「ふうむ」

根岸も同情を禁じ得ない。

「なんとしても、取り戻したい」

「わかった」

旧友の苦難を放っておくわけにはいかない。

「なんとかなると思うか？」

「わしが現場に出て、指揮してみよう」

根岸は、このあとに入っている裁きを明日にずらすよう与力の一人に命じると、出かける支度に取り掛かった。

「御前、お供は？」

宮尾が訊いた。町奉行が動くとなれば、何人もの護衛がつくことになる。

「隠密で動くのだ。そなただけで大丈夫だ」

「根岸、わしも行くぞ」

と、長崎が言った。

「わかったことはすぐに報告するぞ」

「いや、おぬしが直接行ってくれるというのに、わしがのんびり待っているわけにはいくまい」

## 四

根岸は刀を一本だけ差した着流し姿である。

着物も、裾など擦(す)り切れていて、いまどき流行(はや)らない派手めの格子柄。さらに、首には、なんのつもりか、薄汚れた手ぬぐいを巻いた。いかにも尾羽打ち枯(おはうちか)らした浪人者といった風情だった。

そばには、宮尾が付き従っているが、いっしょにいるようには見えない。たまたま近くを歩いているといったふうである。そのあとを、素知らぬふりで、長崎が付いて来た。

両国に来ると、椀田たちがいて、根岸が直接、調べに当たることが告げられた。

「そうなので」

それで椀田も、よほど大事なものが無くなったのだと察しがついた。

「その前に、殺され村を見ようではないか」

と、根岸は言った。

「では、こちらに」

椀田が案内して小屋の前に来ると、すでに次の回の観客が列をつくっている。根岸は足を止め、その観客をざっと見て、

「ちと、待て。武士の観客はほとんどおらぬな」

「そうですね」

「まあ、武士なら逆に、わざわざ血が飛ぶところなど見たくもないだろうしな」

「それはそうです」

「だが、お前たちは昨日も今日も来ているのだな」

「あ、そうです。おいらは十手も見せていますす。でも、宮尾は知られていないはずです」

「いや、当然、武士は目立っていたし、すでに警戒されているだろうな」

「ははあ」

椀田は失敗を指摘されたように、肩をすくめた。

「小屋主はなんというやつだ？」

「庄兵衛と名乗りました」

「わしは、ここから見ている。ちと、引っ張り出して、わしに小屋主の顔を確かめさせてくれ」

「わかりました」

椀田は小屋の木戸口で、若い衆に小屋主を呼びに行かせた。

まもなく、庄兵衛が、不満も露わに顔を見せた。

椀田は、この小屋に女は何人いるのかと訊いている。小屋主の庄兵衛は、

「辞められたり、新たに雇ったりしますので、決まってはいませんが、だいたい四、五人というところですか」

と、面倒臭そうに答えた。

離れて見ていた宮尾が、

「御前。お知り合いですか？」

「いや、初めて見る顔だな」

と、根岸は答えた。

「よし、怪鳥を見に行こう」

こっちを優先して、解決しなければいけないのだ。

長崎もいっしょに薬研堀のほうに来て、

「そこです」

椀田が指を差した。

「ほう。大きいな」

木戸口のところに小屋主がいた。

「なんだ、あいつが小屋主か」

と、根岸は言った。

「ご存じですか？」

「まあな」

根岸は、長崎や椀田たちとは離れて、一人で木戸口をくぐった。

入るとき、小屋主は根岸をチラッと見て、顔色を変えた。だが、首をかしげているので、見たことはあるが、誰だったかという程度らしい。

追加の木戸銭を集め終えると、さっきと同様に、上空から怪鳥が出現した。

やはり、客の一人が捕まって、上から落とされた。

「なんだ、さっきと同じ男だ。サクラだったのか」

と、宮尾はつぶやいた。

そこからは、あの突風である。さっきと同様に、小屋のなかを、強烈な風が吹きまくった。

「ほう。これは凄い」

根岸もこれには感心したらしい。

やがて怪鳥は去り、客は皆、外に出た。

宮尾がすぐに根岸のそばに寄り、

「わたしなどは、これで二度目なのに、またあの鳥に見入ってしまいました。だが、お奉行が見ておられたのは、客のほうでしたね」

と、言った。

「鳥も見たけどな」

「いえ。わたしもそれから必死で客たちを見ていました」

「なにか気づいたか？」

「客ばかり見ている男がいました」

「よく見つけたではないか」

「やはり、スリでしょうか」

「だろうな」

このやりとりに、そばに来ていた椀田やしめたちばかりか長崎までもが、「しまった」という顔をした。

「そうか。わしはスリにやられたのか」

長崎は呻いた。

「御前。あいつでしたね」

もう一度、列に並んだ男を、宮尾は顎でしゃくった。

「あ、あいつはたしか」

椀田は見覚えがあるらしい。

「とっちめて、白状させますよ」

だが、根岸は苦笑して、

「たぶん、違うだろうが、まあ、やってみな」

と、うなずいた。

椀田は男に近づき、列から引っ張り出すと、なにやら問い質していた。スリは、真っ青になって、椀田の問いに答えている。

結局、憤然とした面持ちでもどって来ると、

「どうも、あいつじゃなさそうです。問題の回はこの小屋には入っていないと言ってました。あいつの仲間が入ったのかとも訊いたのですが、知らないみたいです」

「だろうな。あいつはまだ、腕は未熟だ。置き引きくらいしかやれぬだろう」

根岸はスリの腕前まで見て取っていたらしい。

「そうみたいです」

「近ごろ、腕のいいスリは出ていたかな」

「両国だと、うわばみ三五郎（さんごろう）はもう歳で、近ごろは足を洗ったという話ですし、弟子の白檀（びゃくだん）おさよは、このあいだ捕まってます」

「ふうむ」

「うわばみ三五郎に訊いてきましょうか。向こうの横山同朋町（よこやまどうぼうまち）に住んでますので」

「そうだな。そのあいだ、わしはからくり奇右衛門に会ってみたいな」

「奇右衛門さんに」

雨傘屋の顔が、輝いた。

## 五

椀田の後ろ姿を見送って、

「雨傘屋。奇右衛門の住まいはわかるのか？」

と、根岸は訊いた。

「いや、いまの住まいはわかりません」

「じゃあ、小屋主に訊いてくればいい。根岸さま、あたしが訊いてきます」

と、しめが言って、肩を怒らせながら、怪鳥の小屋に入って行った。

その様子を見ながら、根岸は、

「奇右衛門はなにが凄いのだ？」

と、雨傘屋に訊いた。

「あたしも仕掛けみたいなものをつくるのは、不得手じゃありませんが、奇右衛門さんがつくるのは、格が違います。あたしのはせいぜい小細工、奇右衛門さんのは、さっきの怪鳥がそうだったように、誰も見たことがない幻術みたいなものまでつくり出します。あの突風だって、どうやればあんな風を起こせるのか、あたしにはとても想像できません」

「それは、南蛮の知識みたいなものを元にしているのか？」

「いや、南蛮の知識はあまり関係ないと思います。あれは、奇右衛門さんの頭のなかで、どんどんと膨らみ、磨かれていくのだと思います」

雨傘屋は尊敬の念を露(あら)わにしている。

しめが小屋から出て来た。

「お奉行さま、駄目です。奇右衛門は居どころを教えないんだそうです。隠しているわけじゃなく、ほんとに知りませんね」

「そうか。では、仕方ないな」

「ちょっと待ってください、お奉行さま」

と、雨傘屋がなにか思いついたらしく、

「奇右衛門さんの弟子みたいな男が、すぐそっちで鍛冶屋をやってまして、あいつなら知っているかもしれません。ちょっと訊いてきます」

急いで駆け出して行った。

そのようすを見て、長崎は、

「やはり根岸は、面白い連中を使うのだな」

と、感心した。

雨傘屋は、たちまちもどって来て、

「やりました。奇右衛門さんは、鍛冶屋の二階に寄宿しているそうです。なかなか出て行ってくれないとこぼしてました。いまから行きましょう」

「でかした」

しめと長崎をこの場に待たせ、根岸は雨傘屋と宮尾を連れて、鍛冶屋の二階に上がった。

「南町奉行根岸肥前守」

と名乗ると、顔色こそ変えなかったが、

「『耳袋（みみぶくろ）』の？」

と、奇右衛門は訊いた。

「うむ。それより、あの怪鳥はたいしたものだな。凄まじい突風にも吹かれてきたよ」

「お奉行さまが直々に？　それは光栄ですな」

「どうやって、あのような風を起こす？」

「なあに、あれはそこの大川の力ですよ」

窓から外を見た。居並ぶ家の隙間から、大川の流れが見えている。

「大川の力？」

「水車小屋と同じ理屈ですよ」

「ほう」

「歯車をいくつも使って、川の流れを鳥の羽ばたきに変えているのです。ほかに見えないところでも、風を送り込んでましてね」

「なるほどな」

根岸は佐渡奉行をしていたとき、水車の力は目の当たりにしていたので、すぐに納得した。その風の力に、人を摑んで放ったり、ものが飛んだり、粉で視界を閉ざしたりといった小技を組み合わせているのだろう。

「江戸はこれだけの大河がありながら、この偉大な力を利用しようとしない。勿体ないですな」

奇右衛門は、根岸を試すような目をして言った。

「そなたなら、どう使う？」

「いろいろ考えられますが、たとえば、橋の上に、搗き米の仕掛けをつくれば、大量の米を搗くことができるでしょう。蔵前の米蔵などは、ずいぶん人手を減らせるはずですよ」

「なるほど。だがな奇右衛門、政というのはもう少し面倒でな、使わないことに意義があったりもするのさ」

「と、おっしゃいますと？」

「そなたが言うように、これで米を搗けば、多くの搗き米屋が仕事を失うことになる。すぐにほかの仕事が見つかるならよいがな、下手したら、多くの搗き米屋が、路頭に迷うことになるのさ」

根岸の言葉に、奇右衛門は手を打ち、

「なるほど、畏れ入りました」

と感心し、さらにこうも言った。

「じつはお奉行さま。あたしは、こんな手妻を大きくしたようなことがしたいわけじゃないんです。この世のからくりが知りたいだけなんです。この世は壮大なからくりだと思いませんか？　たとえば、雨が降っているとしますよ。雨は空から落ちて来る。空はどこに雨を溜め込んでいるんです？　これだけ降らせたら、空が枯れても不思議はない。なのに、雨は次から次に降ってくる。不思議でしょう。しかも、降った雨は海に流れていくが、その海はあふれることがない。たぶん、この世には、我々がいまだにわからない、壮大な仕掛けがあるんです。あたしは、それが知りたい。いまつくっているからくりなど、遊びみたいなものですよ」

奇右衛門はそう言うと、嬉しそうに身体をゆすった。

「ところで、そなた、しばらく江戸から消えていたそうではないか？」

「ああ、消えたわけではありません」

「なんだ？」

「長崎に行きたかったのですが、大坂で足が止まってしまった。ただ、それだけのことですよ」

とくに後ろめたいことはなさそうである。

「いま、両国でやっている見世物で、そなたが手がけたものは？」

「そこの怪鳥と、あと二つほどです」

「殺され村というのは？」

「それは、あたしじゃないですね」

「なるほど。面白い話を聞いた。またな、奇右衛門」

根岸はそう言って、鍛冶屋を出て歩き出した。

「あれが奇右衛門さんですよ、お奉行さま」

後ろから雨傘屋が興奮した声で言った。

「うむ。まぎれもない天才だろうな」

「ええ」

「ただ、危なっかしいところはあるな」

「危なっかしいというと？」

「悪党に利用されるかも。むろん、当人に悪気はなくてもな」

根岸の言葉に、雨傘屋は不安げな顔をした。

## 六

さっきの場所に来ると、椀田がすでにもどっていた。

「お奉行、スリの三五郎に会ってきました」

「元気だったか？」

すでに七十は越えたはずである。

「矍鑠（かくしゃく）としてますよ。まだ五年はやれたでしょう。それで、問い詰めたのですが、三五郎のところの者は、いま、両国の小屋ではやらせていないそうです。スリが出ると、客足が落ちてくるので、ここの地回りとも話がついているみたいです」

「うむ。そのはずなんだ」

と、根岸はうなずいた。隠密同心から、そういう報告は受けている。

「ご存じでしたか」

「うむ。ということは、ほかのスリがあそこの小屋主とつるんでいるのだろうな。それで、さっきお前たちが動いたので、その後は近づかないようにさせているのではないかな」

「なんてこった」

椀田が顔をしかめると、

「あれだけの見世物をやめさせるのですか？」

雨傘屋が心配そうに訊いた。

「スリを出入りさせてるとわかったら、小屋主だって面倒なことになるぞ」

「それはそうですが」

「よい。わしが話をつけよう」

根岸はそう言って、ふたたび怪鳥の小屋の前に来た。

ちょうど小屋主が木戸口のところにいた。

根岸はスタスタと近づき、

「おい、籾次郎」

「え？」

「役者くずれの中村籾次郎。おれの顔を忘れたかい？」

根岸は顔を近づけた。

「もう、四十年くらい会ってなかったからな」

根岸の胸のなかを、四十年分の風が吹き過ぎたような気がした。あのころの自分は、どれだけ愚かだったことか。そのかわり、周囲の景色はいまよりずっと、輝いていたように思えるのはなぜなのだろう。

「四十年前？」

籾次郎も遠い記憶を探るような顔をした。

根岸は、あたりをはばかりながら、左腕を肩までまくり上げた。いまは、できるだけ見せないようにしている、愚かだったころの傷。

「あ、赤鬼」

真っ赤な鬼が、怒りの形相で目を剝いている。籾次郎は、驚愕といっしょに、懐かしいという気持ちも湧いたらしい。

「思い出したか」

「いまじゃ、南のお奉行さまだと聞いていたが」

「なんだ、聞いていたのか」

「そのお奉行さまが、わざわざお出ましに？」

「いまでも、どこにだって出かけるさ。おれの腰の軽さは知ってるだろうが」

「相変わらずなのか」

「ああ。おめえも、上方じゃいい役者になったと聞いていたがな」

「いっときだけだよ。すぐにドサ回りに落ちてな」

「それで芝居から見世物に変わったのか」

「こっちのほうが儲かるんでね」

「この小屋にスリが出入りしているのは知ってるよな？」

本題に入った。

「そうなので？」

籾次郎の目が泳いだ。

「そうなのでじゃねえだろうが」

「そうだよな。あんた相手じゃ、しらばくれるのは無理だよな」

「どこの者だ？」

「兆次（ちょうじ）というんだが、つばくろ銀次（ぎんじ）の弟子なんだよ」

「ほう」

つばくろ銀次は伝説のスリである。この界隈にも、後ろ姿を拝んだ者は大勢いるはずである。数年前に死んだと聞いている。

「最後の弟子なんだぜ。おれは偶然、知り合ったんだ。あの銀次が弟子にしたくらいだから、よっぽど見どころがあったんだ」

「見どころがな」

根岸は苦笑した。それをふつうは、手癖が悪いと言うのだ。

「もうちっと育ててやれねえかな」

籾次郎は甘えるように言った。

「馬鹿野郎」

「腕のいいスリは、職人みたいなもんだろうよ」

じつは、それに近いところはあるのだが、

「駄目だ。とりあえず、いっぺんぶち込む」

根岸は首を横に振った。

七

兆次の住まいは、やはり両国広小路から近い、馬喰町（ばくろちょう）の裏長屋だった。

〈子ねずみ〉という綽名（あだな）もあるというから、おそらく相当にすばしっこいはずである。逃げられないよう、長屋の四方に中間（ちゅうげん）や下っ引きを配置して、椀田と宮尾が乗り込んだ。

「おい、いたかい？」

戸を開けると同時に、椀田は言った。

兆次は小柄だが、やけに髭の濃い顔を見せて、

「どちらさまで？」

「南だよ」

椀田が十手を見せるやいなや、兆次はでんぐり返りするように、こっちに飛び込んでくると、椀田の足元を潜り抜けようとした。なんとも素早い身のこなしである。下手に逆らうより、ひたすら逃げようとするほうが、捕り手からしても厄介なのである。

だが、そこは椀田も数多くの修羅場をくぐってきている。さっと太い足を伸ばし、兆次の脇腹を強く蹴った。

「むふっ」

小柄な身体がぽんと飛んで、壁に叩きつけられた。

かなりの痛みが走ったはずである。それでも椀田のほうに突っ込んできて、股を

潜り抜けようとしたが、目の前にもう一人の顔が出て来て、

「諦(あきら)めな」

首筋に宮尾の手刀が入った。

しめと雨傘屋が両脇から押さえつけ、後ろ手に縛り上げられると、兆次もぐったりとなってしまった。

部屋の隅に風呂敷包みがあり、開くと紙入れや巾着、煙草入れに印籠(いんろう)などがごそっと出てきた。長崎が盗られたのは、市松模様(いちまつもよう)になった紙入れだという。

「これか」

すぐに見つけた。なかに銭はない。抜いてまとめたのだろう。封の開いた文が出てきた。椀田がさっと目を通し、

「おめえ、字は読めるのか？」

その文をひらひらさせながら訊いた。

「字は読めますが、字ですかい、それは？」

「いちおうな。だが、おめえ、読めなくてよかったぜ。読めてたら、とんでもねえ悪事を思いついてたかもしれねえからな」

やんごとなき姫君の、独特の崩し文字である。椀田だって、ところどころしかわからない。

「そうなので」

兆次は悔しそうに顔をしかめた。

兆次を茅場町(かやばちょう)の大番屋に連れて行くのは、しめや雨傘屋たちにまかせ、椀田と宮尾は馬喰町の番屋で待っていた根岸と長崎のところに行った。

「ありました。これでしょう」

「おう、それだ」

と、長崎は立ち上がり、

「さすがだな。根岸でなければ、こんなにかんたんには見つからなかっただろう」

「なあに、長崎の運が強いのさ」

根岸は軽く微笑んで言った。

「生憎(あいにく)、銭は入っていませんでしたが、いかほど入っていたのでしょう」

椀田はもう一度、兆次の家を調べるつもりである。

「それはよい。肝心なのは、これこれ」

「その文ですが、生憎と、兆次が開けて、中身を見てしまったそうです。ただ、あいつには読めなかったみたいです」

「そうか」

長崎も読んでいない中身である。

そっと広げ、根岸とともに、これを読んだ。

「まいったな。姫は幾つといったかな？」

根岸は呆れた顔で訊いた。

「十二だよ」

「女中にでも書かせたのかな？」

ところどころに、呆れるほど露骨な表現がある。

「いや、こういうのはご自分でお書きになるのさ」

「ううむ。ちと、早いな」

「姫君というのはませるのかな」

「そうかな」

心に浮かんだ「お血筋かな」という言葉は、根岸もさすがに言えない。

「おい、根岸。いつでも西の丸に訪ねて来やれとまであるぞ」

「来たら、どうするおつもりなのかな」

「出回らなくてよかったよ」

長崎はホッとした顔で言った。

# 八

まもなく日が落ちる。いっきに寒さが増してきている。

土久呂凶四郎と相棒の源次は、両国広小路に来ていた。

昨日は、殺され村と銘打った小屋で、殺しが疑われるような見世物があったという。さらに今日になって、怪鳥が現われる小屋で旗本が大事なものを盗まれ、根岸自身が動いて、それを取り返したという話を、出かけるときに宮尾から聞いた。

「両国界隈に気をつけてくれ」

宮尾はそうも言っていた。

「確かに、なんだかきな臭い感じがするよな」

小屋や屋台の片付けが済んだ広小路を見渡しながら、凶四郎は源次に言った。

「夕陽のせいじゃないんですか」

西の空がやけに赤い。なにもない地面のところどころが、赤く滲んでいるのは、血溜まりでもあるのかと思えるほどである。

「いや、それだけじゃねえ。邪悪な気配が漂っている。昨夜の句会で、いい句がつくれなかったのは、そのせいかもしれねえ」

凶四郎は愚痴った。

昨夜、凶四郎の句には点が入らなかった。凶四郎にしては珍しいことで、師匠のよし乃からも、

「なにかあったの？」

と、訊かれたほどだった。

米沢町（よねざわちょう）の横道に入ったところで、

「土久呂の旦那」

と、名を呼ばれた。

顔見知りの飲み屋のあるじである。ちょうど外に出て、凶四郎を見かけたらしい。

「どうした？」

「客が妙な噂をしてますぜ」

「噂？」

「見世物小屋で、人殺しがあったって」

「ほう」

凶四郎と源次は飲み屋のなかに、身体を滑り込ませた。寒いので、戸はやっと入れるほどしか開けていない。

酔った声が聞こえてきた。

「だって、おれは前から二番目のところで見てたんだから。匕首の先が、女の胸元

を、こう、撫でるように走ったんだ。そしたら、着物がさくさくっと裂けて、それで白い乳房が見えたんだよ。女は目をつむっていたけど、ハッと目を開けて、『あ、やっぱり、やだっ』って言ったんだ」

奥の席に座った若い職人ふうの男が大声で話していた。

凶四郎と源次は、そこには近づかず、入り口近くの縁台に座って、男の話に耳を傾けた。ほかには、すでにべろべろに酔って、うとうとしている客が二人いるだけである。

「やっぱり、やだってか？」

聞き手は三人だが、そのうちの一人が言った。

「それが、やけに真に迫ってたんだよ。でも、切られた胸元から、パッと血が噴き出てきて、女は逃げようとしたけど、男は襟首を摑んで引き戻し、今度はその首のところをスパッだよ」

「……」

「女は、『あー、助けてっ』と言った。おれはほんと、『やめなよ』と言いそうになったよ。でも、ああいうときは声が出ねえんだ。しかも、血がパアッと散ってさ」

「かぶったのか？」

「かぶりそうになったとき、バサッと幕が下りてなにも見えなくなった。もう、心ノ臓はバクバクいって、身体が震えたよ」

「凄い見世物だな」

「いやあ、だから、あれは見世物じゃねえんだって。小屋の者同士で、なんか恨みつらみでもこじれちまって、ほんとに殺しちまったんだよ」

「だったら、町方が動いているだろうよ」

「町方は知らねえんだよ。町回りったって、暢気(のんき)に通りを……」

そこで店のあるじが、

「むふっ」

大きく咳払いをした。これ以上、悪口は言わせないように、止めてやったのである。

「え？」

話していた男があるじのほうを向き、あるじはこっちに目配せをした。

「あ、町方の旦那。いや、別に悪口じゃなくて」

男は焦って言った。

「そんなことはいい。おめえが見たという話はいつのことだ？」

と、凶四郎は訊いた。

「ええと、前の仕事が終わった次の日だったから、いまから六日前のことです」

の話が出たときも、そこまで話を聞いていて、一緒に笑いを混ぜ込むよう

「その話は、ほかでもずいぶんしたんだろうな？」

凶四郎はさらに訊いた。ただ、咎める口調にならないよう、笑いを混ぜ込むよう
にした。

「そんなにしょっちゅう、しゃべっちゃいませんよ。ただ、友だち何人かには」

おそらく、こうして噂が広まったのだろう。

「じゃあ、おめえはほんとの殺しに間違いねえと思うんだな？」

「いやあ、改めて訊かれると、自信がなくなりますがね。なんせ、ほんとの殺しなんか、いままで見たことはありませんから。ただ、ちっとだけでも、探りを入れてみてもいいんじゃねえかと思いますぜ」

「ああ、安心しな。すでに探ってるよ」

と、凶四郎はうなずいて言った。

# 第二章　重箱から幽霊

## 一

しめと雨傘屋は、今日も朝から両国広小路を見回っている。朝方少し雪がちらついて、雪はほどなく熄んだが、冷え込みはさらに厳しくなった。しめの着込みようときたら、布団をかぶって立って寝ているような趣である。

殺され村の調べについては、たいした進展はない。あのあと、しめと雨傘屋は二度、殺され村をのぞいたし、今日は「ああいうものは見る気になれない」と言っていた宮尾も、のぞいてみると言っていた。

だが、何度見ても、ほんとに断っているようには見えるが、そんなはずがないという感想しか浮かばない。

「なんだって？」

しめが足を止めた。

列をつくっている小屋の前である。いま、両国広小路には、十を超す見世物小屋が出ているが、列をつくっているところは、やはりそう多くない。この〈重箱から幽霊〉と書かれた小屋もその一つだった。

演し物が気になったのではない。客同士の噂話が耳に入ったからである。

「ほら、そっちの殺され村ってのがあるだろ？」

「ほんとに殺してるみてえだって聞いたぞ」

「そうらしいぜ。それで、殺され村で斬られて死んだ女が、こっちで化けて出てきてるんだとよ」

「ほんとかい、そりゃ」

「顔が同じだったってんだから」

「誰が見て、そういうことを言ってんだよ」

「絵師の葛飾金画（かつしかきんかく）ってのがいるんだよ。北斎（ほくさい）の孫弟子で。そいつが、両方の小屋を見て、そう言ってるんだよ」

「へえ。絵師が言うなら間違いねえ。そりゃあ、気味が悪い」

「だろう？　だから、おれもなんとしてもこれを見てえわけよ」

職人らしい二人づれが、そんな話をしていたのである。

これを耳にしたしめの顔色が変わっていた。

「とんでもないことを言ってるよ」

「聞き捨てならないですね」

改めて、真上の看板絵を眺めた。

幽霊が重箱から出て来たところが描かれている。

幽霊はもちろん、たいそうな美人で、殺され村の前に置かれた活き人形にもよく似ている。

「これは、奇右衛門さんのからくりかね？」

しめが、雨傘屋に訊いた。

「どうですかね。ここはわりと小屋が小さいでしょう。奇右衛門さんのからくりなら大仕掛けだから、小屋ももっと大きくなるんじゃないですかね」

しめは、熊の毛皮を着込んだ小屋主を捉まえて訊いた。

「これは、からくり奇右衛門の仕掛けかい？」

「仕掛け？　なに言ってんですか。幽霊は仕掛けなんかじゃありませんよ。重箱に宿った幽霊をあの世から呼び出すんです。からくりなんかじゃありませんよ」

「なに、しらばくれたこと言ってんだい」

「疑うなら入ってみればいいじゃねえですか」

「重箱から、ほんとに幽霊が出るのかい？」

しめの声が震えた。

「看板に偽りなしですよ」

小屋主は、なかから若い衆に呼ばれていなくなった。

「親分、入りましょうよ」

「どうしようかね」

しめは珍しくためらうようにしている。

「だって、殺され村の女が出てるというんですよ。確かめなきゃ駄目でしょうよ」

「あんた、一人で入っておくれ」

「なんでですか？」

「あたしは、子どものときに、重箱でもの凄く怖い思いをしてから、重箱ってのがどうも苦手になったんだよ」

「重箱の食いもので、腹痛でも起こしたので？」

「そんなんじゃない。重箱にごちそうを詰めて、家の者と上野のお山に花見に行ったんだよ。それで、途中、重箱をそのままにして遊んだりして、もどってその重箱の蓋を開けたら、なんとヘビが出てきたんだよ」

「重箱からヘビが？」

「誰かの悪戯なのか、蛇が残りものを食うのに自分で潜り込んだのかはわからないよ。でも、以来、あたしは重箱が苦手になったんだよ。だから、どんなごちそうでも、重箱に入っていたら、食べないよ。うなぎもうな重じゃ食べない。うな丼」

「でも、筆屋じゃ硯箱も売ってるじゃないですか。あれだって、重箱みたいなものでしょうが」

　いまは息子に跡を継がせているが、しめの家は代々、筆屋を営んできたのだ。

「硯箱は、なかに硯だの墨が入っているとわかるじゃないか。でも、重箱はなにが入っているかわからないだろ」

「ううむ」

　雨傘屋は反論の余地はあると思ったが、こういうことは当人の思い込みだからどうしようもない。

「でも、親分。やっぱり、親分の目でちゃんと確かめておいてもらわないと、あっしもこの先、どう動いたらいいかわかりませんよ」

「だって、あんたねえ」

　しめはまだためらっている。

「大丈夫です。あたしの後ろに隠れてもらってかまいませんから」

「あんたの後ろに？」

「それで、十手を握り締めているんですよ。親分は、江戸でただ一人の女岡っ引きですよ。十手さえ握っていたら、怖いものなんかないでしょうよ」

「そりゃそうだ。あんた、いいこと言ったよ」

ようやく、入ることにした。

並んでいただけあって、小屋はたちまち満員になった。

やがて、若い衆の口上のようなことが始まった。

「これからお見せする重箱ですが、どこにでもあるごく普通の重箱なのでございます。とかくの噂があるお大名家から下げ渡されたとか、そういうものではございません。皆さまのお宅にも、一つや二つは置いてあるものです。ところが、あるときから、この重箱から、とんでもないものが浮かび上がるようになったのでございます。これからお見せします。どうぞ、驚かないでください。また、逃げようともなさらないでください。皆さまに危害を加えることはありません。争って逃げるようなことがあると、お怪我をなさることがございます。そうなっても、当方では責任を持てませんので、どうぞ、ご了解のほどを願います。では、その重箱を、いまからお持ちいたします」

若い衆はいったん楽屋へと下がり、重箱を持ってきて、客が見守るなか、舞台と言えるほどではないが、正面真んなかあたりにそっと置いた。

ほんとに客の目の前である。

それから若い衆は、なにかぼそぼそと重箱に向かって語りかけると、神妙な顔で下がって行った。客は息を飲んで、その重箱を見守っている。

カタリ。

と、音がした。

「ごくっ」

と、生唾を飲み込む音が、あちこちでした。

そこからである。信じがたいできごとが始まったのは。

雨傘屋も、あまりに意外な光景と、小屋じゅうに響き渡る悲鳴のせいで、なにが起きているのかわからなくなっていた。

「きゃあ」

前のほうにいた娘たちが、逃げようとして地べたを転げ回った。

「助けて」

「うわあ」

しめの驚きぶりも半端じゃない。

どーんと、ひっくり返った。

あれほど逃げるなと言われていたのに、客たちは逃げ惑っている。

「あわわわ」

もう、小屋のなかは狂乱状態である。

いったい、どれほどのあいだ、狂乱はつづいたのか。

気がつくと、小屋は静まり返り、

「どうぞ、お気をつけてお帰りください」

と、小屋主が客に声をかけていた。

雨傘屋がふと後ろを見ると、しめは腰を抜かし、震えていた。

## 二

それから一刻（二時間）後――。

雨傘屋は、神田皆川町（みながわちょう）の辰五郎（たつごろう）親分のところにいた。

「駄目だよ。おっかさん、腰も打ってるし、だいいち、まだ怖くて震えているんだもの。今度の一件からは降ろさせてくれって」

しめの娘で、辰五郎の女房であるおつねが言った。いままで、腰を抜かし、雨傘屋に背負われて家まで帰ったしめの世話をしていたのである。

「やっぱり駄目ですか」

雨傘屋はがっかりした。

「それで、肝心の女の顔はどうだったんだ？　やはり、殺され村で殺された女と、同じ女だったのか？」

辰五郎は雨傘屋に訊いた。

「いやあ。もう小屋のなかの狂乱ぶりが凄まじくて、幽霊の顔をじっくり見ることなんかできなかったんですよ」

「うん。おっかさんもそう言ってた。顔を見なくちゃいけなかったけど、とてもそれどころじゃなかったって、申し訳ないと詫びていたけど」

と、おつねは言った。

「しめ親分が脱落しちまったら、あっしも困るんですよ」

雨傘屋の言葉に、

「そうだよねえ」

おつねも深くうなずいた。

「辰五郎親分、お力添えをお願いしますよ」

と、雨傘屋は辰五郎に頭を下げた。

「そうだな。おれも、両国の見回りはしてるけどな」

「でも、常時、いっしょに動いてもらわないと」

「わかった。腕のいいのを見つくろってみる。とりあえず、おめえは両国に張り付いていたほうがいい」

「わかりました」

いま、両国広小路前の米沢町の番屋が、今度の調べの控え所のようになっている。

雨傘屋は、いったんそこにもどることにした。

雨傘屋を見送ると、辰五郎が、

「よわったなあ」

と、頭に手を当ててつぶやいた。

「どうしたんだい、お前さん」

おつねが訊いた。

「やりにくいったら、ありゃしねえ」

「なにがだい？」

「馬喰町の三右衛門さんがな」

馬喰町の三右衛門というのは、江戸の博労たちの元締めみたいな男で、旅人宿を三つほど持ち、百人近い博労たちを仕切り、駕籠屋も兼ねるほどで、あのあたりではたいそうな羽振りの男である。その三右衛門には、辰五郎は昔から世話になり、三右衛門のおかげで立てた手柄も、片手では足りないというくらいだった。

「うん、三右衛門さんがどうしたんだい？」

おつねも、三右衛門の妾と友だちで、よく知っている。

「つい昨日だよ。三右衛門さんに声をかけられ、こう言われたんだよ。近ごろ、両国の見世物小屋に、いろいろ探りを入れてるんだってなって」

「それで？」

「まさか、見世物の仕掛けを暴いたりはしねえよなって」

「……」

「いやあ、場合によっちゃ、そうせざるを得ないときも出てきますよって、おれもそこは正直に言ったよ」

「だよね」

「すると、親分、ああいうものはそっとしとかねえと駄目だよと、こう言うんだ。ああいうものは、お客のほうも知ってて騙されてるんだ。それを町方が暴いたりしたら、お客はしらけちまう。すると、お客の数がどっと落ちるんだよって」

「まあ、当たってるよね」

「ああ。いま、両国は面白い見世物がそろったおかげで、空前の繁盛をつづけてるんだ。おかげで、周囲の飯屋だのは大繁盛。それどころか、噂を聞いて、近郊どころか、小田原だの水戸や甲府あたりからも見物客が押し寄せ、馬喰町の旅人宿も、連日、満員がつづいているらしい」

「へえ」

「辰五郎さんもいまじゃ神田の大親分だ。そういう地元の繁盛のことまで気を配ってもらわねえと困るぜと、こうまで言われちまった」

「なんか、それってやだね」

おつねの顔がひきつったみたいになっている。

「やだ？」

「だって、岡っ引きは悪党を追っかけるのが仕事だよ」

「そりゃそうだ」

「見世物小屋で人が殺されたり、スリが横行したりしたら、当然、潜り込んで調べを進めるのが仕事でしょうが」

「ああ」

「そのために、仕掛けを暴かなきゃならないとなったら、暴くでしょう。別に暴くのが目当てじゃないし、暴いたからといって、それをよそでしゃべりまくるわけじゃない」

「もちろんだ」

「それを三右衛門さんがそんなこと言うって、おかしいじゃない」

「それはそうなんだがな」

辰五郎はますます困惑している。

「なんか、ほかにもあるの？」

「ほら、おれが使ってた吉次（きちじ）って野郎」

「うん。いい腕してるって、お前さん、褒めてたよね」

「あの野郎、三右衛門さんの宿に泊まっていた客から、金を抜きやがったんだ」

「なんだって？」

「たまたま、別の客を見張るのに、泊まらせてたんだが、魔が差したみたいでな。とっ捕まって、おれのところの者だというので、三右衛門さんが報（しら）せてきた」

「いつのことだい？」

「五日ほど前だよ。親分の若い者がこんなことしてちゃ、しめしがつかねえだろうと。誰にも言わずに黙っていてやるからと」

「そんなことがあったのかい」

「ああ。だから、おれも突っ張れねえわけさ。三右衛門さんも、探るなと言ってるわけじゃねえ。ただ、見世物人気を落とさねえように、気を配ってくれと、そういうことなのさ」

「ふうん。でも、あの雨傘屋ってのは、もともとああいう仕掛けなんかのことじゃ滅法（めっぽう）詳しくて、根岸さまにも可愛がられているんだよ。手助けしないわけにはいか

「わかってるよ。この際、おれがいっしょに動くか」

「あんたが？」

「そうすりゃ、うまく配慮できることもあるかもしれねえだろう」

「そうか。あんたも苦労するねえ」

おつねは、辰五郎の手を取って撫でてやった。

三

それから一刻（二時間）ほどして――。

重箱から幽霊の小屋の前に、椀田と宮尾がいた。

「同じ女かもしれないんだとさ」

と、宮尾が椀田に言った。

「確かめたのか？」

「確かめようとしたら、しめさんは腰を抜かし、戦線離脱だと」

「しょうがねえな、しめさんも」

と、椀田は笑った。

「なんか、皆さん、この一件に関しては、浮足立っちゃってるんじゃないのかね」

宮尾は皮肉な笑みを浮かべて言った。

「浮足立ってる？」

「そう。殺されたとかいうのも、小屋の前の活き人形とかも、なんだかいい女だというので、見てみたいんだか、調べたいんだか、わからなくなっちゃってる感じがするけどね」

「あんたは冷静だよな」

「わたしは、そういう見かけのつまらなさに騙されないから。見世物なんかも、冷静に見られるから」

宮尾は自慢げに言った。

「だったら、あんたが殺され村をのぞいてくれたらよかったんだ」

「見てきたよ、もう」

宮尾は軽い調子で言った。

「え？　いつ？」

「さっき。椀田さんが米沢町の番屋に来る前に」

椀田は、別の調べのことで、隠密同心から下手人の面通し（めんとお）を頼まれ、両国に来るのが遅れてしまったのだ。

「そうだったのか。どうだった？」

「ああ、薄気味悪かったよ」

「ほんとに殺されたと思うか？」

「それはないと思うんだけど、あれ、うまくやってるんだよ。斬りつけるところも、一瞬、客のほうから見えなくなって、次は血まみれになってただろ。なにか仕掛けがなかったかというか、あったかもしれないよな」

「そこまで見てたのかい」

「まあ、五分五分ってとこかな。でも、こっちの小屋で、同じ女が幽霊になっていたら、殺され村のは芝居だったとわかるよね」

「それは逆だろう」

と、椀田は言った。

「逆？」

「こっちの幽霊と同じ女だったら、殺され村でほんとに殺されていたってことになるだろうが」

「そう考えたわけ？」

「違うか？」

「それは、幽霊が本物だったら、それもあり得るけど」

「だいたい重箱から幽霊が出るような仕掛けがつくれるか。仕掛けにするんだったら、井戸から出るとかにするだろうが」

「では、まあ、見てみようじゃないの」

今日も椀田は町方の衣装ではない。どう見ても、浪人者というみすぼらしい恰好をしている。宮尾のほうはいつもと変わらない。暇そうな、国許から江戸屋敷に来ている若侍といったところである。ただ、宮尾の美男ぶりは、いささか目立ちすぎるのだが。

なかに入ると、椀田は鬱陶しそうに、

「なんだよ、この柳は」

と、顔をしかめた。柳の枝が上からいっぱいぶら下がっている。たいがいは頭に届くかどうかというくらいの高さまでだが、巨体の椀田は視界をふさがれてしまう。

「ま、我慢しなって、そのうち、座るんだろうから」

と、宮尾が言ったとおりである。まもなく、若い衆の手引きで座らされた。

それから、じつにあり得ないことが、椀田と宮尾の眼前で起きたのである。

せいぜい、稲荷ずしが十数個しか入らない程度、三段あるから、五人分くらいの花見のごちそうくらいしか入らないような重箱のなかから、実物大というか、ちゃんと人間の女くらいの大きさがある幽霊が出て来たのである。

それが、客がいるところに倒れ込み、次に客のすぐ前で宙に浮いたのである。

しかも、ふわりと宙に浮き、客を見下ろして、口からたらたらっと、血を流したのである。その量感、質感、さらに触感も含めて、幽霊が実在していることが、はっきり確かめられたのである。

「きゃあ」

挙句には、宙を何度か飛び回り、やがて幽霊は忽然と消えて行ったのである。

「ぎゃあ」

小屋のなかの叫び、悲鳴ときたら、殺され村の比ではなかった。

「うわっ」

椀田も、腰こそ抜かさないが、相当驚いたらしかった。

椀田と宮尾も、いつの間にか外に出ていた。なんだか狐につままれたような気分である。

すると、椀田はとんでもないことを言い出した。

「悪いが、おれはもう、この小屋には関わりたくない」

「なんだって?」

「うちはいま、女房が子を宿しているんだ。つわりがひどくて、ちょっとしたことでも吐いたりしてるんだ。そんなときに、幽気みたいなものを持ち帰ってみろよ」

「幽気……」

「あれは本物だろうよ」

「それはまあ」

宮尾もいま見たものがぜったいに違うとは言い切れない。

「おれはいまから塩で全身を清める。それで、この界隈はいくらでも回るが、殺され村と、この小屋に入ることは勘弁してくれ。女房と子どもの無事がかかってるんだ」

椀田の憤然とした口調に、

「弱ったね」

宮尾も、頭を掻くしかない。

## 四

この晩のことである。

土久呂凶四郎と岡っ引きの源次は、夜の両国広小路にやって来た。今宵は昨夜、湯島(ゆしま)で小火(ぼや)があったというので、そちらの警戒に回り、ここに来るのが遅れてしまった。

今宵は月明かりもなく、あたりは真っ暗、冷え込みも肌に痛いくらいである。

橋番小屋には、太いろうそくの明かりが灯(とも)っているが、このあたりまでは届かない。そのため、それぞれ一張りずつ提灯を持ち、足元を照らしている。

「旦那。また、見回りますか？」

源次が寒そうにしながら訊いた。できれば、小屋のなかから、広小路全体を見回したいという気持ちだろう。

「ああ、今宵はちっと丹念に見て回りたいな」

「ですが、小屋は片付けられてますよ」

「片付けても、どこかに持ち帰るまではしてねえだろう。ほとんどはそこの隅に置きっぱなしにしてるはずだ」

「あ、そうでしょうね」

「それを見てみたいのさ。からくりのネタがわかるかもしれねえ。そしたら、宮尾たちの助けにもなるはずだ」

しめが調べから離れ、椀田までもが及び腰になっていることは、さっき宮尾から聞いていた。怪かしはおなじみのものであるはずの根岸の配下に、こんな動揺が広がったのは、初めてのことではないか。

「なるほど」

二人は、広小路の隅に片付けられた道具を見て回った。

両国橋に近いほうまで来て、

「おい、ここにあるのは殺され村の道具じゃねえか」

と、凶四郎は源次に声をかけた。

柱や板などに、庄兵衛組と書かれてある。

「あ、そうみたいですね。ここの柱には、血の跡みたいなものがついてますし」

「ああ。女が斬られるとき、凄まじい血が飛び散るらしいからな」

「旦那。この樽のなかにあるのは、血糊じゃねえですか」

源次は、四斗樽ほどの大きな樽を揺すぶりながら言った。ちゃぷちゃぷという、
液状のものが入っている音がする。

「どれ？　あ、そうだな」

樽は蓋がかぶせられ、さらに縄で縛ってある。

「開けますか？」

「いや、いいだろう」

「あれ？　こっちは空ですね」

源次は、そのわきにあった樽を指差した。

「空？」

「でも、蓋して、縄で縛ってあるんですよね」

「そういうのは開けたくなるよな」

凶四郎は刀を抜き、縄を切ると、小柄を使って蓋を開けた。

「なにも入ってませんね」

「臭いもとくにしねえな」

「ええ」

「なんなのかな」

「あれ？」

「どうしたい？」

「この隣は確か、曲芸を見せる小屋でしたよ」

そう言って、源次は別の木箱を漁った。

「やっぱり、そうです。これは、傘のうえに鞠を載せて回す小道具です」

「じゃあ、この樽は乗るのに使うやつか」

凶四郎は拍子抜けした思いで、それからしばらく、ほかの小屋の道具などを調べて回った。


両国からの帰り道——。

凶四郎は誰かに尾けられているような気がした。

ときおり振り向いてみるが、なにせ今宵は暗い。軒下沿いに歩かれたりすると、ほんの数間離れただけでも見えなくなってしまう。

途中、振り返って、闇のなかにいる者に声をかけた。

「誰でえ、おれを尾けてるのは？」

もちろん返事などない。

鼻で笑って、凶四郎は歩き出した。

まもなくよし乃の家である。が、自分を尾けている何者かに、よし乃の家は知られたくない。

道を変え、よし乃の家から離れ、東の空が明るくなるのを待った。

やがて、雲を赤く染めながら、東の空が明るくなってきた。もう、曲者に襲われても、姿を確かめることができる。それに、気配はしばらく前から無くなっている。

よし乃の家の前まで来ると、玄関口に貼り紙があった。それには、

「お見通し」

と、書いてあった。

## 五

翌日——。
雨傘屋は一人で、薬研堀近くの鍛冶屋の二階に、からくり奇右衛門を訪ねた。じ

つは、ここへ来る前に、神田の辰五郎とこんなやりとりがあった。

「たぶん、親分がいっしょだと、奇右衛門さんはなにもしゃべらなくなっちまうと思うんです」

「じゃあ、おれは来るなというのか」

「そういうことじゃなくてですね」

雨傘屋は当惑した。まさか、しめの代わりに辰五郎親分がいっしょに回るとは思いもよらなかった。しかも、からくり奇右衛門に話を聞くと言うと、

「小屋のからくりを暴くのかい？」

と、微妙な顔をした。

「暴くのは難しいでしょうが、あの重箱から幽霊に奇右衛門さんが関わっているなら、あれは仕掛けとわかるじゃないですか」

「なるほど。じゃあ、いっしょに行くよ」

辰五郎はそうまで言ったのだが、階段の上がり口で盗み聞きしてもらうということで、納得してもらったのだった。

「岡っ引きの子分なんぞに用はねえと思うがな」

雨傘屋の顔を見ると、奇右衛門は顔をしかめた。

「奇右衛門さん。あっしを覚えていませんか？」

「え？」

「大坂に行く前に、何度か弟子にしてくれと、お願いに上がったんですが」

「弟子に？」

奇右衛門はじいっと見詰めて、

「麻布（あざぶ）の雨傘屋か？」

「そうです、そうです」

「なんだ、おめえだったのか？　なんだって、岡っ引きの子分なんかしてるんだ。おれは、よっぽどおめえを弟子にするかとまで思っていたんだぜ」

「そうだったんですか」

「ただ、どうしてもエレキのことを学びたくなって、長崎に行くことにしたのでな」

「そうだったんですね」

「それで、なんで岡っ引きの子分なんだよ？」

「いや、たまたまと言いますか、南町奉行の根岸さまとお近づきになって、あの方のために働いてみたいなと」

「まあ、型破りなお奉行さまだわな」

「じつは、昨日、重箱から幽霊ってからくりを見ましてね。あまりの凄さにびっくりしたんですがね」

雨傘屋は、奇右衛門の顔色を見ながら言った。

「重箱から幽霊？　知らねえな」

「ですよね。奇右衛門さんの仕掛けにしては、小屋は小さいなとは思ったんですよ」

「おれは、大仕掛けじゃねえと、面白くないんだよ」

「でしょうね。でも、こんな重箱から、幽霊が出るんですよ」

「そりゃあ、幽霊なら、戸の隙間からでも、障子のあいだからでも出るだろうよ」

「なるほど。奇右衛門さんなら、戸の隙間からでも出せますか？」

「戸の隙間から？」

一瞬、奇右衛門の頭が回り出したように見えたが、

「おい、雨傘屋。無駄だ。おれからなにか聞き出そうとするんじゃねえ。おれは忙しいんだ。帰れ！」

結局、たいそうな剣幕で追い出されてしまった。

夕方になって、雨傘屋は辰五郎とともに、南町奉行所に根岸を訪ねた。

今朝、殺され村で殺された女が、別の小屋の重箱から出るという噂について、しめが駄目なら雨傘屋にやらせろという命令が下されていた。その報告である。

「なるほど、重箱から出る幽霊が、からくりかどうかがわからないと、殺され村の

一件にもつながらないわけか」

　根岸は理解が早い。

「わたしはやはり、あれは奇右衛門さんの仕事のような気がするのですが、なんせ訊いても教えてはくれませんし」

「それは教えないだろう。なるほど、重箱から幽霊がな」

　根岸も見てみたい。だが、これから数日のあいだは、半月ほど前に起きた江戸橋の北海屋殺しの件で、関わった大勢の人間を裁かなければならないのである。

　その膨大な書類が、いま、机に積み上げられている。これらに目を通し、一人ずつ、罪状を言い渡さなければならないのだ。

　とても、見世物小屋に行っている暇はない。

「雨傘屋。ここはとにかく、そなたの目が頼りだ。何度でも見て、その一部始終をわしに伝えてくれ。それを元に、二人で仕掛けを見破ろうではないか」

「二人で?」

「そうよ。ざっと聞いたところでは、わしもそれは、からくり奇右衛門の仕事のような気がするな」

「お奉行さまも」

「ああ。雨傘屋、わしが思うに、からくり奇右衛門は、とんでもない大仕掛けも使うが、意外と小技も得意だぞ」

「小技が？」

「そうよ。あいつの仕掛けは、かなり緻密だ。決して細部をおろそかにはしない。そう思って、じっくり見世物を見てきてくれ」

「わかりました」

そう言って、雨傘屋と辰五郎が引き下がろうとすると、

「どうした、辰五郎？」

と根岸が、声をかけた。

「は」

「なにか、悩んでいるようなことがありそうではないか。正直に申せ」

「ははっ。じつは、あんまりああいう見世物の仕掛けを暴いちまうと、なんというか……」

この寒いのに、辰五郎は真っ赤になって汗をかいている。

「小屋主たちは困るというのか？」

「いや、まあ……」

「客足が落ちると？　せっかく大盛況となっている両国の賑わいに翳りが差してしまうか？」

根岸の口調は決して厳しくはない。

「いえ、あっしは」

「わかっている。そなたの立場もあるのだろうが、これは大事なことだ。おおっぴらにはせぬが、わしらはあの小屋の仕掛けを知る必要があるのだ」

「あいすみません」

辰五郎は肩をすぼめた。

## 六

この晩——。

突如として、凶四郎と源次が襲われた。今宵はいつもより早めに両国広小路を見張りに来た、そのときである。

その男は小屋掛けのための柱が並べられた陰から、突如、現われた。

まるでためらうようすもなく、まっすぐ二人のほうにやって来ると、手にしていた匕首(あいくち)を凶四郎に向けて突き出して来た。

「旦那、危ない」

その前に、源次は咄嗟(とっさ)にいつも懐に入れているつぶてを、男の顔面に投げつけていたのである。

カン。

と、音がしたし、明らかに命中したのだが、相手はなにも動じない。

「おっと」

凶四郎は刀を抜き、突き出された匕首——というより、手首を払った。手首は宙を飛ぶはずだったが、ガキッという音がしただけで、単に攻撃を払い除けただけに終わった。

「なんてこった」

相手は凄まじい巨漢のうえに、全身を鎖帷子で覆い、鉄の仮面をつけ、頭にも簡素だが、鉄の兜をかぶっている。これでは十手も刀も通じない。

武器は長めの匕首。これで突くか、斬りつけるかしてくる。

剣術を学んだようすはないが、なにせ防御が完璧だから、思い切って踏み込んでくるし、突進もしてくる。

——おい、待てよ。

あれは、栗田次郎左衛門だったか、奉行所の誰かの武勇伝を聞いた覚えがある。

やはり、鉄の鎧で全身を覆われた男に襲われたことがあったと。そのときは、いわゆる介者剣法、鎧兜をつけた武者を相手にするときの剣法で勝利したと言っていたはずである。

――脇の下か。

そこは無防備なのだ。

凶四郎は繰り出してくる匕首を避けながら、脇の下を突いた。

ガチッ。

という音でわかった。鎖帷子は脇の下まで守っている。

「駄目だ。とても避けきれるもんじゃねえ」

こうなれば逃げるしかない。

両国橋のほうに向かった。

橋番のおやじが、乱闘に気づいて、小屋から捕物道具の刺股(さすまた)を持ち出し、こっちに駆けて来るのが見えた。

「気をつけろ、おやじ！」

「土久呂さまでしたか」

一瞬、三対一ならどうにかなるかと期待した。

だが、この怪物は突き出された刺股をわざと身体につけるようにして、身体をひねるようにした。おやじは、弾き飛ばされ、地面に叩きつけられた。

「やはり駄目だ。逃げろ」

両国橋を渡り出す。

橋の途中まで来て振り向いた。

凶漢は遅れ気味だった。激しく息をしている。あれだけの重さを身につけているのだから、当然だろう。

――もう一度、やるか。

同じことを源次も思ったらしい。

なんとかひっくり返してやろうとしたらしく、横から凶漢の足に蹴りを入れようとした。ところが、凶漢はこの攻撃を身をすくめるようにして躱すと、逆に源次を蹴りつけた。

蹴られた源次は、仰向けになって吹っ飛んだ。喧嘩自慢の源次が、こんなふうにあしらわれたのも、初めてのことだろう。

「こっちだよ、化け物」

源次がとどめを刺されないように、凶四郎は挑発した。

「先におれをやってみろよ」

怪物はこっちに目を向けた。

この相手には、自慢の三日月斬りも通じない。回る秘剣も、鉄を斬ることはできない。

――いよいよお陀仏かよ。

なかば観念したとき、

「うおぉーっ」

叫びながら突進して来た。

凶四郎は剣を前に突き出すが、怪物はこの切っ先を手でつかむようにして躱した。

そのとき凶四郎は刀を捨て、横に跳んだ。

怪物は、身体ごと匕首を突き入れるつもりだったのだろうが、目標を失い、前につんのめった。そのまま橋の欄干（らんかん）にぶつかる。両国橋の欄干は、さほど高くない。ましで、怪物は鉄の防具で上半身が重くなっていたのだろう。

欄干にぶつかると、くるりと反転し、そのまま下へ落ちて行った。

どっぼーん。

という、重みを感じさせる水音が聞こえた。

凶四郎は下をのぞき込むが、暗い水面に、浮かび上がってくるものはなかった。

## 七

「二日で六回、見ました」

と、雨傘屋は言った。

雨傘屋が辰五郎とともに、根岸に報告に来たのである。

「そんなに見たか」

　根岸は感心して笑った。

「手のなかで、図面みたいなものも描きました」

「なるほど。辰五郎もか？」

「いえ。あっしは顔を知られてますので、外で若い衆に声をかけたりして、雨傘屋が気づかれないようにしてました」

「うむ。よくやった」

　根岸は、辰五郎をねぎらった。

「おそらく、根岸さまの片目分くらいは見てきたはずです」

　と、雨傘屋が言った。

「うむ。そんなに謙遜しなくてよい。では、訊ねていこう。小屋はそう広くないんだな？」

「はい。それで、舞台というほどのものはなくて、小屋の前のほうの真ん中あたりに重箱が置かれるんです」

「じかに地べたに置くのか？」

「いえ、あらかじめ見台みたいなものが置かれています。これくらいですか」

　と、雨傘屋は手で横が二尺（約六〇センチ）、縦が一尺ほどの大きさを示した。

「色は？」

「白木です。とくになにか塗ったりはしてなかったと思います」

「脚はついているのか？」

「ああ、脚は短いのがついてましたね」

「箱に短い脚がついたようなかたちだな」

「そうです」

「小屋のなかは暗いのか？」

「明るいとは言えませんが、それほど暗くはないです。顔もちゃんと見えるくらいですから」

「ほかに、なにもないのか？」

「あ、あります。上から、柳の枝がいっぱい垂れているんです。葉っぱもついたやつですよ。それが上から、ちょうど頭の上あたりまで」

「なるほどな」

「口上が終わり、重箱が置かれます。重箱の大きさは、ごく普通のこれくらいで、三段重ねです。しばらく間があって、カタリと蓋が外れたかと思うと、大きな卒塔婆が、にょきにょきと出てくるんです」

「卒塔婆は一本か？」

「いえ、一本じゃなかったです。三本です」

「正面向こうには出ないのだな」

「出ません」

「だが、客の目から一瞬、重箱が隠れるのだな」

「あ、そうですね。また、この卒塔婆が、ふつうの卒塔婆より、ずいぶん太いんです。しかも、それはどんどん伸びて、見上げるほどの高さになったかと思うと、ひゅうっと、客のほうに倒れてくるんです」

「なるほどな」

根岸は自分で、かんたんな絵を描いた。

「そのとき音がしただろう？」

「どろどろどろって、もの凄い音がします」

「卒塔婆には文字も書いてあるのだな？」

「あ、ありました」

「なんと？」

「南無阿弥陀仏と」

「ほう」

「それで、後ろに障子の戸があるのですが、そっちにも文字が浮かび上がるのです」

「それにはなんと？」

「南無妙法蓮華経と」

「なるほど、そっちは法華か」

「これはなんなんですかね」

「いや、さすがだな」

と、根岸は感心した。

「意味があるんですか？」

「あるさ。文字が読める者なら、南無阿弥陀仏と南無妙法蓮華経、一瞬、どういうことかと思うわな。そういうドサクサのときに、ますますわけがわからなくなる。頭をできるだけ混乱させてしまおうというのだろう」

「ははあ」

「よく考えているわな」

「それで、倒れた卒塔婆の陰から幽霊が顔を出すのです」

「いよいよか」

「幽霊はすばやく全身を現わします。すると、前方の客のあたりにばったり倒れるのです」

「倒れるのか？」

「はい。前には若い娘や女たちが座っていますが、もう大騒ぎです。客も浮足立って、逃げ出す者もいます」

「その前方の娘たちだがな、顔は確かめたか？」

「客の顔ですか？　いえ」

「たぶん、六回とも同じ娘たちだよ」

「なんと」

雨傘屋は、しくじりを指摘されたように頭を抱えた。

「重箱から出てくるのは活き人形だろうな。卒塔婆が倒れるとき、重箱の後ろが引き出されるのだろうな」

「重箱が？」

「すると、活き人形の頭を出すことができるのさ」

「なるほど」

「それで、倒れかかったところにいる若い娘と幽霊が入れ替わるのさ。それで、人形のほうは別の女が隠してしまう。こっちの女のほうは、かなりの玄人だろうな。よろよろと立ち上がった幽霊役の娘には、当然ながら幻にはない質感だの量感だのがある。触ることもできただろう。それから、どうした？」

「幽霊は、倒れている卒塔婆に足をかけ、上のほうへ階段でも上がるみたいに上って行きます。それで柳の枝をかき分けたあたりで、身体が横になり、宙を飛び回るのです」

「細い綱が使われているのだろうな。幽霊役の娘は、それに引っ張られるように卒塔婆を上がり、途中で別の紐に吊るされるようなかたちになるのだ」

「ははあ」

「それで、血を垂らしてみせたりするのか」

「そうです。もう、そのあたりになると、客はわけがわからなくなってますから」

「幽霊のほうは、柳のなかを、悠々と上のほうへ消え去るわけだ」

「完全に解けましたね」

と、雨傘屋が言った。

「そうじゃな」

根岸がうなずくと、

「ははあ」

辰五郎は呆気に取られたような顔をした。

「よく、できておる。そのつど、肝心なところは客から見られないように気をつけているし、幽霊役の娘には、さほど難しいことはさせておらぬ」

「ということは、殺され村も単なる芝居ということになりますか？」

雨傘屋が訊いた。

「それは別だろうな。逆に、殺され村の女を、なぜ、重箱のほうでも使うようになったか。まあ、だれも死んでなどおらぬということを示したかったのかもしれぬが、小屋主同士のつながり、そこらあたりも明らかにすべきだろうな」

根岸はそこでニヤリと笑い、

「そういうことが得意なやつがいるわな」

と、言った。

## 八

宮尾玄四郎が、若い娘の後をつけていた。

女は両国の見世物小屋から出て来たのである。重箱から幽霊の小屋ではなく、三軒ほど先の小屋の裏から出て来たので、一瞬、違うかと思ったが、やはり間違いない。

娘は、広小路のわきにある掘割(ほりわり)を回り込むように、神田川のほうへと向かった。

その途中、さりげなく歩み寄った宮尾が、

「ちっと話を聞かせてくれないかなあ」

と、声をかけた。

「どなた？」

娘は宮尾を見た。

まだ西の空に明かりは残っていて、顔も表情も窺うことはできる。

宮尾の顔は端正だが、美男によくある怪しげなものがない。さらっとして、あくまでも軽い。

「え？」

「客だよ。見世物小屋の客。でも、あんたみたいな美人が幽霊になると、怖いよね」

「化粧落としてもわかるよ。その鼻の筋と、ちょっと上唇がめくれたところ」

「やあだ。それ、気にしてるんだから」

「気にしなくてもいいだろうよ。わたしなんか、そこがいちばんきれいなところだと思うぞ」

そこだけとは、思っていても言わない。

「そうだとは言いません。勝手に幽霊だと思っていてくださいな」

宮尾の軽い調子に、女はついつい気を許している。これが宮尾の凄いところなのである。

「宮尾さまと話していると、なーんだかこの世のあらゆることがどうでもいいことに思えてきちゃうのよね。ほんとはそんなわけないんだけど。しかも、宮尾さま、最近、話術に磨きをかけて、ますます軽くなってるから」

とは、根岸家の女中の弁である。この女もそういう気持ちになったらしい。

「じゃあ、幽霊と思って話そうかな」

と、宮尾が言うと、

「面白い」

女は笑った。

「生きてるうちに幽霊になると、長生きするって話だから」

「ほんとに？」

「そんな話、聞いた気がする」

「なあんだ」

宮尾はなかなか本題に入らない。

じっさい話していると、宮尾は話すこと自体が面白くなって、本題のことも忘れてしまうのだ。だが、根岸が下手人を問い詰めていくときも、話はいろいろ横道に逸れたりするのをわきで聞いているので、たぶんそのほうが本当のことを話してしまうのだとも思っている。

「殺され村でも見たし、重箱から出るのも見たし」

と、宮尾は言った。

「ああ、お侍さん、殺され村にいましたよね。舞台の右手、前から三番目くらいのとこ」

「え、見てたのかい？」

「そりゃあ、お侍さんは珍しいし、しかも目立つから」

「まいったな」

「それで、今日は重箱も見たんですか？」

「だって、殺され村で殺された女が、重箱から幽霊になって出てるって噂になっているから」

「信じたんですか？」

「信じたら、こんなふうに話しかけないだろうが。道で会っても、あ、あの幽霊だなんて思わないだろうが」

「ですよね」

「名前なんていうの？」

「教えない」

「じゃあ、幽霊だから、おゆうにしようかな」

女はクスリと笑って、

「おいねっていうの」

「おいねさんか。幽霊の役者って、ほかにもいるの？」

「重箱のほうは、あたしと、ほかにもう一人」

「殺され村のほうは？」

「あっちはよくわからないのよ。いまは、重箱のほうに出てた娘が、殺され村にも出ているんだけど、ほかにも何人かいるみたい」

「そうなのか。殺され村のほうにも、あれはほんとに殺してるんだって噂があるからなあ」

「だったら、あたしはここにいないでしょうよ」

と、おいねは笑った。

「だよなあ」

宮尾もそこでさらに突っ込んだりはしない。

「そこで団子売ってるだろ。あれ、うまいよ」

小さな屋台が出ている。

「そうなの」

「ごちそうしようか？　ごちそうってほどのものじゃないか、あはっ」

「ごちそうしてくださいよ」

「いいとも。みたらし？　あんこのほう？」

「そりゃあ、あんこでしょ」

「だよな」

あんこの串団子を二本買い、ちょうど柳橋（やなぎばし）のところに差しかかったので、二人で欄干にもたれるようにして、団子を食べた。

「ほんと、おいしい、これ」

「だろう。甘過ぎないのもいいんだよ」

二人で団子を食べ終えた。川風は冷たいが、おいねは歩き出そうとはしない。

「そういえば、変なんだよね」

おいねの声が暗くなった。

「変？」

「あたしたちって、殺され村で殺されると、すぐに着替えて、置いてある樽の水で、血糊とかをぬぐってしまうことになってるの。そのとき、顔も洗って、化粧も落とすんだけど」

「どうして？」

「ときどき、楽屋のぞいて、やっぱり生きてたとか言う馬鹿がいるから、正体をわからなくするわけ」

「なるほどね」

「でも、それ、しない娘がいるのよね」

「しないって？」

「新品の空の樽に入るみたい」

「新品の空の樽に？」

「それで、この前、新しい樽が隅に置いてあったから、ちょっと見てみたの。でも、どうしても蓋が開かなくて、何となく怪しかった」

「え、それってやられたってことじゃないの？」

「いやあ、それはないと思うよ」

「どうして？」

「だって、ほんとに殺されたら、わかるでしょう。あたしだって、もし、ほんとに斬られたら、逃げるよ。ぎゃあぎゃあ、喚（わめ）くよ。でも、そんな話、聞いてないよ」

「だよなあ」

　宮尾は、否定しない。

「でも、もしかして、自分が死にたいって娘なら別かもね」

と、おいねのほうで、疑問を呈した。

「そんな娘いるかい？」

「そりゃあ、いるわよ。あたしだって、以前、凄く辛いことがあったとき、もう死にたいって思ったもの」

「そんな美人でも？」

「顔なんか関係ないよ。逆に面倒ごとが増えるだけ」

「そうなのか。でも、小屋主ってのは、どういう人なんだい？」

「殺され村の小屋主さんのことは、わかりませんよ。重箱から幽霊の小屋主さんが、あっちの第六天のとこで飲み屋もしてて」

「そうなの」

「あたしはそこで働いてて、声かけられたんですよ」

「そういうことか」

「じゃあ、あたし、そろそろ」

「うん」

「お名前、聞いてない」

「宮尾。宮尾玄四郎」

「宮尾さま。団子ごちそうさま」

「なあに」

「また、会える？」

「たぶんね」

おいねは何度か振り向くと、宮尾に手を振って、路地のなかに駆け込んで行った。

# 第三章　指で殺す

## 一

椀田としめが、俯き合いながら、ぼそぼそと話をしている。端から見ると、金に困って息子を養子に出した母親と、出世したのに会いにも行かなかったじつの息子が、二十数年ぶりに会っているみたいである。

「まったく、おいらも恥ずかしいよ。こんな図体していながら、あんなものに怯えたりして」

「椀田さまは、女房子を心配なすっただけでしょう。あたしなんか、十手持ったまま、腰抜かしちまいましたから。ほんと、みっともないったら」

「いや、子どものころから苦手なものはしょうがないよ」

「椀田さまだって。そんなにご新造さまとお腹の子を気遣う人なんか、そうそういませんよ」

「いや、しめさんは……」

「あたしなんかは……」

どうも、二人は反省しているというより、失態を慰め合っているらしい。とりあえず、しめも復活して、いったん雨傘屋と組んだ辰五郎も、いまは別に動くようになった。

「だが、しめさんよ。ここは一番、奮起して、手柄の一つも立てるしかないな」

と、椀田は言った。

「そうですよね」

どうやら意気投合したらしい。

宮尾は、そんな二人を面白そうに見ながら、

「ま、反省と決意はそれくらいにしてもらって。それよりわたしは、土久呂さんを襲ったという野郎のことも気になるんだよなあ」

と、言った。

「ですよね。あの土久呂さまが危なかったんでしょ？　喧嘩になると滅法強い源次だっていっしょにいたのに」

雨傘屋がうなずいた。

「もちろん、土久呂さんも動いているのだろうけど、わたしたちも、ちと現場を見ておこうよ」

「そうするか」

四人は両国広小路の賑わいのなかにいたのだが、そこから両国橋の上にやって来た。橋の中央よりは、ちょっと西詰寄りである。

「あ、そこだな。欄干(らんかん)に傷が残っているだろう。そこから落ちたみたいなんだがな」

宮尾が指差した。

土久呂と源次が襲われたのは、一昨日の晩である。下を見ると、このところ雨は降ってないので、大川の水は澄んでいて、ずいぶん深いところまで見えている。もちろん遺体は見えてないし、昨日は丸一日、橋番や近くの番屋の連中に遺体を捜させたが、結局、見つからなかったという。

「死んでないかもしれないんですか?」

と、しめが訊いた。

「いやあ、土久呂さんはしばらく水面のようすを見ていたそうだから、沈んで溺れちまったのは確かだと思うぜ」

「でも、そんだけ重かったら、流れないですよね?」

「おそらく、落ちるのを見ていたそいつの仲間が、暗いうちに舟を出し、引き揚げちまったんだろうな」

土久呂も今朝は、そんなことを言っていた。

「殺され村がらみですかね」

「たぶん、そうだろう。土久呂さんたちも、片付けてあった殺され村の道具を調べたりしていたらしいからな」

「ということは、かなり大勢の人間がからんでいると？」

「そういうことかな」

と、宮尾はうなずいた。

「小屋主の庄兵衛か、女を斬る若い衆でも引っ張っちゃうのは駄目なんですか？」

しめが椀田を見て訊いた。

「あいつらが直接からんでいるかはわからねえ。だいたいが、ほんとに殺されているのかだってわかっちゃいねえ。殺されたのは誰なんだって話だろうよ」

「ですよね」

「殺され村が、あそこで興行を始めたのは、ひと月前かららしい。だが、ほんとに女を殺しているという噂が立ったのは、この半月ほどなんだ」

椀田がそう言うと、

「わたしが話を聞いた女は、庄兵衛ではなく、重箱の小屋主のほうから声をかけられたって言ってたな。庄兵衛のことは、よく知らないって」

宮尾がしめと雨傘屋に言った。

「あたしのほうで、庄兵衛の身元を調べましょうか？」

と、しめが言うと、

「いや。御前も気になさっていて、昔の仲間を通して調べさせているみたいだよ」

「昔のお仲間を？」

「なにせ御前は顔が広いからな」

「やくざですかね？」

「いやあ、やくざなら、もっと早くわかっている。意外なところから、両国に出て来たような気がするな」

椀田がそう言うと、

「ま、そういうことだから、まもなくわかると思うよ」

宮尾の口調は、どこかのんびりしている。

「では、椀田さま、今日は終日、広小路を見回りますか？」

「そうだな」

と、椀田が言ったとき、顔見知りの坂本町（さかもとちょう）の番屋の町役人が駆けて来て、

「大変です。人殺しです」

　と、告げた。

二

「人殺し？　女か？」

　椀田が町役人に訊いた。咄嗟に殺され村のことを連想したらしい。

「いえ。殺されたのは男です」

「見世物小屋のなかで？」

「小屋のなかではありません。外で、腹を斬られています」

「どっちだ？」

「向こうです」

　指差したのは、殺され村があるほうとは、反対側である。

「殺され村とは、関わりなさそうだね。まったく、こんなときに」

　と、宮尾が愚痴った。

「よし、この殺しはおいらとしめさんが引き受ける。なあ、しめさん」

「そうしましょう」

　椀田としめは、町役人といっしょに駆け出した。みっともないところを見せたので、二人で下手人を捕まえ、名誉を回復しようというのだろう。

「こっちです」

町役人に案内されながら、見世物小屋などが並ぶ裏の、ごちゃごちゃと入り組んだあたりに入った。二度ほど曲がると、お地蔵さんの祠（ほこら）の前に出た。周囲はちょっとした空き地になっている。そこで男が死んでいた。

「これはひでえな」

椀田が顔をしかめた。

腹を深くえぐられ、腸が輪をつくるみたいになって飛び出していた。祠の背後は板塀だが、そこに血がぶちまけられたようになっている。

こじゃれた煙草（たばこ）入れと煙管（きせる）も血まみれである。巾着はなく、なにかを包んだらしい袱紗（ふくさ）も、やはりべっとり血がついていた。

すでに、七、八人の野次馬が取り囲んでいる。その連中を見回し、

「誰か、こいつを知ってるか？」

と、椀田が訊いた。

特徴ある馬面（うまづら）なので、見覚えのある者もいるのではないか。

「知ってますが、下手人はあたしじゃないですぜ」

髭面の男が言った。

「ほう、おめえかと思ったぞ」

「人相で決めつけないでくださいよ」

「おめえは誰だ？」

「あっしは、横山町の角の煙草屋です。安吉っていいます」

「それで、この死人は？」

「たぶん、そいつは金貸しの卯之助だと思います」

「ここらのやつか？」

「住まいは横山町二丁目だったはずです」

椀田は、遺体に筵をかぶせるようにと、さっきの町役人に頼み、後から来た番太郎には野次馬を追い払うよう命じてから、

「しめさん。卯之助の家に行ってみよう」

と、広小路から横山町に向かった。

二丁目で聞き込みをすると、卯之助の家はすぐにわかった。

こぢんまりした一戸建てで、戸を開けると、四十くらいの男がいた。

「金貸し卯之助の家はここか？」

「ええ。借りたいのかい？」

と、男は訊いた。

「生憎だが客じゃねえ。卯之助が殺されたんだ」

「兄貴が？」

「おめえは弟か？」

さっきの遺体の顔色をよくしたみたいな馬面である。

「はい。いっしょに商売をやっている巳之助といいます。兄貴は誰に殺されたんです？」

「それはわからねえ。いまから調べるのさ」

と、椀田はしめを見て、顎をしゃくった。

しめはうなずいて十手を見せ、

「南の者だ。隠しだてしちゃいけないよ」

と、甲高い声で言った。

「卯之助は朝から出ていたのか？」

椀田が訊いた。

「ええ。兄貴は取り立て専門でして」

「どこへ行くとかは言っていたか？」

「梅香斎松次って手妻師がいるんですが、そいつの取り立てに行くと言ってました」

「梅香斎松次？　聞いた名だな？」

「ええ。向こうの広小路で、酒を飲ませながら手妻を見せるという小屋をやっています。じつはこいつに二十五両を貸しているんですが、返す、返すと口だけで、いっこうに返しやがらねえと怒ってました」

と、巳之助は言った。

「その松次、臭いですね、椀田さま」

しめは嬉しそうに言った。

## 三

一方──。

椀田としめを見送った宮尾と雨傘屋だが、

「やけに張り切って行っちゃったな」

「ええ。あっしらはどうします？」

「わたしは、重箱から幽霊の小屋主を問い詰めてみたいね」

「あっしは、奇右衛門さんの話をもう一度訊いてみたいのですが」

「じゃあ、とりあえず別々に動こう」

と、二人は別れた。

重箱から幽霊の小屋の前に来た宮尾は、小屋主を呼び出すと、

「幽霊になる女のことだけどな……」

そう言いかけると、

「お侍さん。それは言い方が違います。幽霊になっちまった女が正しい言い方ですから」

小屋主は薄笑いを浮かべた。

「おーい、あんまり煩わしいことを言うなよ。わたしはこう見えて、ほら」

と、宮尾は滅多に見せない十手を見せた。できれば、こういう野暮なものは持ちたくないのだが、いまは両国の見回りもあるので、仕方なく持っていたのである。

「え？　町方の旦那でしたか。それはお見それしました」

「幽霊になる女だけどな」

「……」

小屋主は嫌々うなずいた。

「なんで、あっちの殺され村と同じ女が出てるんだ？」

「同じ女？」

「そう。とぼけなくていいから。なんで？」

宮尾は、男相手に追い詰めるのは、あまり得意ではない。女相手だと、からめ手から攻めたり、じいっと待ったり、いろんな技を駆使できるのだが、男相手だと逆に、単刀直入に訊きたくなってしまう。

「うーん、なんでと言われましてもねえ。向こうで死んだ女が、こっちで出てきているのかも」

「まあだ、それを言うわけ？　だったら、奉行所まで来てもらうしかないかな」

「あ、いや。頼まれたんですよ。殺され村の小屋主から」

「庄兵衛から？」

「そうです、そうです。ご存じでした、庄兵衛は？」

「うん、まあ、友だちってほどじゃないけどな。なんでまた？」

「なんででしょうね。女も、一つの小屋だけでやるより、二つの小屋でやったほうが、実入りもいいんでね。いまじゃ喜んでやってますよ」

「殺され村では、女がほんとに殺されているって噂は知ってるよな？」

　宮尾は、小屋主の顔を見つめながら訊いた。

「ああ、まあ、そんなことは聞きました」

「でも、こっちで同じ女が幽霊になって出ていたら」

「ほんとに殺されてるってことになりますか？」

「すると、噂が噂を呼び、どっちも大繁盛か？」

「ですが、ほんとに殺されてるとなったら、町方だって、黙っていねえでしょう？」

「当たり前だよ。だから、庄兵衛としては、死んでなんかいません、ちゃんと、向こうの重箱のほうで働いていますからと、言い訳はできるよな」

「なるほど。じゃあ、狙いはそっちですか。だったら、うちのもニセモノってことになるじゃねえですか。そりゃあ、庄兵衛さんもひでえなあ」

小屋主は、殺され村のほうを見て言った。

「庄兵衛の思惑も知らずに、女を紹介したのか?」

「いや、まあ。あいだで口を利いてくれた人もいたものでね」

「誰?」

「よく知らない人なんですよ。ただ、馬喰町(ばくろちょう)の三右衛門(さんえもん)さんがいっしょだったもので、こっちも言うことは聞かざるを得なかったもので」

「馬喰町の三右衛門?」

「博労の元締めみたいな人で、ここらの顔役の一人ですよ」

「そんなやつも関わっているのか?」

「両国広小路ってところは、莫大な金が飛び交うところですぜ。下手すりゃ芝居小屋より金高(かねだか)は上でしょう。いろんな人が関わっているんですよ」

小屋主は、あまり突っ込まないほうがいいですぜ、という言葉は飲み込んだようだった。

# 四

顔を出した雨傘屋を見て、

「なんだ、また来たのかよ。弟子は間に合ってるぞ」

と、からくり奇右衛門は言った。奇右衛門は、なにやらごちゃごちゃと書き込まれた図面に見入っているところだった。

「いや、そうおっしゃらずに。あっしは、あの重箱から幽霊の仕掛けをつくったのも奇右衛門さんだと見破ったのですから」

「見破ったとはどういうことだ？」

「重箱の下の見台（けんだい）がありますよね。あれが、なまじ四つ足だから、仕掛けがないみたいに見えるけど、じっさいは地面の下につながっているんでしょ。それで、そのなかから、長く太い卒塔婆が出て来ますよね。あのとき、重箱は枠や底が外れ、下の穴につながり、人の頭くらいある活き人形がくぐり抜けられるようになるんですよね」

「……」

「最初に出るのは活き人形で、それは頭だけで着物の下は空っぽなんでしょ。それが、前のほうにいた女たちのところに倒れかかるから、もう大騒ぎになる。その隙に、活き人形と幽霊役の女が入れ替わりますよね」

「おめえ……」

奇右衛門の顔色が変わった。

「あいうところは、奇右衛門さんが得意なからくり仕掛けだけじゃなくて、卒塔婆の文字や障子に書かれた文字、大きな音、そして人の動きなど、いろんなものをうまく組み合わせるんだなと、感心してましたよ」

「感心してたって、誰が？」

「お奉行さまですよ」

「根岸肥前守さまが見たのか？」

「いや、根岸さまは見ていないんです。あっしの詳しい話を聞いただけで、そこの入れ替わりを見抜いたのです」

「……」

「それで、幽霊に扮した娘を、細くて黒く塗った紐で操るんだけど、自分の力で動くわけじゃないので、まさに幽霊みたいな動きになる。最後は、やはり紐で引っかけて宙を飛び回り、柳の枝の向こうに消えてしまうって寸法だ。飛ぶところは、例の大川の力ってえのも使っているんでしょ。ほんとによくできてるし、あっしも根岸さまも、これは奇右衛門さん以外にやれることではないと思ったんです」

「なんてこった」

奇右衛門は広げていた図面を畳み、呆れたように雨傘屋を見た。

「当たりでしょ、奇右衛門さん？」

「当たりだよ。噂どおりだが、根岸さまってのは凄いお方だな」

奇右衛門はつくづく感心したように言った。

「そうなんですよ。それで、奇右衛門さんはおそらく知らないでしょうが、あの重箱から幽霊になって出る娘が、向こうの殺され村って小屋で、殺された娘だという噂が立っているんですよ」

「なんだ、それは？　どういうこと？」

「わかりませんか？」

「わからねえよ」

「幽霊役を選んだりはされないんですね？」

「そういうことは、ぜんぶ小屋主にまかせてるよ」

「つまりですね、殺され村ってのは、若い娘に匕首で斬りつけたり、刺したりして、殺すところを見世物にしてるんですがね」

「そんなこと、許されるのか？」

「許されるわけ、ありませんよ。もちろん、たいがいは仕掛けというか、見せかけているだけなんでしょう。だが、それに紛れて、ほんとの殺しを見世物にしてるという噂があるんです」

「ほんとだったら、ひでえ話だな」

「ひどい話です」

「でも、おれの重箱から幽霊は、根岸さまたちが見破ったとおり、明らかな仕掛けだ。ほんとの幽霊なんざ使わねえよ」

「ですよね。だから、おいらたち町方に探りを入れられて、うちの嘘っ八の殺しで、こっちで殺されても、ちゃんと向こうの小屋に出てるでしょうと、それを言いたくて、噂をばらまいたんじゃないかと思うんです」

「ずいぶん、ややこしいことを考えたもんだな」

「ただ、いまの両国はちっと乱れ過ぎているというか、儲かるならなんでもやろうという傾向にあるみたいなんです。それで、あっしの尊敬する奇右衛門さんが、そういうものに巻き込まれなければいいなと思ってましてね」

「心配してくれてるのか？」

「そりゃあ、しますよ」

「ありがとよ。そうならねえよう、気をつけることにするよ」

やはりこの人は、からくりのことになると夢中になり過ぎるが、根は善良なのだ。

「でも、奇右衛門さんの考案したやつは、あの怪鳥来襲のやつと、重箱から幽霊と、この二つですか？」

「いや、もう一つある」

「あるんですか？　奇右衛門さんが手がけたようなものは見当たらなかったですけどね」

「仕掛けの完成が遅れたので、まだかかっていねえのさ。だが、完成した。もうじき、お目見えするよ」

「そうなんですか。それは楽しみだ。どういうものなので？」

「まだ言えねえ。ま、楽しみにしてな」

結局、雨傘屋は教えてもらえなかった。

## 五

椀田としめは、梅香斎松次の小屋に向かっている。

「ここか」

手妻屋と看板が出ていた。

「なんべん見ても不思議だなあ」

などとも書かれている。

小屋というより、周りを筵で仕切っただけの、粗末な造りである。ニワトリだって、もう少し立派な小屋に棲んでいる。

「梅香斎松次ってのはいるか？」

そう言いながら、椀田は筵掛けの入り口をくぐった。しめも後につづく。

「なんです？　あっしが梅香斎松次ですが」

松次は、歳は五十くらいか。手妻師というより、クジラでも獲っていそうな、日に焼けてごつい身体をした男である。こんな身体をしていたら、顔は馬面でも身体は小柄だった卯之助を、有無を言わさず刺し殺すことくらいできそうである。

「卯之助は知ってるよな」

「金貸しの？」

「ああ。ここに来たかい？」

「朝早く来てましたよ。しばらくくっちゃべって帰りましたけど」

「来てたのか。でも、殺されたよ」

松次は、しばらく返事がなかったが、

「そうなので」

と、ぽつりと言った。

「おめえ、やったんだろ？」

椀田は笑みを浮かべて言った。

「勘弁してくださいよ、旦那」

「でも、おめえ、二十五両も借りてたっていうじゃねえか」

「それはそうですが、返しましたぜ」

「返した？」

「ええ。今日のことですけどね」

「嘘つくんじゃねえぞ」

松次は、いろいろ小道具みたいなものを置いたなかの箱から紙を取り出し、

「これは、証文ですよ。ほらね」

確かに返してもらったとあり、判子も押してある。

「ううむ」

椀田としめは、顔を見合わせた。

「金、持ってたでしょう？」

「なかったな」

「袱紗に包んであったんですがね」

「ああ、袱紗はあったが、中身はなかったな」

「なんてこった。じゃあ、それで殺されたんでしょう」

金目当ての通りすがりの殺しなのか。だったとすると、調べはかなり面倒になる。

「また来るぜ。逃げるなよ」

「逃げませんよ。あっしの手妻を見たい江戸っ子は、大勢いるんですから」

椀田は言った。

そう言って、松次はこれ見よがしに、台の上のお椀を動かし始めた。

赤い小さな丸い玉が、三つのお椀のなかで消えたり、現われたり、移動したり、あげくには数えられないくらい増えたりする。

椀田としめは思わず見とれ、

「凄いな」

と、感心した。

「なあに、〈品玉(しなだま)〉という手妻の基本中の基本ですよ」

そう言って立ち上がり、入り口の筵を上げて、

「いいですぜ」

と、声をかけると、外で待っていたらしい客が、ぞろぞろと入って来た。

## 六

椀田としめは、いったん殺しの現場にもどった。

遺体には筵がかけられ、野次馬もすでに追い払われている。

また、奉行所から駆けつけて来た中間が三人ほど、遺体の周りに縄を張っていた。

「でも、椀田さま。こんな袋小路みたいなところに、通りすがりの者が入って来ますかね？」

と、しめがあたりを見ながら言った。

「だよな」

「それに、卯之助もなんだってこんなところにいたんでしょうね？」

「それも奇妙だよな」

椀田はうなずいて、この袋小路を行ったり来たりした。

すると、少し離れたところで、餅を焼いて売っていたおやじと目が合った。おやじは別に目を逸らすでもなく、餅と椀田を交互に見ている。

「おい、おやじ」

「へえ、なんですか？」

椀田は声をかけた。

「おめえ、ずっとそこで餅を売ってるのかい？」

「はい。朝から日暮れどきまで、餅を焼いていますよ」

「だったら、あすこで男が殺されるところを見ただろう？」

「いえ、ここからじゃ見えねえんですよ」

「そうか？」

と、椀田は餅屋の前に立ち、殺しの現場を見た。

確かに、奥まった感じになる現場は、手前の小屋の陰になって見ることはできない。だが、そこに出入りする人は見ることができる。

「あそこで今朝ほど人が殺されたのは知ってるよな？」

「ええ。そういう話は聞きました」

「なにか、喚き声みたいなものは耳にしなかったかい？」

「変な声は聞きました」

「変な声？」

「うんぎゃあ、とかいう声でした。大人の赤ん坊みてえな声」

椀田がしめを見ると、しめは大きくうなずいた。それこそが断末魔の悲鳴だったのだろう。

「そんとき、あのあたりは見なかったかい？」

「見たと思います」

「誰か、逃げ出した者はいなかったかい？」

「いなかったですよ。あっしも、そんときはまさか人が殺されたとは思わないから、そう熱心に見てたわけじゃねえですが、いきなり誰かが逃げ出したりすれば、たぶん気づきますよね」

「気づくと思うぜ」

「なあんにもなかったです。それからしばらくして、若い男が、誰か死んでると騒ぎ出すまではね。そいつはあたふたして、番屋に報せるとかしてましたけど」

「そうか。それはいい話を聞いた。ありがとよ」

「あの餅でも」

「おう、そうだ。二つくれ」

椀田は、しめにも一つ渡して、その餅を頬張ると、あまりのうまさに、もう一つ、購ってしまった。

「また、妙な話になってきたな、しめさん」

餅を食べ終えてから、椀田は言った。

「ほんとですよね。この卯之助は、誰もいないところで、腹を斬られて死んじまったことになりますよね」

「まさか、この板塀を乗り越えて逃げたってことはねえよな」

椀田は板塀を叩いて言った。高さは、巨体の椀田の頭ほどもあり、しかも頑丈な造りである。これをすばやく乗り越えるのは、まずできそうもない。

「あれ？」

しめが板塀を見ながら言った。

「どうしたい？」

「ほら、椀田さま。この血だらけになったところに、節穴が開いてますよ」

しめが指差したのは、椀田の太い指だと入らないくらいの小さな節穴である。

「そうだな」

「あら、こっちにも。そこにも」

少しずれているが、その三寸（約九センチ）くらい上と、そこから一尺くらい上にも、節穴があった。まっすぐではないが、ほぼ直線上に沿って、三つの節穴がある。

「椀田さま。ここから刀を突き出したってことはないですか？」

「いや、この大きさじゃ、刀は入らねえな。匕首だって駄目だろう」

「ほんと。あたしの人差し指が精一杯ですね」

「この板塀の向こうはどうなってるんだ？」

椀田は板塀を拳で叩き、

「おい！　そっちに誰かいるか？」

と、怒鳴った。

「なんです？」

女の声がした。

「そっちにはなにがあるんだ？」

「ここは、手妻師の梅香斎松次の小屋ですけど」

「なんだと」

椀田としめは、顔を見合わせた。

「そういえば、あの松次の指は細いなあと、あたしは見てたんですよ」

しめは、指のきれいな男に弱いのだが、この前、それを裏切られるようなことがあり、あまり見つめないようにしていたのだ。

「あれほど手先が器用なら、この節穴を使って、卯之助を殺すことも、証文と金のこともうまくごまかすこともできたかもしれねえな」

と、椀田は言った。

## 七

この日の暮れ六つ（午後六時）ごろ――。

椀田と宮尾、しめと雨傘屋の四人は、それぞれ聞き込んだ話を根岸に報告するため、南町奉行所へ来ていた。

根岸は、四人が待つ控えの部屋に入って来るとすぐ、

「お、そうそう。殺され村の庄兵衛の前がわかったぞ」

と、言った。

「どこからわかったんですか?」

宮尾も、今日はあれから、ずいぶん訊いて回ったのだが、結局、わからずじまいだった。

「それが思いがけないところからわかったのさ。昨日、両国広小路は春をひさぐほうはどうなっているかと気になってな」

「ああ、浅草の奥山(観音堂裏の見世物小屋が並ぶ盛り場)がちょっと乱れているみたいですね」

と、椀田は言った。

「そうそう。それで、吉原同心の朝森新兵衛に、ざっと両国を回ってもらったわけさ。怪しげな連中がうろうろしていないかとな。すると、吉原に出入りしていた顔見知りの男が、小屋主をしていたんだと」

「まさか、殺され村の庄兵衛ですか?」

宮尾が訊いた。

「そうなのさ」

「吉原に出入りしていたというと?」

「庄兵衛は女衒だったみたいだ」

「女衒だったんですか！」

「しかも、女郎たちの評判はかなりよかったらしいな」

「女衒が評判がいいとはどういうことですか？　ふつうは、蛇蝎のごとく憎まれ、嫌われる筋合いの者でしょう」

「そうだよな。だが、庄兵衛というのは、女のほうをずいぶん気づかってやって、できるだけ高い金で売られるようにしてやり、しかも、年季が明けたときの相談にまで乗ってやっていたらしいのさ」

「そうなんですか」

「それが、近ごろ顔を見なくなっていたが、両国で見世物小屋をしていたのには、朝森も驚いたらしい」

「朝森さんは、そのわけを訊いたりしなかったので？」

と、宮尾は訊いた。

「うむ。巡り合わせだと、返事を濁していたらしい」

「巡り合わせねえ」

「というわけで、それを含んだうえで、殺され村の見張りをつづけてくれ」

「わかりました」

と、その件につづいて、宮尾と雨傘屋がわかったことを報告したあと、椀田としめが、あらたに起きた殺しについて語った。

「なるほど、手妻師が怪しいわけか」

根岸はすぐに、なにか道筋が見えたような顔をして、

「そうだ。面白い男を使ってみるか」

と、つぶやいた。

「面白い男ですか？」

しめが訊いた。

「ああ、例のスリだよ」

「まさか、子ねずみ兆次ですか？」

椀田が目を瞠った。

「ああ。いまはまだ、小伝馬町に送っておらず、ここの牢に入れてあるのさ。あいつも、このまま放り出しても、またスリをやらざるを得ないかもしれぬ。だが、手妻を身につけたら、それで食っていけるかもしれないだろう」

「仕事を斡旋するわけですか？」

しめが呆れたように訊いた。

「いや、それであいつをその松次のところに弟子入りさせて、ようすを探らせたら

面白いだろうが」

「面白いと言えば、面白いでしょうが」

しめには、根岸の企みがぴんと来ない。

「ちと、兆次を連れて来てくれ」

すぐに椀田が牢に行き、兆次を引っ張って来た。

兆次のほうは、いったいなにごとかと緊張の面持ちである。

「そなたにちと、勧めたいことがあるのだがな」

と、根岸は切り出した。

「勧めたいって、なにをでしょうか？」

「スリから足を洗って、手妻師になってもらいたい」

「手妻師？」

「知ってるか？」

「ええ。手妻使いでしょう」

「手先の器用なお前には、ぴったりの仕事になると思うぞ」

「そんなにかんたんになれるんですか？」

「弟子入りするんだよ」

「弟子入り？」

「梅香斎松次という手妻師でな。この者たちが連れて行っても、怪しまれるだけだろうから……」

と、根岸はまだ同席している宮尾たちを見て、

「わしの知り合いの小屋主で、中村籾次郎という者に連れてってもらおう。小屋主同士の頼みなら、向こうもむげにはできまい。それに兆次、籾次郎はお前もよく知っておろう」

「ははあ」

兆次は薄く笑った。

「なんだ？」

「そのかわり、あっしはなにかを探るんじゃねえですか？」

「よくわかったではないか。それで、なにを探るので？」

「いやあ。それで、なにを探るので？」

訊かれて根岸は、兆次がすべきことを説明し出したのだった。

## 八

翌日——。
兆次は、中村籾次郎に連れられ、梅香斎松次の手妻小屋に入った。まずは、その

手妻を拝見しようというわけである。

客は二十人ほど。手妻はすぐ目の前で演じられるので、兆次もそれを目の当たりにした。

まずは、お椀が一つ、伏せたまま切り株の台の上に置いてある。

持ち上げてみせたが、なかにはなにもない。すると松次は、袂から小さな赤い玉を出して、これを指のあいだでくるくると動かして見せる。赤い玉は生きているみたいに、指のあいだを動き回った。その鮮やかな手さばき。

つづいて松次は、

「えいっ」

と、その赤い玉を宙に放ると、赤い玉は忽然と消えた。

「え？」

客は皆、唖然とするが、

「このなかに入れたんだよ」

と、松次が椀を持ち上げると、なんとそこに赤い玉が入っていた。

「どういうこと？」

客は首をいっせいにかしげる。

だが、兆次には見えていた。宙に赤い玉を放ったように見せかけたが、じつは放っていない。赤い玉は袂のなかに入ったのだ。

そして、お椀を開ける前に、椀をぽんと叩いた。あれは、たぶん椀の裏に張りつけておいた赤い玉が、叩かれたはずみで下に落ち、さっきの玉であるかのように見せかけたのだろう。

兆次は見破ったが、ふつうの客は、たやすくごまかされてしまうだろう。

そんなふうに、手先の器用さを利用して、見物客を騙したり、驚かせたりすることができる。これはなんと素晴らしい商売ではないか、と兆次は内心で感心し始めている。

手妻はさらにつづく。

椀が三つに増え、出たり消えたりする赤い玉の数も二つ三つと増えていく。しかも、赤い玉が、いっせいに白い玉に変わったりする。

このへんになると、兆次ですら、仕掛けを見破ることはできない。

最後に、これまでの赤い玉、白い玉が、いっせいにすべて黒い玉に変わったときは、客のあいだに、

「うぉーっ」

というどよめきが起きたほどだった。

手妻が一通り終わって、松次が客を送り出したあと、改めて中村籾次郎から兆次

が紹介された。

「凄かったです。気持ちが揺さぶられるようでした」

と、兆次は言った。世辞ではない。

「なあに、あんなものは、品玉っていう、手妻の基本中の基本だよ」

松次は褒められるのも飽きたという調子で言った。

「それでな、松次師匠。この兆次が、あんたの弟子になりたいというんだよ」

と、籾次郎が言った。根岸の書状にあったとおりの芝居である。もともと役者だった籾次郎には、かんたん過ぎるくらいだろう。

「弟子に？」

「お願いします」

と、兆次は頭を下げた。

「いままで、なにやってたんだ？」

松次が訊いた。

「じつは、スリなんです」

兆次が恥ずかしそうに言った。

「スリだと？」

松次が目を剝くと、

「じつはな、この兆次は、あのつばくろ銀次の最後の弟子なんだよ」

　と、籾次郎がわきから言った。

「つばくろ銀次といったら、伝説のスリだろうよ」

「ええ。ですから、あっしは手先の器用さなら誰にも負けねえ自信があります。だが、もう盗みはしたくねえんですよ。だから、手妻を覚えてえんです」

「面白いな。だったら、おれの巾着を掏（す）ったら、弟子にするよ」

　松次は半ばからかう調子で言った。

「師匠の巾着を……」

「どうです、籾次郎さん？」

「おれはかまわねえが……」

　と、籾次郎も自信なげに兆次を見た。

「もちろん、やります。本当に弟子にしてくれますか？　約束してくれますか？」

「ああ、約束するよ。まあ、無理だろうからな。おれだって手先の器用さと、勘の良さじゃ、子どものころから天才と言われていたんだ。そうかんたんには、このおれから盗むことはできねえよ」

「いつまでに盗めばいいんです？」

「そうだな、この小屋を閉めるまでだな。おめえは勝手にここらをうろうろして、おれの隙を窺うがいいや」

「小屋を閉めるまでって、そんなにはかかりませんよ」

兆次はぬけぬけと言った。

「ほざくな。そういうことはうまくいってから言え」

松次はムッとした。

「だって、もう、いただきましたから」

と、兆次は言った。

「なに、ふざけてるんだ」

「懐のものを確かめてください」

「なんだと？　え？」

松次は慌てて、懐から両方の袂までぱたぱたと叩いた。

「これですよね」

兆次は自分の懐から柿色の巾着を取り出した。

「嘘だろ」

松次は唖然としている。籾次郎も開いた口がふさがらない。

「中身は盗ってませんから」

そう言って、巾着を松次にもどした。

「いったい、いつの間に？」

「あっしがスリだと言えば、たぶん弟子入りの条件にそんなことをおっしゃるんじゃねえかと思ってたんですよ。それで、さっき客を送り出しているときに、抜き取らせてもらったってわけで」

「そんな条件を言い出さなかったら？」

「もちろん、そっとお返ししておくつもりでした」

「なんてこった」

「弟子には？」

と、兆次が訊いた。

「ああ、してやるよ」

松次は苦笑して言った。

## 九

宮尾が、殺され村の前に置いてある活き人形をじいっと眺めている。人形は今日も、美しい苦悶の表情を浮かべている。

すると後ろから、

「宮尾さま」

と、声がかかった。じつは、後ろに女が忍び寄る気配は感じていたし、たぶん誰なのかも見当がついていた。

だが、宮尾は驚いたように振り返って、

「おう、おいねちゃんかあ」

「ふっふっふ。なに、してるんですか？」

「いや、なに、ちょっと」

「人形が美人だなあって思ってたんでしょ」

「うん、まあ」

ほんとは、そうは思わない。が、ここは話を合わせたほうがいい。

「妬けちゃうなあ」

「あっはっは。でも、この人形、おいねちゃんにも似てるよね」

「そうですか？」

「でも、わたしはときどき、若い娘の顔の区別がつかなくなるんだよな。とくに、いわゆる美人と呼ばれている女の顔が」

「ああ、そうかも」

と、おいねはうなずいた。

「なんで？」

「流行りの顔ってあるんですよ」

「そんなの、あるの？」

「化粧でできるんです。たとえば、この顔は目元にちょっと墨を入れて、切れ長に見せてますでしょ」

「ああ、ほんとだ」

「口紅は真っ赤じゃなくて、朱に近いんです」

「なるほど」

「こうやって流行りの化粧にすると、美人に見えてしまうことってありますし、しかも皆、似た顔になってくるんですよ」

「ということは、殺され村で殺される娘が、重箱から幽霊のほうに出ると、たとえ別人でも、同じ娘に思われることもあるかね？」

「あると思います」

「ふうん」

「なにかありました？」

なにかあれば、あたしが宮尾さまを守りますよとでも言いたげである。

「いや、別に。ただ、おいねちゃんたちに変なことが起きなきゃいいなと思ってさ」

「ねえ、宮尾さまって、もしかして町方の人？」

おいねはいきなり訊いた。

だが、宮尾は別段、動じたりはせず、

「だとしたら、怒る？」

「怒らないよ。そうなの？」

「町方ではないんだけどね。まあ、いろいろ巷の悪事を調べたりはしてるんだよ」

「そうなんだ。そうすると、この見世物小屋に、悪党が潜んでるってことですよね」

「まあ、そこらははっきりしないんだけどね」

「あたしが見るにですよ。ここ、殺され村の小屋主さんは、悪い人じゃないですよ」

「そうなの」

元は吉原の女衒で、女郎たちに慕われているということは言わない。

「ただ、ときどきひどく悲しげな顔をしているときがあるんです。ほんとに、そのまま暗くて冷たい水の底にでも入って行きそうなほど、悲しげな顔です。ああいう顔をする人は……」

おいねは口をつぐんだ。

「どうした？」

「うまく言えないけど、ああいう顔をする人は、女を別の人生に引きずり込むんですよね」

そう言って、おいねは小さくため息をついた。

# 十

兆次は弟子入りしたけれど、松次が広小路からも近い馬喰町四丁目の旅人宿(りょじんやど)に長逗留(ながとうりゅう)しているため、元の住まいである馬喰町の裏長屋から通うことになった。

といっても、稽古だの、松次の身の回りの世話などで忙しくて、なかなか椀田たちと接触することができない。

ようやく兆次が、椀田たちと話をすることができたのは、弟子入りして四日目の朝のことだった。日本橋(にほんばし)の通(とおり)二丁目にある古道具屋まで買い物に行くように言われ、その足で南町奉行所に駆け込んだ。

「おう、兆次。よく抜けられたな。どうだ、弟子の暮らしは？」

ちょうど出かけるところだった椀田と出くわした。

「いやあ、楽しいの、なんのって。手妻の面白さに嵌(は)まり込んでますよ」

「お奉行も、そなたのことは気になさっていた。まずは、挨拶に行け」

「わかりました」

と、根岸の部屋を訪ねた。ちょうど宮尾も来ているところだった。

「おう、兆次。どうだ、手妻は面白いだろう？」

根岸が訊ねると、

「はい。おかげさまで才能があると褒めてもらっています。ちと、三日間、修業した成果を見てもらおうと思いまして」

兆次は懐から、お椀を取り出した。

赤い玉を使うおなじみの手妻である。宙で消えた赤い玉は、お椀のなかに現われた。さらに次には、その赤い玉が白くなった。

「ほう」

根岸は感心したが、そんなことでは終わらない。

お椀を閉じたり、開けたりするたびに、白い玉はどんどん大きくなる。やがて、卵の大きさ、いや卵そのものになった。

「やるではないか」

「ここからが、あっしの工夫です」

と、もう一度、お椀を伏せると、次はなかからヒヨコが現われ、とことこと歩き出したのだった。

「見事じゃ、兆次」

根岸も本気で感嘆している。後ろで見ていた椀田と宮尾も肝をつぶした。

「面白いもんです。あっしは、江戸でいちばんの、やがては日本一の手妻師になろうかと思い始めています」

「それはいい」

「ただ、松次師匠は……」

「師匠かよ」

と、わきにいた椀田が咎めるように言った。

「そりゃあ、この先のあっしの生きる術を教えてもらっているんですから、いちおう敬意は表さねえと駄目でしょう」

「兆次の言うとおりだ。それで、松次がどうしたって？」

「ええ。松次師匠は、スリはやめなくてもいいだろうと言うんです」

「なんで？」

「こいつなら大金を持っているというときを狙えばいいんだ、というんです」

「目をつけてるのがいるのか？」

「いるみたいです。まあ、そのうち教えるよと」

「ふうむ」

「それで、あっしはお奉行さまに命じられたように、あの板塀の三つの穴を気をつけて見ています。でも、松次師匠は、とくにあの穴を気にするようすはありませんよ。むしろ、見ないようにしているのかもしれません」

「なるほど、あっしも、あの穴でなにができるか、ずいぶん考えました。指は一本だけですが、根本まですっぽり入ります。あっしの指は細いので。松次師匠の指もやっぱり細いので、同じように入ると思います。穴二つから指を一本ずつ入れ、いちばん上の穴から、向こうにいた卯之助を見ていたとします」

「うむ」

「指だけで、板塀の向こうの卯之助の腹をえぐることができるのか。いまのところ、まったく考えられません」

「そうか」

根岸は別に落胆したようすもなく、うなずいた。

「ただ、師匠の女とはずいぶん親しくなりました」

と、兆次はつづけた。

「女がいたか？」

「ええ。おなつといいまして、まだ二十歳くらいの若い女です。女郎上がりでもなく、ちっとぐれかけていたのを、師匠がうまいこと丸め込んだみたいです」

「口八丁手八丁（くちはっちょうてはっちょう）だな」

「でも、いまはもう、松次師匠から気持ちは離れたみたいです」

「殺しの手伝いでもさせられたのか？」

「そこはわからないんです」

「殺しのことは知らないわけではあるまい」

「はい。ただ、おなつは師匠が泊まっている宿で寝泊まりしているのですが、朝が遅いので、あの日も小屋に来たときはもう、昼ごろになっていたみたいです。それで、板塀の向こうで人殺しがあったとは聞いたみたいですが、まさか松次師匠がやったとは思っていないでしょう」

「そうか」

「ただ、おなつは、変なことをさせられるとは言ってました」

「変なこと？」

「板塀のほうを向いて、何度か裸になれと言われ、脱いだりしたそうです」

「ほう」

「手妻に役立てるんだと言っていたそうですが、変な話ですよね」

「そうだな」

「おなつは、あの人は駄目、そのうち、客の前でしくじったりすることになるとも言ってました。酒の飲み過ぎもあるし、博奕（ばくち）で莫大な借金をこさえてるから、そのうち指でも詰める羽目になりかねない。手妻師が小指落としたら、微妙な指遣いもできなくなっちまう、そんなことも言ってました」

　兆次がそう言うと、

「あんな男が博奕をやったら、負けることはねえんじゃないか。イカサマだって見破ることができるだろうし」

　と、椀田が言った。

「いやあ、それはそう甘くないと思いますよ。向こうも玄人のやくざですし、こっちは一人でも、向こうは大勢です。結局、勝てるわけないんです。しかも、酔っ払って行ったりすると、気が大きくなって、ケツの毛までむしられてしまいます」

　兆次がそう言うと、

「そういうことだわな」

　根岸がうなずいた。

「いまのところ、わかったのはこれくらいです。あいすみませんが」

「いや、ためになる話が聞けたよ。わしもほら、そこに穴を開けてな。ああでもない、こうでもないと考えていたのさ」

　根岸は横を指差すと、そこの障子戸に穴が三つ、開けられているではないか。

「なんと」

「これは、向こうにいる猫のお鈴には見せられぬな。障子に穴を開けたりすると叱られるのに、飼い主のわしがこんなことをしていては示しがつかぬ」

「それでなにか、おわかりに？」

「うむ」

根岸はうなずいた。

じつは昨夜、いちばん上の穴から、亡妻のたかがこちらをのぞいていたのである。

根岸はまだ、私邸のほうにもどらず、ここで裁きの資料を読んでいたのだが、ふと気づくと、たかがかすかに笑った気配があり、すぐにいなくなってしまった。

——あれは、おたかがなにかを教えようとしてくれたのかもしれぬ。

根岸はそう思っている。

そして、いま、兆次が重大なことを教えてくれた。

「難問だったがな」

と、根岸は言った。その顔には、日が差したような明るさがある。

「もしかして、御前？」

宮尾が訊いた。

根岸は、にやりとして言った。

「ああ、わかったよ。梅香斎松次は、その三つの穴で卯之助を殺したのさ」

# 十一

「まずな、板塀の向こうにいる卯之助を刺すことくらいはできるわな。その下の穴から、細身の長い刃物を差し込めばいいのだから」

と、根岸はいちばん下の穴を指差して言った。

「ですがお奉行、塀の向こうにいて、細身の刃物なんかで刺されたら、咄嗟に逃げるでしょう。あんなに大きくえぐられるような傷にはなりませんよ。なんせ、腸が飛び出すほどだったのですから」

椀田が反論した。

じつは、椀田としめも、そのことは早くから疑い、何度も試したりして、結局、それはないという結論に達していたのだ。

だが根岸は、

「だったら、動けなくすればいいではないか」

と、平然と言った。

「どうやるんです？」

「その真ん中の穴に紐を通し、目立たないように、輪っかをつくっておくのさ」

「輪っかを？」

「近くに木はないか?」

「ああ、あります。地蔵の祠のわきに桜の木があり、それは枝を張るように頭上にかぶさってきています」

「それを使うのさ。それで、卯之助が輪のなかに入ったとき、こっちから紐を引いて、動けなくすることはできるだろう」

「紐で! そんなにうまく輪っかのなかに入りますか?」

「入るようにしたのさ」

「どうやって?」

「それがいちばん上の穴だよ。おなつという女が裸にさせられたと言ったな?」

根岸は兆次に訊いた。

「はい。ですが、殺されたときは……」

「そのときはいなくてもいい。まもなく、おなつが来て、そこで裸になるのをのぞくことができると思わせればいいだけだ」

「ははあ」

「以前にそれを見せ、また見せてやるくらいのことは言ったのだろうな。それで、卯之助は金を受け取ると、板塀の向こうに行き、こっちをのぞき込んだのさ。ところが、こっちからのぞき込むのを見ていた松次は、紐を引き、卯之助を動けなくしたところで、細身の刃物で刺し、こう横にえぐるようにしたってわけだ」

「なんてこった」

椀田が頭を抱えるようにすると、宮尾と兆次も呆然となった。

「ですが、お奉行。まだ、わからないことが？」

「金か？」

「はい。返したという金など、卯之助は持っていませんでした」

「それこそ、松次の得意な手妻を使ったのだろうが。二十五両は袱紗に包んで渡したが、同じ重さの袱紗を用意してあって、それにはおそらく、石くれに似た鉄の塊でも入れていたのだろう。懐に入れていたそれは、刃物でえぐられたときに外に出て、あたりの石くれに混じり、わからなくなったのではないかな」

根岸がそう言うと、

「板塀の向こうなのに、そんなに都合よくいきますか？」

と、宮尾が訊いた。

「そのときは、こっちから強力な磁石でも使って、鉄の塊をうまいこと、遺体から遠ざけておくつもりだったのではないかな。磁石もよく、手妻の道具に使われるからな」

「納得です」

宮尾は膝を叩いた。

「では、お奉行」

「うむ。あとは証拠をなんとか揃えることができるかだが」

「大丈夫でしょう」

そう言って、椀田たちは飛び出して行った。

それから、わずか半刻（一時間）後である。

梅香斎松次は、自分の小屋のなかで、後ろ手に縛り上げられている。

「お、いいものが見つかった」

椀田は、松次が持ち歩いている道具箱のなかから、細長い刃物を取り出した。鞘はなく、麻の袋にぽろっと入れてあった。

「おい、これはなんだ？」

「それは、手妻で使う刃物ですよ」

「これを穴から入れて、卯之助の腹をえぐったわけか」

「なにをおっしゃいます？」

「おめえ、血脂くれえきれいにぬぐっとくもんだぜ」

「え」

確かにその刃物にはまだ、血脂の跡が残っていた。

「それと、この紐」

それも同じ道具箱から取り出した。

「紐がなんですか？」

「卯之助を輪に通して引き、身動きできねえようにしたんだろうが。そこの穴にほら、この紐と同じ糸屑がついてるぜ」

「え？」

しめが三つのうち、真ん中の穴を指差している。

「これも証拠だ。塀ごとお白洲に持って行くからな」

椀田は本当にそうするつもりである。

「……」

さらに、椀田は小屋の隅で唖然としていた娘に、

「それと、おなつと言ったな。あんた、この前、そこで裸にさせられたんだろ？」

と、声をかけた。

「はい」

「あんたの裸を、卯之助にのぞかせるためだったのさ」

「そうなんですか」

おなつは松次を睨んだ。だが、松次は目を合わさない。

「殺したときは、もうじきあんたが来るようなことを言ったのだろうな。それと、二十五両も嘘だったな。重さの同じ鉄の塊と取り替えて持たしたんだ。それで、腹をえぐったとき、袱紗も破れて、鉄の塊ごと地面に転がった。ちょっと見には、石と見間違うくれえだ。でも、それもほら、ちゃんと回収しといたぜ」

しめが、別の袱紗に載せた、石とよく似た鉄の塊を見せた。

「なんてこった」

松次は頭を垂れた。ついに観念したらしい。

「ところで、おめえは兆次に、スリはやめずに、ここらに出入りしている金持ちがいるから、そいつらを狙えばいいと言ったらしいな？」

椀田はさらに訊いた。

「あの野郎、スリじゃなかったんですか？」

と、松次は呻くように訊いた。兆次はここにいない。あれでも手妻の師匠なので、縄を打たれるところは見たくないと、この外に控えている。

「スリだよ。ただ、改心して、おめえを探ることに協力してくれただけだ」

「糞ッ」

「そんなことより、その金持ちってのは誰なんだ？」

「名前なんざわかりませんよ。ただ、博労の元締めの三右衛門って人が、へこへこして連れ歩いていたくらいだから、よほどの金持ちなんだと思いますぜ。大方、景気のいい札差あたりだと思いますがね」

「ふうむ」

椀田は宮尾を見たが、宮尾は静かに首を横に振っただけだった。

## 十二

この夜――。

元日本橋芸者の売れっ子で、いまは川柳の師匠をしているよし乃が、借金を返しに、日本橋本町(ほんちょう)四丁目にある札差〈越前屋(えちぜんや)〉の家に来ていた。

「今宵も一分だけですが、借金をお持ちしました」

よし乃はそう言って、紙に包んだ一分を、越前屋の前に押し出した。

「あんたも意地っ張りだな」

越前屋は薄く笑って言った。

歳は四十前後といったところだろう。代々越前屋は、札差と両替商を家業としていたが、当代になって、大胆な大名貸(だいみょうが)しが成功し、江戸屈指の豪商に成り上がった。

「意気地と言ってくださいな」

と、よし乃は言った。

「千両の借金を抱えた気分はどんなものだね？」

「別にどうってことはないですね。うるさく催促されたら、また別の気持ちも生まれるんでしょうが、幸い催促はありませんし」

「そりゃそうだ。博奕の儲けの催促など、こっちの立場が危うくなる」

「旦那も、とんでもない金を貸しちまいましたね」

よし乃は皮肉な笑みを浮かべた。

「どうだ、あたしと一晩付き合うごとに、百両ずつチャラにしてやるってのは？」

「いいえ、けっこうです」

「ほう。二百両でも三百両でも？」

「千両でもお断わりしますよ」

「面白い女だよ、あんたは」

「自分じゃ、面白くもないんですがね」

「そうか。じつはあたしも、つまんなくてね」

「旦那が？」

「ああ」

越前屋はうなずき、ゆっくり煙草を煙管に詰めた。それから、火鉢の炭で火をつけると、大きく一服した。

そのようすを見て、

「そりゃあ、儲け過ぎたんですよ。商人が、苦労せずにお金が入って来るようにな
ったら、つまらなくなりますよ」

と、よし乃は言った。

「そうなんだよな」

「しかも、使い切れないくらいのお金でしょ」

「まあな」

「それはつまらないと思います」

「ただな、近ごろ、楽しみができてな」

越前屋は遠い目をした。

「そうなんですか」

「だが、よし乃には教えないよ」

「どうしてです？」

「お前には、町方の旦那がついてると聞いたからさ」

「おや」

「もう、いい。帰んな」

「では、これに判子をお願いしますよ」

よし乃は懐から、手帖を出した。それには一分返すたびに、判子を押してもらうことになっている。今日の分で、ちょうど四両を返したことになった。千両のうちの四両である。幸い、利子はつかない。

判子を押してもらうと、よし乃はすぐに外に出た。

本町の通りを少し歩くと、そこには土久呂凶四郎がいた。今日は非番に当たっていたので、源次はいっしょではない。

「どうだった、野郎は？」

凶四郎は訊いた。

「なんとなく、いつもとようすが違った気がします」

「どんなふうに？」

「なんと言えばいいんですか、脂が抜けたような、いつもの毒っけは感じなかったです。それと、あたしと旦那のことは知ってましたね」

「だよな。だが、おいらもここであの野郎とつながってくるとは、思わなかった」

「そうなの？」

「ああ。うまくすると、師匠の重荷を取り除いてやれるかもしれねえよ」

凶四郎は、弾んだような声で言った。

# 第四章　生首踊り

## 一

　このところ、両国広小路は平穏、かつにぎやかに明け暮れている。目立った騒ぎが起きずにいるのは、南北の町奉行所が見回りのため、かなりの人数を繰り出しているおかげだろう。

　殺され村の噂もあまり聞かなくなった。

といって、噂の真偽が明らかになったわけではない。根岸の手の者は、いまだに地道な訊き込みをつづけている。

　そんなとき、新しい見世物が登場した。

　その名も〈生首踊り〉。

　ずいぶんとおどろおどろしい演題だが、どこか滑稽味もある。だいたい生首が踊るわけはないので、残酷が売りではないと想像がつく。

看板絵は、首が八つ、胴から離れて、宙を舞っている。が、それらの首はどれも後ろ向きになっていて、顔はわからない。胴のほうはこちら向きで、男一人をのぞき、ほかは振袖姿で、若い娘たちなのだとわかる。眺めていると、顔が見たくなってくる。なかなか巧みな客寄せの手法なのである。

その看板を見上げて、

「これはからくり奇右衛門の仕掛けなのかい？」

と、しめが雨傘屋に訊いた。

「だと思います。ほら、大川の水車から、板で蓋してますが、地面の下を棒が延びているのがわかるでしょ」

雨傘屋は大川の岸のほうからこの小屋までを指で示した。

「ほんとだ」

「これは、動かすのに、かなり力がいる大がかりな仕掛けなんでしょう。こういうことをできるのは、奇右衛門さんしかいませんよ」

「なるほどね。じゃあ、入ってみるか？」

「入りましょう」

木戸口で十五文取られ、なかに入るとさらに二十文取られた。

「高いね」

しめは思わず若い衆に文句を言った。

「仕掛けに銭がかかってるんでね。でも、損したとはぜったい思わないよ」

若い衆はそう言った。

小屋は大きいし、舞台も大きいように見える。上は吹き曝しではなく、屋根がつくられ、黒い布をかぶせてある。わずかな光は洩れるが、小屋のなかはかなり薄暗い。

笛や太鼓の音色とともに幕が上がった。

舞台には、若い娘たちと一人の男が並んで座っている。

娘は七人いる。いずれも、きれいな顔立ちだが、化粧のおかげと言えなくもない。

「見覚えのある娘はいるかい？」

しめが訊いた。

「いないみたいですね」

雨傘屋は首を横に振った。

大きな小屋だが、満員で押し合いへし合いしている。ざっと二百五十人ほどか。

舞台の袖から若い衆が出てきて、口上らしきことを述べ始めた。

「この八人は、いまから首を刎ねられますが、それにはわけがあるのでございます。

じつはこの者たちは、周囲が止めるのも聞かず、化け物に近づき、ついには褥をともにしてしまったのでございます。なんと、おぞましいことでございましょう。このようなことをしてしまえば、やがて自分も化け物となって、新たな獲物を捜すようになること間違いございません。そうなれば、この世に化け物が蔓延することになるのです」

若い衆は、そこでいったん言葉を区切った。背後では、

どろどろどろ。

と、太鼓の音が響き出している。

「ですから、それはさせまじと、首を刎ねることになったのです。だが、成仏させるには、この世に迷いを残さぬよう、すっぱりやらねばならない。そこで、わたしどもは、剣の達人に依頼したわけです」

若い衆はそう言って、

「では、先生、お願いします」

と、袖へと引っ込んだ。

入れ替わるように、襷がけの、三十前後くらいの武士が現われると、

「では、始めるぞ」

そう言ったかと思うと、右から順に、居合い抜きの要領で、居並ぶ八人の首を

次々に斬っていくではないか。

斬っては、刀を鞘に納め、また次もと、いともかんたんに刀をふるっていく。斬られた首はぽんと飛び、上にある台にすとんと載る。血しぶきはパッと飛び散るが、量は少しである。

たちまち、八つの首が台に並び、その三尺（約九〇センチ）ほど下では、首のない胴体が、じっと座っている。

「成仏いたせよ」

武士はそう言って、舞台の袖に消えた。

客は、呆気に取られたように、首と胴体を交互に眺めている。まさか、これで終わりというわけではないはずである。

ほどなくして、八つの首と八つの胴体が、それぞれ別の動きをし出した。首はきょろきょろとあたりを見回し、胴体のほうは手が動き始め、首が無くなったのをいぶかしむふうである。それらは気味が悪くも感じるが、滑稽味も漂う。じっさい、くすくすと笑い出す客もいる。

やがて、娘の首の一つが、唄い出したではないか。

〽どこへ行ったの　あたしの身体

色は黒いが　もち肌で
ところどころに　毛も生えて
両手両足　お尻もござる
可愛いあたしの　身体はどこよ
可愛いあたしの　身体はどこよ

最後のところは、娘たち全員が声を合わせて唄う。

これに三味線や太鼓も合わさって、いい調子である。

すでにこの唄を覚えてしまった客もいるらしく、いっしょに唄ったりしている。

さらに、首たちはあっちに飛び、こっちに飛びして、元の胴体に納まろうとするが、別の胴体とくっついては、

「違う、違う。これはあたしじゃない」

と、暴れたりする。娘の首が男の身体にくっついたり、男の首が娘の身体にくっついたりするとき、そのしぐさや表情は滑稽で、客は笑い転げたりする。

しかも、首たちが、風車のように回ったり、そのつど唄ったり、けっして客を飽きさせない。生首と胴体はいかにも楽しげで、まさに生首踊りなのだ。

だが、最後は首がそれぞれ元の胴体へと納まる。ここがまた不思議なのだが、ぴ

たりと首が胴体に納まると、胴体は立ち上がり、ちゃんと生きた人間として動き出すのだ。ここまでの生首の動きで、客はてっきり、胴体のほうは隠され、首だけ見せて動いているのだろうと思っていたが、ちゃんと首と胴体は合体してしまうのだ。では、やはり、生首は本当に斬り離されていたのだろうか。

客が啞然となっているとき、生首たちは、喜びの唄をうたい始める。

〽ありがたや　ありがたや
どうやら罪は許された
もうこれからは化け物と
むつみ合ったりいたしません
ああ　ありがたや　ありがたや

これでめでたしめでたしかと思いきや、さっきの武士がふたたび現われ、

「無事、化け物の呪いは落ちたようじゃ。だが、一匹だけ、化け物の頭領が混じっておった。それはきさまだ！」

そう言って、真ん中に立っていた一人の娘の首をふたたび断ち切ると、ぽーんと首が飛んだところで、幕が落ち、演し物は終了した。

# 二

「面白かったねえ」

「素晴らしいですね」

しめと雨傘屋が感心ひとしきりといった態(てい)で、小屋の外に出て来ると、

「お、お前たち、これを見てたのか」

椀田と宮尾に出くわした。ふだんは根岸に付き添うことの多い二人だが、いまは両国の警戒と、殺され村の真相を明らかにすることに力を注ぐようにと言われているらしい。

「そうなんですよ。これだけ流行(はや)ってますと、いちおう見とかないと駄目かと思いまして」

「生首が出るのか?」

椀田は顔をしかめて訊いた。

江戸では、罪人の首が日本橋のたもとにさらされたりする。なので、町方の者は生首などしょっちゅう見ているが、やはりああいうものには幽気が漂っている気がして、いまの椀田はあまり見たくないらしい。

「そうは言っても踊るんですから」

と、しめが言った。

「だったら、人形なのか?」

「ところが、人形でもないんですよ」

「人形でもない?　どういうことだ?」

「まあ、椀田さまたちもご覧になったほうがいいですよ。若い娘が七人も出てて、もしかしたら殺され村と関わりもあるかもしれませんよ」

「そうか。じゃあ、次の回を見てみるか?」

椀田は宮尾を見た。

「わたしは、見てもいいけど」

宮尾はこの手のものにはあまり興味はないが、それでも調べのためなら仕方がないというような顔をした。

すでに次の回の客が並び始めている。

それから半刻ほどして——。

しめと雨傘屋は、次の回が終わるころに生首踊りの小屋の前に行ってみると、

「おう、しめさん、面白かったぞ」

と、出て来た椀田が言った。

「面白いでしょう。宮尾さまは、どうでした?」

「うん。面白かった。それに、七人のなかには、殺され村の娘も混じっていたよ」

「いましたっけ？」

「うん。おいねといって、化粧を変えていたけど、わたしはわかったよ」

宮尾がそう言うと、

「あ、あの生首になって、しきりにお前に秋波を送ってたあれか」

と、椀田は呆れた。

「そうなんですか。宮尾さま、最近、好みが変わって、きれいな娘を好きになってきたんじゃないですか？」

しめの言葉に、椀田がいくらか咎めるように、

「そうなのか、宮尾？」

と、訊いた。口には出さないが、姉のひびきと宮尾との仲のことは、つねづね気にしているようなのだ。

「そんなことないよ。だいたい、わたしは顔の区別もつかないみたいに思われているけど、じっさいは整った顔立ちはつまらないと思っているだけなんだけどね」

「そうでしたか、それは失礼しました」

と、しめは笑いながら詫びた。

「だが、あれは奇右衛門の仕掛けだわな。あんなふうに生首が縦横無尽に動き回る

のは、ふつうのからくり師にはやれないだろう」

　椀田がそう言うと、

「そうなんです。あれは奇右衛門さんの仕掛けですよ」

　と、雨傘屋がうなずいた。

「まったく、凄い仕掛けだったな。しかも、生首と聞くと、どうしても残酷で不気味なものと思ってしまうが、あんなに楽しい見世物になるとはな」

　と、宮尾は言った。

「そうでしょう。奇右衛門さんの仕掛けは、どれも意表を突くんですよ」

「ただし、おかしなことがあったぞ」

「おかしなこと？」

　雨傘屋が訊き返すと、わきから椀田が、

「あの侍のことか？」

　と、訊いた。

「そうそう。椀田も気づいてたか」

「そりゃあ気づくさ」

　二人の話に、

「侍がどうかしたんですか？」

と、しめが訊いた。

「あの侍は、かなりの腕前だ」

「そうでしょうね。あの早わざを見たら、あたしにもわかりますよ」

宮尾が言った。

「しかも、真剣を使っていた」

「そりゃあ、贋物（にせもの）にせよ、首と胴体のあいだを斬るんですから」

「いや、じっさいには斬ってはいない。斬ったふうに見せかけて、その手前で空を斬っている。首は別の仕掛けで宙に飛んでいるのだ」

宮尾がそう言うと、椀田もうなずいた。

「そうなのですか」

「だから、真剣など使う意味はないはずなのだが」

「それは、なんか嫌ですね」

「どうする、あの侍のことを探るか？」

宮尾は椀田に訊いた。

「まあ、訊いても、どうせ浪人者で、金で雇われたと言うだけだろうがな」

「そうだな」

なにか怪しげなところはあるが、とりあえず椀田と宮尾、しめと雨傘屋は、二組に分かれて、広小路の見回りと、小屋の関係者の訊き込みをつづけることにした。

三

しめと雨傘屋が、殺され村の裏手に見回りに来ると、

「おっかさん」

と、辰五郎が近寄って来た。

「辰五郎さん。なにか変わったことはあったかい？」

と、しめは訊いた。経歴や実績は辰五郎のほうがはるかに上でも、いちおう十手を預かる岡っ引き同士だし、辰五郎は娘婿なので、神田の大親分とはいえ対等の口をきく。

「樽のことなんだがね……」

辰五郎には、子分たちとともに、とくに殺され村の裏手を見張ってもらっている。もしも、遺体を樽に詰めて運び出すような怪しげな動きがあれば、すぐに樽の中身を確かめることにもなっている。

また、隣が軽業師（かるわざし）の小屋で、樽をつかった軽業も見せている。もしかしたら、軽業師もぐるになっていて、樽乗りに見せかけて、どこかに運び去るのかもしれない。

ただ、辰五郎の調べでは、殺され村と軽業師とは、なんの関係もないだろうとのこ

とだった。むしろ、軽業師のほうは、ああいうゲテモノが、両国でデカい顔をすることに憤慨しているという。

「樽がどうしたい、辰五郎さん？」

「樽は、隣の軽業師のものだけじゃないよ」

「え？」

「ほら、曲芸の小屋から二軒おいたあっちは飲み屋になってるだろ」

「ほんとだ」

「当然、空いた酒樽が出るわけさ。しかも、そこだけじゃねえ、その向こうには漬け物屋があって、そこの空き樽も出てきてるんだ。それらの樽は、何日かごとに樽屋が修理のために持って行っているんだよ」

「そうなの」

「つまり、あそこらじゃ、樽が転がされていても、誰も怪しんだりはしねえってことさ」

「なんてこったい」

しめは、樽の動きから、殺しの証拠が摑めるのではないかと期待していたのだ。

と、そこへ、男の二人連れが通りかかり、

「おう、辰五郎親分じゃねえか」

声をかけてきたのは、馬喰町の三右衛門だった。もう片方の身なりのいい町人は、そっぽを向いている。

「あ、こりゃ、どうも」

辰五郎が気まずそうに頭を下げた。

「近ごろ、両国は平穏みたいじゃねえか」

「そうなんですよ」

「根岸さまのご配下が、丁寧に見回ってくれているおかげだと評判だよ」

「どうも畏れ入ります」

「じゃあ、頑張っとくれ」

そう言って、通り過ぎようとしたとき、

「三右衛門さん。お連れさんは確か……」

と、しめが声をかけた。

「なんだい、しめ親分。あたしの連れだよ」

三右衛門はムッとしたような顔をしめに向けた。

だが、しめは博労の親方に臆したようすもなく、

「ええと、どこかでお見かけしたように思うんだけど、どなたでしたっけねえ」

どうも、本当は名前を知っていて訊いているのではないかという口ぶりである。

「おい、しめ……」

三右衛門がこっちに踏み出そうとしたのを、男は、

「まあまあ」

と、手で制して、

「あたしは札差をしている越前屋海老蔵という者ですよ」

薄笑いを浮かべながら名乗った。

「そうそう、いまをときめく豪商だよね」

しめが、なんとなくつっかかるような口をきくと、辰五郎はたしなめるような目でしめを見た。

だが、しめは気がつかなかったのか、しらばくれたのか、

「ちらほらと、いろんな噂を聞いてるよ」

そう言って、十手を軽く振ってみせた。いつになく偉そうな態度である。

「噂というと？」

越前屋の目が光った。

「大儲けのかたわら、遊びも派手だってね。酒の席じゃ、芸者と賭けをして、千両巻き上げたりしてるらしいじゃないか」

しめは、しばらく前から、土久呂凶四郎がなぜ、付き合っているよし乃という元

日本橋芸者と所帯を持たないか、不思議に思っていて、そのわけはどうやらよし乃の莫大な借金のせいらしいと、最近になって知ったのだった。しかも、巷の噂を聞き込むと、どうもその借金というのは酒の席での博奕のせいで、しかも越前屋という男は、サイコロだか花札だか詳しくはわからないが、イカサマをやるらしいのだ。

越前屋は、日本橋本町四丁目に店を構える札差で、この十年でいっきに身代を大きくしたと評判である。しかも、表通りの店とは別に、横に入ったところでは金貸しもしていて、小金を借りようと訪れる者もひっきりなしである。

——そんな金持ちが、女相手にきたねえ真似をしやがって。

しめは憤慨した。そして、越前屋の前を通るたび、帳場に座る、まだ四十前後らしい旦那の顔を眺め、内心、反感を募らしていたのである。

越前屋のほうも、面識もない女岡っ引きに、いきなり挑みかかるような口をきかれて、

「女親分も人聞きの悪いことをおっしゃる。あんなものは酔狂でね。あたしは返さなくていいと言ってるんだ。だいたい、向こうは返しているつもりでも、月に一分がいいとこだ。それでも、あたしは催促などしたことはない。それをあたしが苦しめているみたいな、おかしな噂が出回って、迷惑なことですよ」

不快の念を露わにしながら、そう言った。

「ああ、そうなのかい。ところで、そっちに足を向けてるのは、殺され村の庄兵衛にでも用事があるのかい？　庄兵衛の見世物は、いま、町方が疑いの目を向けていてね、下手に関わると、越前屋さんの内情も調べることになりかねないよ」

「なんだって」

　このやりとりに、辰五郎が慌てて、

「おっかさん。やめとくれ。三右衛門さんも越前屋さんも、どうぞ、ご勘弁を。どうも、血の道が閉じたばかりなので、気が立ってましてね」

「なんだい。あたしゃ、まだ、閉じてなんかいないよ」

「まあまあ、おっかさん、落ち着いて」

　と、しめを抱きかかえ、どうにかいまにも怒り出しそうな二人から遠ざけたのだった。

# 四

「親分が、あんなふうにつっかかるのも珍しいですね」

　歩きながら、雨傘屋が言った。

「そうかね」

「あっしは初めて見ましたよ」

「あたしは、なんだか、あの越前屋ってえのは、女の敵のような気がするのさ」

「女の敵ですか？」

「ま、あたしの勘だけどね」

「でも、辰五郎親分は、ずいぶん困った顔をしてましたよ。まったく、おつねとそっくりだとも愚痴ってました」

「辰五郎は苦労人だからね。ほうぼうに恩義もあるわけさ」

「でしょうね」

「そこへ行くと、あたしはほとんど苦労知らずで十手をまかされたからね。あたしが恩義を感じるのは根岸さまだけ」

「でも、越前屋はヘビみたいな目で、親分を見てましたよ」

「そうだったね。もしかして、あたしに刺客でも差し向けるかね。越前屋も、女を殺そうとするようじゃ先はないね」

「そんなこと言って、土久呂さまみたいに鎖帷子を着込んだ野郎に襲われたって知りませんよ」

「へっ。あたしだって、いまはちゃんちゃんこの下に、根岸さまもご愛用の、熊の毛皮を着込んでるんだ。これは、なまじの刃物は通さないよ」

「そうなので」

「それにあたしには、あんたがついてるしね」

「そんなあ、当てにされても」

「子分だろ」

「それはそうです。いちおう、土久呂さまの話から、鎖帷子の対抗策は考えてますけどね」

「なんだい、対抗策ってのは？」

「この十手を見てください。先っぽをこうやって外しますとね……」

ねじって外すと、先が四つの釘みたいになっているではないか。

「これだと、鎖帷子を着ていても、そのあいだから、身体に突き刺すことができるんですよ」

「ほんとだ。よく考えたね。偉い、偉い」

と、しめは雨傘屋の肩を叩いた。

「それで、さっき宮尾さまや椀田さまがおっしゃっていたあの侍のことを、奇右衛門さんに確かめてみましょうか？」

「できるのかい？　面倒臭い人なんだろう？」

「でも、ここんとこ何度か会って、なんとなくあたしは嫌われていない感じがしてるんですよ」

「へえ」

奇右衛門が居候みたいに暮らしている鍛冶屋の前に来ると、

「親分もいっしょに」

と、雨傘屋は誘った。

「あたしはいいよ。変人同士、気の合った者同士で話したほうがいい。あたしは、その階段のとこで、耳を澄ましているよ」

「そうですか」

と、雨傘屋は階段を上がって、襖（ふすま）を開けた。

「なんだ、お前か」

なるほど奇右衛門は、雨傘屋に対してだいぶ打ち解けてきたふうである。

「見ましたよ、生首踊り」

「ふっふっふ。どうだった？」

「素晴らしいですよ。古今東西、あらゆる見世物のなかでも、ぴか一じゃないですか」

まんざら世辞でもない。

「そうかね」

奇右衛門もそれくらいの賛辞は当然だという顔をしている。

「あの八つの首が宙を自在に駆け回る動きにも驚きましたが、ほんとは恐ろしいはずの生首が、楽しげなものになっているのにも感心しました」

「そうか。じつは、そこんところはおれの独創ではない」

「そうなので？」

「昔、両国で見た〈ろくろくろっ首〉という見世物が子どもも心にも面白いものでな。あれを思い出し、さらに大仕掛けにしてみたのさ」

「そうだったんですか」

「あんまり流行り過ぎて、逆にお上から睨まれたのか、興行主がやくざだったので、そのせいもあってだろうが、以来、見なくなっちまった」

「それは知りませんでした。でも、生首がしばらくのあいだ宙を飛び回るうち、あれはたぶん、胴体は見えないようにしてあるが、首だけ出しているのだろうと、当たりをつけますよね」

「ふっふっふ」

奇右衛門は嬉しそうに笑った。

「でも、ふたたび首と胴体がくっつくと、胴体もいっしょになって動き出すじゃないですか」

「驚いたか？」

「驚きましたよ。皆、じゃあ、生首になって飛んでいたときの胴体は、どこに消えたんだと」

「ま、そこも一工夫だわな」

奇右衛門は自慢げに笑った。

「でも、あっしは見破りましたよ」

「見破っただと？」

「はい。座っていたときの胴体は、もともと空の鎧のようなもので、手が動いていたりしてたのは、仕掛けだったんですよね。それで、最後、首が納まるときに、首の下で隠されていた胴体が、すぽっと嵌まるかたちになるわけでしょ」

「おめえな。根岸さまの真似して、なにもかも解き明かすんじゃねえ。わしら、からくり師は、おまんまの食い上げになるだろうが」

奇右衛門は、眉を吊り上げた。

「いや、そういうことは、ぜったいよそではしゃべりませんので、ご安心ください」

「頼むぞ」

「へえ。それと、あの剣術使いの腕前はたいしたものだと、同心さまたちも褒めてました」

「剣術使い？」

「八つの首を斬り落とす侍ですよ。あれも、奇右衛門さんの考えたことでしょ？」

「わしが考えたのは、別に侍とは指定していない。どうせほんとには斬ってないのだから、誰がやっても同じだ。あそこの若い衆がやっているのではないのか？」

「いや、違います。しかも、真剣を使っていたみたいですよ」

「真剣を？　それは妙だな」

奇右衛門は首をかしげた。

## 五

翌朝――。

いつものように、根岸の朝飯の席に、宮尾に図四郎、そしてしめと雨傘屋が同席していた。そして、宮尾たちから、奇右衛門の今度の見世物の話を聞いた根岸は、

「あっはっはっは」

と、爆笑した。

感心はするが、爆笑するような演し物ではない。

「え？　なにがそんなに面白いのでしょう？」

しめが訊いた。

「うむ。奇右衛門が子どものころに見たという、そのろくろくろっ首の見世物はな、

わしが考えたものが元になっているのさ」

「どういうことです？」

　宮尾たちは、顔を見合わせた。

「わしがまだ、二十歳前の、五郎蔵といっしょになってぶらぶらしていたときに、なにか楽して儲けられることはないかと考えたのが、ろくろっ首の見世物だったのさ。それは、恐ろしいはずのろくろっ首を可愛くて楽しいお化けに見せて、小さい小屋ながら、大当たりしたものよ（『両国大相撲殺人事件』「余話」参照）」

「そうだったので」

「その大当たりに目をつけた両国の香具師の元締めで、まあやくざの親分だわな、この男がこれを買い取るかたちで、両国で数を六人にして、ろくろくろっ首というのをやったわけさ。さすがに玄人のやることは規模が違うし、見た目も派手だ。わしもたいしたものだと感心したよ」

「それを奇右衛門さんが見たわけですね」

　雨傘屋が大きくうなずいた。

「そうじゃな。その一件は、その後、すったもんだあったのだが、まあ、それはもう過ぎた話なのでよしとするが、そうか、あれを元にしたのか。それは、わしも見てみたいな」

「あと少しで北海屋殺しの裁きが終わるので、なんとか都合をつけよう」

「ぜひ」

根岸がそう言うと、

「ただ、御前……」

と、宮尾が微妙な顔をした。

「どうかしたか？」

「その演し物に登場する武士がですね……」

宮尾は、雨傘屋からも聞いた話と突き合わせて、なにか企みがあるのではないかという推測を語った。

「なるほど。それは解せぬな」

「わたしは嫌な予感がするのです」

「では、どうする？」

「やめさせましょうか？」

宮尾がそう言うと、雨傘屋が心配そうな顔になった。

「どういう名目で？　ただ、怪しいだけでは、客は納得するまい。それほどの人気興行になっていたら、町方への反感も覚悟せねばならぬぞ」

江戸の平和は、町方の努力もさることながら、町人たちの自治によるところが大いのである。

きいのだ。すなわち、町方と町人たちのあいだには、信頼と共感がなければならな

「それはそうです」

「それでは、向こうに、わしらが注意を向けているとわからせよう。宮尾、それにしめさん。小屋主あたりに、ちょろっと脅しでもかけておいてくれ」

「わかりました」

と、宮尾はうなずいた。

「脅しというと、お奉行さま……」

と、しめが越前屋につっかかったことを報告した。

「ほう、しめさんがな」

「雨傘屋からも珍しいと言われましたが、あたしはあの越前屋というのが、どうにも虫が好かないと言いますか……」

そこでチラリと凶四郎を見ると、凶四郎はうなずきながら苦笑した。

「ただ、辰五郎をだいぶ困らせたみたいでしてねえ」

「辰五郎はいろんなところに恩義があるだろうからな」

根岸は、岡っ引きがどういうものかも、よく知っている。

「そうなんですよ」

「だが、馬喰町の三右衛門と、札差の越前屋がつるんでいるとは、わしも知らなかったな」

「そうですか」

「しかも、ほんとに殺され村に足を向けていたのか？」

「あたしは当てずっぽうで言ったのですが、あのムキになりようは、当たったのだと思います」

「ほう。それは、面白いところを突っついたかもしれぬぞ」

「そうですか」

しめの顔が、あからさまなくらいに輝いた。

そこで凶四郎が、

「じつは、わたしが襲われた件ですが、確証がないので黙っていましたが、内心では越前屋に疑いを持っていました。なぜ、わたしがよし乃といい仲であることを知っているのかを考えたら、越前屋はやはり怪しいのです」

「なるほど」

「ただ、周囲を嗅ぎまわっても、あの晩、おれたちを襲ったようないい身体をした者は知らないということでした。ですが、越前屋と馬喰町の三右衛門が親しいとなると……」

「うむ。臭ってきたわな」

「ええ」

「わしも、殺され村の件は、庄兵衛を探るだけでは解決できぬような気がしていたが、意外なところに関わっていくのかもしれぬな」

「はい」

一同、うなずいた。

「しめさん。辰五郎には、三右衛門のことは心配するなと、わしが申していたと伝えるがいい」

「ありがとうございます。あたしも、いちおう娘を嫁にやっている手前、辰五郎には遠慮がありまして」

しめがそう言うと、後ろで雨傘屋が、

「遠慮？」

と小声でつぶやき、呆れたような顔をした。

## 六

この日も、椀田に宮尾、しめと雨傘屋はずっと両国広小路に張り付き、異変はないかと見て回った。幸い、ほとんど騒ぎらしきことは起きなかった。椀田などは、黒羽織に着流しの町回り同心の恰好に着替え、生首踊りの小屋にもしばしば顔を出していたので、小屋の若い衆を怯えさせるほどだった。

暮れ六つが迫り出すと、小屋の関係者たちは客を外に出し、西日を浴びながら、手慣れたようすで解体の作業を始めた。

しめと雨傘屋は、そのようすを少し離れたところで見守っている。辰五郎には、すでに根岸の言葉を伝えていて、なにが起きようと肩身が狭い思いをすることはないと安心したのか、あとはしめたちに任せると、早めに引き上げてしまった。

そんなとき、解体が進む広小路に、荷車を引いてやって来た若い男がいた。

「ねえ、雨傘屋。あれは樽屋じゃないか」

と、しめが男のほうを顎でしゃくって言った。

「そうですね」

「そうですねじゃないだろ。曲芸の樽も、漬け物の樽も、自分でつくってるわけじゃない。樽屋から買ってるんだろ」

「そりゃそうです」

「そりゃそうですじゃないだろ。殺され村で使っている樽も樽屋から買ってるんだ。もしかしたら、死体を入れて転がした樽も、あの樽屋から買ってるかもしれないだろ」

「なるほど」

「まったく、もう」

しめは樽屋に近づいた。この樽屋の体型がまた、見事に樽のかたちをしている。まさか、店の広目（宣伝）のために、この体型になったのかと思えるくらいである。

「ちっと訊きたいんだけどね」

しめは十手をかざした。

「なんでしょう？」

「あんたんとこは、そこの殺され村って小屋にも、樽を売ってはしないかい？」

「ああ、よく買ってもらってますね」

「よく？　樽なんか、そんなに使うものなのかい？」

「どうなんですかね。あっしのところは、樽を売るだけで、使い道を限っているわけじゃないもんでして」

「そりゃそうだ。でも、幾つ売ったかくらいは覚えてるよね？」

「そりゃ、まあ、この大福帳につけてますので」

樽屋は腰に大福帳をぶら下げていた。ということは、この若者は手代あたりではなく、あるじであるらしい。

「いままで幾つ売ったか、確かめとくれ」

「へえ。そこの小屋主は庄兵衛さんですよね。ええと、いままでに……へえ、五つも買ってもらってますね」

「五つ？　五つも売ったのかい？」

「ええ。大のお得意さまだったんですね」

しめは雨傘屋を見て、

「五つだと。五人てことかね」

と、言った。

「ぞっとしますね」

雨傘屋がそう言うと、樽屋はなんの話かというようにキョトンとしている。

「それはそうと、あんたんとこは、古い樽も売るのかい？　あそこに置いてあるような」

しめは、殺され村の裏にある、だいぶ汚れた樽を指差して訊いた。それは二つあって、顔や手足を洗うための水を入れたのと、小道具の血糊を入れたものである。

「いいえ。うちは古物は売りません。新品だけですよ」

「でも、庄兵衛のとこには新品の樽はないよね？」

「ああ、そうですね。でも、それはあたしに訊かれてもわかりませんよ」

「だよな」

しめはうなずき、雨傘屋と顔を見合わせてから、ほとんど解体が済んでいる殺されれ村の一画に歩み寄った。

「庄兵衛はいるかい？」

若い衆が二人いて、そのうちの一人が、

「ああ、先ほど、帰っちゃいました」

と、つまらなそうに答えた。

「家はどこだい？」

「さあ」

「さあって、あんたは庄兵衛のところの若い衆だろう？」

「あっしらは、本業は博労で、三右衛門さんに言われてここに来てるんですよ」

「そうなの」

それは、しめも意外だった。まさか、若い衆が三右衛門のところから来ているとは、考えもしなかったのだ。なにが三右衛門と庄兵衛を結びつけているのか。元女衒と、博労の親方の組み合わせは、しめにも違和感がある。

「ところで、あんたんとこは、ずいぶん樽を使うらしいね？」

「樽を？」

「とぼけたって駄目だ。樽屋に訊いて確かめてあるんだ」

「ああ、はい。使いますよ。ほら、そこにもありますでしょう」

若い衆は片付けようとしていた樽を指差した。

「そこのは古いもんだよな。樽屋は新しいのを売ってるって話だよ」

「ああ、そうかもしれません」

「そんなに新しい樽をなんに使ってるんだい？　五つだよ。五つも新しい樽を買ってるんだよ。おかしいだろうが」

「そういうことは、やっぱり庄兵衛さんに訊いてもらったほうがいいですね」

「わかった。そうするよ」

と言って、しめは雨傘屋を見て、顔をしかめた。

# 七

日が落ちた。

すっかり暗くなった両国広小路で、宮尾玄四郎は椀田と別れ、その足で浅草橋を渡ると、第六天社(だいろくてんしゃ)近くの飲み屋に顔を出した。

ここで、おいねが働いていると聞いていたが、訪ねたのは初めてである。

けっこう広い飲み屋だが、調理場の近くにいたおいねは、宮尾を見るとすぐに寄って来て、

「宮尾さま、来てくれたんですか」

驚いたように言った。

「大変だな。夜はここで酔っ払いに酒を運び、昼は三か所で、斬りつけられたり、幽霊や生首になったり」

「ええ。宮尾さまが生首踊りに来てたのは気がつきましたよ」

「うん。なんか、合図みたいな表情はわかったよ」

「でも……」

と、おいねは言い淀んだ。

「どうしたの？」

「これからは、あんまり宮尾さまの相手はできなくなるかも」

おいねは、すまなそうな、だが、どこか嬉しそうな顔で言った。

「小屋主にでも叱られたのかい？」

「ううん。じつは、言い寄られてしまって」

「あらま」

「生首踊りに、一人だけ男の首があったでしょ」

「ああ」

あまり顔は思い出せない。どうしたって、娘たちのほうを見てしまう。

「あの人……」

そう言って、おいねは破顔した。

「小屋の若い衆なのかい？」

「違うんです。役者なんです。まだ、大きな役はつかないんで、ああして他の仕事もしてるんです。でも、自分で台本も書くし、あたしは見込みがあると睨（にら）んでいるんです」

「そりゃあ、たいしたもんだ」

「それで、おいねちゃんと真面目に付き合いたいって言ってくれたから」

「うん」

「宮尾さまみたいな方と、あんまりちゃらちゃら、おしゃべりしたりはできないなって」

「ちゃらちゃらね」

宮尾は、情けない気分になった。だが、こういう仕打ちは決して珍しくはない。

「それに、ちょっとお給金が減った分、ここで頑張らないといけないし」

「お給金、減ったの？」

「ええ。殺され村の分が」

「殺され村がどうかしたの？」

「小屋を畳むんですって」

「あんなに流行ってるのに？」

「ですよね。もしかしたら、あんまり宮尾さまたちが探ったりしてるからじゃないですか」

「関係あるかね」

「あると思いますよ」

「じゃあ、若い衆も仕事がなくなるんだ？」

「でも、あそこの若い衆は、直接、庄兵衛さんに雇われているわけじゃないみたいですよ」

「そうなの？」

「博労の親方のところから来てるんだと言ってましたよ」

「そうなのか」

宮尾は宮尾で、殺され村の内情を聞いたわけである。

「というわけで、宮尾さま」

「うん」

「あまり若い娘とばかりくっちゃべってないで、ちゃんとお仕事しないと駄目ですよ」

おいねはそう言って、店の調理場のほうへもどって行った。

# 八

さらに夜が更けて――。

両国広小路に現われたのは、夜回り専門である土久呂凶四郎と源次だった。広小路は、小屋は解体され、片付けられ、だだっ広いだけの、きわめて情緒に欠けた場所になっている。あるのはただ、大きな暗闇だけである。

いま、仲間たちのあいだで騒ぎになっている殺され村も、怪鳥襲来も、手妻も、生首踊りも、この二人は見たことがない。なんとなく、置いてきぼりにされた気分もある。

「源次、臭うかい?」

凶四郎は広小路の真ん中に立って訊いた。

「いや、あっしは感じません」

二人は、二度目の襲撃を警戒しているのだ。

また、襲われるかもしれない。ただ、今度は、むしろ襲撃を待つような気持ちである。

二人とも、雨傘屋から鎖帷子向けの十手を渡されたのだ。これがあれば、なるほど鎖帷子は恐れるに足りない。

南側の縁に沿って歩き出し、両国橋のたもとで折り返すように、北側の縁を辿って行く。

吉川町のほうに来たときである。

広小路の入り口のほうから来た一人の武士と、すれ違った。提灯を向けて、人相を確かめようとした。武士は寒そうに肩をすぼめ、手ぬぐいを首に巻くだけでなく、頬かむりもしている。提灯は持っておらず、しかも俯いているので、顔はわからなかった。

すれ違ったあと、凶四郎は立ち止まり、

「ふうむ」

と、振り向いた。

じっと侍の後ろ姿を見ている。

「どうしました、旦那?」

「なんとなく嫌な感じがしたんだ」

「嫌な感じ?」

「わからねえが、あいつとは仲良くしたくねえわな」

「向こうも旦那をねめつけたかしたので?」

「いや、目は合わなかったと思うよ」

「そんなふうにおっしゃるなら、跡をつけてみますか?」

「そうだな」

と言いかけたとき、広小路の入り口に当たる横山町のあたりで、なにか騒ぎ声が聞こえた。なにを言っているのかわからない。

「なんだ?」

急いで、数十歩ほど駆けたとき、ようやくなんと言っているかわかった。

「大変だ。人が死んでる!」

そう叫んでいる。

「ああ、誰か、誰か来て!」

ただごとではない。

凶四郎は一瞬、さっきすれ違った武士のことを思った。

「旦那……」

源次も同じことを思ったらしい。

「とりあえず騒ぎのほうだ」

遺体のようすを見なければ、なにもわからない。首を絞められたのか、撲殺か。死んではいるが、どぶに嵌(は)まった溺死なのかもしれないのだ。

横山町のほうに向かった。

表通りではなく、横道に入ったところである。数人の人だかりができつつあった。

「南町奉行所の者だ！」

そう言って、倒れている者に提灯を向けた。

肩から一太刀。武器を持たない町人が、ばっさりやられていた。

「辻斬りか」

凶四郎は言った。

「旦那。さっきの侍かもしれませんね。追いかけます」

「気をつけろよ」

源次が追いかけたが、すぐにもどって来た。

「駄目です。この暗闇ですから」

もどって来た源次に、

「おい、源次。米沢町の番屋に、まだしめさんたちがいるかもしれねえ。呼んで来てくれ」

と、凶四郎は言った。

闇は深いが、それでもまだ宵の口で、しめや雨傘屋たちは、いまは夜五つ（午後八時）近くまで、番屋に詰めていたりする。

「どうかしたので？」

源次が、遺体の顔をのぞき込んで訊いた。

「この男だがな。たぶん、殺され村の小屋主だ」

「なんてこった。呼んで来ます」

「いなかったら、番屋の町役人と番太郎も連れて来てくれ」

米沢町の番屋は、ここからすぐである。

まもなく、源次はしめと雨傘屋を連れて来た。

「しめさん。おれは、殺され村の小屋主ってのは、外にいるとき、ちらっとしか見てなかったんだが、もしかして、この男じゃなかったかい？」

しめは、一目見て、

「ああ、庄兵衛です。やられちまいました」

と、頭を抱えた。

## 九

翌朝――。
「申し訳ありません。こんなことなら、さっさと、庄兵衛を引っ張っちまえばよかったです」

椀田が肩をすぼめて根岸に詫びた。

「いや、わたしも庄兵衛が小屋を閉めるらしいとは聞いたのだから、なにかやれたかもしれなかったんだ」

宮尾も小さくなっている。

庄兵衛の遺体が見つかり、昨夜は大騒ぎとなった。役宅にもどっていた椀田にも報せが行き、駆けつけて来た。宮尾も同様である。

根岸にも一報が入り、詳しい報告は明日の朝ということで、いま、根岸の私邸のほうに、一同が集まっているのだった。

「そういうわけにもいかなかったのだろうが。わしも、もう少し、動ければよかったのだがな」

根岸は、起きてしまったことは仕方がないと、悠然と朝飯を食べている。

「滅相もない。お忙しいお奉行さまがそこまで動くのは無理というものです」

と、椀田が言った。

「こうなると、殺され村の噂は本当だったようだな。だが、むろん、これだけでは終わらぬ。もうこれ以上、死人を出さないため、椀田と宮尾は広小路の警戒をつづけてくれ」

「はい」

二人は早速、両国に向かうため、この場から去った。残っているのは、しめと雨傘屋、そして凶四郎の三人である。

「それと、しめさんたちだがな」

「なんでしょう?」

「庄兵衛のことをできるだけ当たって欲しいのだが、当人は亡くなってしまった」

「ええ。遺体は横山町の番屋に入れてありますが」

「うむ、遺体よりも、吉原の京町二丁目(きょうまちにちょうめ)に、友蔵(ともぞう)という女衒が住んでるんだ。こいつに庄兵衛のことを聞いてみてくれ。なにも言いたがらないようだったら、そうだな、わしの名よりも五郎蔵の名を出せ」

「鉄砲洲(てっぽうず)の五郎蔵さんですか?」

根岸の若いころからの盟友である。

「ああ。わしよりも、五郎蔵の子分だったやつだ。昔の話だがな」

「わかりました。では、さっそく」

と、しめと雨傘屋もいなくなった。

「それと、土久呂には、一休みしたあとで越前屋を調べてもらいたいが……」

「いえ、一晩や二晩、休まなくても大丈夫ですので」

「そうか。だが、ああいう男はまともに当たってもなにもわかるまい」

「心当たりがあります」

「そうか」

「では」

と、凶四郎も去った。

一人になった根岸も、食事の手を早めながら、つぶやいた。

「昼までに、北海屋殺しの裁きはすべて終わらせたほうがよさそうじゃな」

## 十

しめと雨傘屋は、吉原の京町二丁目の裏店（うらだな）に来ていた。吉原の郭内（かくない）といっても、すべてが遊郭になっているわけではない。裏道に入れば、ふつうの店もあれば、長屋などもある。友蔵は、ここの長屋にはもう三十年近く住んでいるらしい。

最初は、

「仕事の仲間のことはあまり知らねえなあ」

と、すっとぼけた友蔵だったが、五郎蔵と、さらに根岸の名も出すと、嬉しそうに顔をほころばせ、

「だったら、しゃべるしかないわな」

いきなり態度が変わった。

「庄兵衛ってのは、苦労人なんだよ。生まれは野州の古河ってとこだったはずだな。おやじがひでえやつで、庄兵衛の姉二人と妹一人の三人を、吉原だの深川だのに売っちまったんだ。庄兵衛はその女姉妹が心配で、江戸に出て来たみたいだな」

「そうなのかい」

「しばらくは、鳶になって働いていたんだが、姉が吉原で遣り手婆になったあと、小さな店を持ったみてえだ。そこから、姉の店を手伝って、女衒の仕事を始めたんだろうな」

「そういうことかい」

と、しめは納得した。

「ま、女衒なんて嫌な商売になるやつは、皆、そういう縁があるんだよ。喜んでこんな憎まれる商売をするやつはいねえよ」

「なるほどね」

「でも、女姉妹のこともあるから、庄兵衛は女たちにやさしかったよ。ほんとに、できるだけ高い値で買ってもらうため、自分の取り分は少なくしたりもしてたんだ。女郎になった女も、庄兵衛には感謝していて、もう亡くなったけど、一人は庄兵衛と所帯を持ったりしたんだぜ」

「じゃあ、ずっとここで暮らしてたのかい?」

「ああ。まあ、吉原ってえのはしょっちゅう火事で焼けるから、同じとこでずっというのは難しいんだけど、あいつはだいたいそっちの京町一丁目の裏のほうに住んでたよ」

「でも、なんでここから出て行ったんだい？」

「それなんだよ。去年の春ごろだったかな、うまく話もつけ、ある娘をここに連れて来たとき、その日のうちに、娘は包丁で喉を突き、死んじまったんだよ」

「あら、まあ」

と、しめは眉をひそめ、涙までにじませた。

「庄兵衛は、つくづくこんな商売はやりたくねえと落ち込んでましてね」

「まあ、まともな心根があれば、落ち込むわな」

「あっしだって、そんなことがあれば落ち込みますぜ」

「まあ、あんたのことはいいよ。それで？」

「ただね、ここからは聞いた話なんだけど、その娘の遺体を妙な目で眺めている男がいたというんでさあ」

「妙な目で？」

「まるで、十五、六の小僧が初めて女の裸を見るみたいな、興奮した目つきだったたというんですよ。血まみれの若い娘をですよ。それも、まだ、息をしているような」

「どういうつもりだろうね」

「しかも、その男は、庄兵衛とは以前から知り合いだったみたいでしてね。二人は、なにかこそこそと話をしていたらしいんですよ。それからまもなくです。庄兵衛が両国で見世物をやると言って、ここからいなくなったのは」

「それが誰かはわからないんだ？」

「どうも、子どものころ、ここにいたやつじゃないかって話もあったんですが、ずいぶん前のことみたいで、しかもここらじゃなく、大見世が並ぶ仲之町（なかのちよう）あたりの話みたいで、よくわからなかったんです」

「ふうん」

「あっしがわかってるのは、それくらいですよ。五郎蔵さんと、銕蔵（てつぞう）さんにはよろしくおっしゃっといてください」

「ああ、言っとくよ」

根岸を昔の名前で気安く呼ぶ友蔵と別れ、吉原の大門（おおもん）を出るとすぐ、

「庄兵衛と話してたというのは、越前屋かね。それとも三右衛門かね」

と、雨傘屋に言った。

「あっしの勘だと越前屋ですね」

雨傘屋がそう言うと、

「ま、そうだわな」

しめは軽い調子で言った。

# 十一

同じころ――。

凶四郎は、源次を待たずに一人で、両国広小路の北側、吉川町に接するあたりにある小屋を訪ねていた。ここは、小屋といっても夜に解体される小屋ではなく、一階は飲み屋で、二階は賭場になっている。

ここに、顔なじみの海坊主の剣吉という、なかなか筋の通った博奕打ちがいる。この男を訪ねたのである。

「ああ、旦那。久しぶりじゃねえですか」

剣吉は、海坊主という綽名意外はまるで似合わない容貌で、凶四郎を見ると、酒焼けした顔をほころばせた。

「あんたに、札差の越前屋のことを聞こうと思ってな」

「越前屋蛇蔵？」

「蛇蔵ってえのか？」

「ほんとは海老蔵っていうんですが、海老より蛇のほうがふさわしいってんで、陰じゃそう呼ばれているんですよ」

「なるほどな」

「でも蛇蔵は、近ごろは博奕はやめているみたいですぜ。一時はずいぶん、嵌まっていたみたいですがね」

「なにかあったのか？」

「どうなんでしょう。なにせ、もともとが変な野郎ですから」

「どう、変なんだ？」

「商売にかけては天才だそうです。機を見るに敏、先が読め、交渉ごととなると、素晴らしく口が回る。何人ものお大名にも信頼され、どこだか何十万石の藩の相談役みたいにもなっているそうですぜ」

「ふうむ」

「ところがね、こいつは子どものころは恐ろしく気が弱くて、ろくに表も歩けねえってガキだったんだそうです。それで、おやじが、海老蔵がまだ海老太郎といっていた時分に、吉原にぶち込んだんですよ。男を鍛えるためだと」

「吉原に？　母親は反対しなかったのか？」

「母親は早くに亡くなったみたいで、婆さんに育てられたんです」

「いくつくらいのときだ？」

「十二、三じゃねえですか」

「預けられた花魁は、当時、吉原でも一、二を争う売れっ子だったそうです。蛇蔵はここでいろんなことを学んだみたいです。この世の表も裏も、商売も人の心も」

「そりゃあ、たいした学問だな」

凶四郎は皮肉っぽく笑って言った。

「だが、野郎には得難い財産になったみたいですぜ。五年もしたら、おやじもたまげるほど、あたらしい商売の手口を滔々とぶち上げたそうです」

「ほう」

「越前屋は、もともとやり手の札差だったんですが、そのおやじの商売を十数年で十倍にしたといいますから」

「商売はまともなのか？」

「まともなものもあれば、詐欺まがいの手口も繰り出すといいます。でも、詐欺まがいでも、相手も儲けさせてやれば、立派な商売だったことになりますからね。相手が損するから、あれは詐欺だったと騒ぐわけです」

「なるほどな。だが、そんなやり手が、なんで博奕などに嵌まったんだ？」

「不思議ですよね。しかも、野郎の博奕は、ほんとは破産したいんじゃねえのかというような、荒っぽいものでしたからね。やっぱり、ここがおかしくなっちまってるんでしょう」

海坊主は、大きな自分の頭を指差し、ゆらゆらさせながら笑った。

## 十二

「お奉行!」

「御前!」

「お奉行さま!」

昼どきに、米沢町の番屋に集まっていた椀田、宮尾、凶四郎、そしてしめと雨傘屋は、突如現われた根岸を見て、いっせいに立ち上がった。

「まさか、お一人ですか?」

根岸は、着流しに一本差し、いかにも気楽な恰好である。ただ、しめが真似して愛用している熊のちゃんちゃんこを羽織っているのは、少し変わったお武家さまかと思わせるかもしれない。

「わしが一人で町を歩けないとでも思っていたのか?」

「ですが……」

宮尾はすぐに外に飛び出し、根岸を追って来ている者はいないか、確認した。味方も多いが、根岸には敵も多い。あの赤鬼が、あの大耳が、死んでくれたらどれほどいいかという悪党は、まだまだ江戸には数え切れないくらい潜んでいる。

しかし、いまはその根岸を狙うようなやつは見当たらず、宮尾はホッと、胸を撫で下ろした。

「どうも、生首踊りとやらが見たくて堪らなくてな。急いで北海屋殺しの裁きを済ませてきたのさ」

と、根岸は言った。

「わかりました。生首踊りは今日もやってますので、次か、次の次の回にでも」

「うむ。その前に、なにか新しくわかったことがあれば聞いておくかな」

根岸に言われ、凶四郎としめが、いままでの調べのなりゆきについて語った。

「なるほど、庄兵衛が殺され村を始めたきっかけというのは、わかってきたわな」

「ですが、越前屋というのは、よくわからない男です」

と、凶四郎は言った。

「まあ、わからないやつというのはいるわさ。だいたいが、隅から隅までわかる人間など、もともといるわけがない」

「ははっ」

「まずは、生首踊りとやらを見てからにしよう」

「わかりました」

しめや雨傘屋が慌ただしく駆け回り、

「次の回に入れます」

「よし、行こう」

と、根岸は立ち上がった。

## 十三

根岸が生首踊りの小屋に入った。

すぐ近くに、椀田と宮尾、それに土久呂凶四郎がいる。根岸の顔を知っている悪党が、暗がりに紛れて、刃物を突き出してくることもありうるのだ。

今日も小屋は大入り満員である。

根岸たちは、無理やり潜り込むかたちになったため、客席の後方に立っている。なかは暗い。根岸は目が慣れるまでしばらくかかる。が、さすがに夜回りに慣れている凶四郎は、隅々までよく見えているらしい。

「お奉行。舞台の手前に越前屋海老蔵がいます」

と、凶四郎は根岸に囁いた。

「なるほど」

「それと、舞台の袖の陰に、馬喰町の三右衛門が来ています」

「ほほう」

まもなく口上が始まり、客を少しだけ焦らせたところで、首を刎ねる役の武士が出て来た。総髪で、歳は三十五、六といったところか。身なりからすると、浪人となってそう長くはないかもしれない。

「あっ」

凶四郎が驚いた。

「どうした、土久呂？」

「あやつ、庄兵衛が斬られた晩にすれ違った男に、身体つきが似ています」

「ほう」

すでに口上は終わり、演し物は始まっている。

武士は、居並ぶ娘たちの首を次から次へと斬り始めた。面白いように、首がぽんぽんと飛ぶ。

「お奉行。この前は真剣でしたが、あれは竹光ですね」

と、椀田が少し安心したように言った。

「そうか」

いよいよ生首踊りが始まった。

「これは凄いな」

かつて、根岸たちのろくろっ首を盗んで、両国の香具師がろくろくろっ首をやったときには、さすがに両国の玄人は違うと感心したものだったが、これはもう二段も三段も格が違う。梅の満開と、桜の満開くらい、華やかさが違う。桜の満開に、梅の香りをつけたほどに、艶(あで)やかなのだ。

根岸もこれには、呆気に取られて見守った。こんな楽しいものが見られるのは、江戸っ子ならではの幸せというものだろう。

演し物が、なんのとどこおりもなく進み、やがて真ん中あたりの娘の首が唄い出した。

〽ありがたや　ありがたや
やっとあの世に行けまする
なんの因果か　この世のなかは
つらく苦しいことばかり
ああ　ありがたや　ありがたや

「この前の唄と、ちと違うな」
椀田がそう言って宮尾を見ると、

「えっ？」

と、目を瞠った。宮尾が泣いていた。

――お奉行。

椀田は無言で、根岸に宮尾を見てくれるよう、目で合図を送った。

根岸はすぐに異変を感じ、

「どうした、宮尾？」

と、声をかけた。

「あの娘は、ほんとに悲しんでいます。絶望し、この世から離れて行こうとしています」

と、宮尾は呻くように言った。

「なにっ」

根岸は一瞬、眉をひそめたが、すぐに、

「この演し物、ここでやめぃ！」

と、大声で言った。

「え、なんでえ、なんでえ」

客がざわめいた。

根岸はどんどん客をかき分けて、

「わしは南町奉行根岸肥前守じゃ。今日の演し物は、ここで終わりだ」

そう言いながら、舞台のほうに進んで行く。椀田と宮尾、さらに凶四郎に源次、そして離れたところにいたしめと雨傘屋も、つられたように根岸の後を追った。

「お奉行さまだ」

「もしかして捕物か？」

「なんだ、なんだ。なにが起きてるんだ」

客席からさまざまな声が飛んだ。

すると、袖からさっきの武士が飛び出して来た。

「宮尾、あの者に手裏剣だ！」

根岸が言った。

「は」

宮尾は咄嗟に、刀から小柄を抜くと、武士めがけて放った。

「うっ」

小柄は武士の肩に突き刺さった。

「あやつ、あの娘の首を斬るつもりだ。斬らせるな」

根岸が言うと、宮尾はつづけて、懐の皮の袋から八方手裏剣を取り出すと、すばやくこれを投げつけた。それは宙を滑るように走って、武士の太腿に刺さった。

「おのれ！」

武士は抜刀し、近づいて来る根岸に向けて、八双（はっそう）の構えを取った。娘の首は上のほうにあり、武士の位置からは届かない。

「斬り合いだ！」

「きゃあ」

客席は大騒ぎとなった。

「越前屋が逃げるぞ。しめさん、雨傘屋。逃がすな」

根岸はさらに命じた。

「越前屋が？」

しめは咄嗟の命令にまごついたが、すぐに客席の前方で小屋の横に逃げつつある越前屋を見つけた。

「雨傘屋。あそこだよ！」

「はい」

しかし、逃げようとする客たちの波に呑まれるようになって、なかなか前に進めない。

「小屋の者！　首たちの動きを止めよ！」

根岸が怒鳴った。この騒ぎのさなかでも、舞台の上の首たちは、ぐるぐると軽快に動き回り始めていた。

「曲者、神妙にしろ！」

ひときわ大きな声は椀田のそれである。舞台の上の武士に怒鳴ったのだ。

「辻斬りの下手人もきさまだ！」

凶四郎の声がそれにつづいた。

「ううっ」

あわよくば、根岸に一太刀向けようとしていた武士だったが、椀田や凶四郎が十手を構えながら向かってくるのを見ると、踵（きびす）を返し、外へ飛び出した。

そのとき、客をかきわけて、根岸が舞台に辿り着いたが、そこでようやく、回っていた首たちの動きがぴたりと止まった。

根岸は首たちを眺め、さっき悲しげな唄をうたった娘の顔を見つけると、

「娘。早まるでないぞ」

と、やさしく声をかけた。

## 十四

しめと雨傘屋は、逃げる越前屋を追っている。

越前屋は、両国橋のたもとに向かって駆け、さらに川岸に降りる小さな階段へ姿

を消した。そのあとを追うように、もう一人つづいたが、それは馬喰町の三右衛門だった。

「おっかさん、どうしたんだ!」

ちょうど近くにいたらしい辰五郎が、走りながら声をかけてきた。

「越前屋と三右衛門を捉まえるんだよ」

「わかった」

しめたちは走った。

足の速さでは誰にも負けないしめが、最初に川岸に辿り着いた。

「しまった」

越前屋と三右衛門が乗った小舟は、すでに岸を離れていた。

「おい、舟を出しておくれ!」

しめが叫び、そのわきを辰五郎たちが階段を駆け下りようとしたとき、

「ああっ」

しめが驚愕の悲鳴を上げた。

小舟の上の三右衛門と越前屋が、向き合うかたちで短刀らしきものを互いの首に当て、斬りつけたようだった。

二人の首から凄まじい血が噴き上がるのを、しめはしゃがみ込んだまま見つめて

いた。

外へ逃げた武士のほうは、椀田に宮尾、さらに凶四郎に囲まれたから、もはや逃れようがない。それでも闘争心はくじけないらしく、いちばん痩せている宮尾を冥途の道連れにでもしようと思ったのか、裂帛（れっぱく）の気合とともに斬りつけてきた。だが、すでに肩も太腿も、宮尾の放った小柄と手裏剣で傷つけられている。つんのめるように剣を空回りさせたとき、宮尾をかばうように椀田の豪剣が、武士の背中を斬り裂いていた。

宮尾たちの立ち回りを見届けた根岸はすぐに小屋へと引き返し、先ほど悲しげな唄をうたった娘に話を訊いた。娘は、仕掛けから身体を外し、楽屋の隅に俯いて座っている。

「あそこで、ほんとに首を斬られることになっていたのは、自分でもわかっていたのか？」

と、根岸は訊いた。

「はい」

「覚悟の上だったと？」

「そうです」

「金のためか？」

「はい。吉原に行くなら百両を前借りできると言われましたが、あたしはなんとしても行きたくなかったのです。すると、庄兵衛さんという人が来て、吉原に行くくらいなら、死んでもいいかい？　と訊かれました」

「いいと答えたのだな」

「はい。あんなところに行くくらいなら、ほんとに死んだほうがましですから」

「それで、命と引き換えに百両をもらったのか？」

「あたしではなく、おとっつぁんがですが」

「お前のおとっつぁんは、命と引き換えにしたことは知っているのか？」

「それは知らないと思います。庄兵衛さんがそれは内緒にすると約束してくれました」

「おとっつぁんがどこで金を借りていたかは知っているか？」

「いいえ」

「それで、そなたは殺され村という見世物に出るのではなかったのか？」

「そういう話でしたが、その前に、とある大金持ちの旦那に一晩だけ可愛がってもらわないと駄目だと言われました」

「あたしは、なにもされずに、ただ殺してくださいと頼みました。あたしは、きれいな身体のまま、あの世に行きたかったのです。順吉さんも、たぶん、それを望んでいるはずですから」

「なるほどな」

「順吉?」

「同じ長屋にいた幼なじみです。でも、奉公に出て三年目に、奉公先の旦那に盗みの疑いをかけられ、大川に身を投げて死んでしまいました。死ぬ前に、あたしが奉公に出ていた店に来て、お前といっしょになりたかったんだって。あたしは、なぜ、あのとき、いっしょに死んであげなかったんだろうと、いまも後悔しています」

「それで、庄兵衛はなんと言った?」

「わかったと。では、お前の望む死に方を探してやるから、もう少し待つようにと言われ、待ってました」

「どこで?」

「馬喰町の旅人宿でした。それで、一昨日の晩に、殺され村ではなく、こっちの見世物に出るように言われ、唄を教えられました」

「だが、さっきうたったのは、教わった唄ではあるまい?」

「節はいっしょですが、文句を自分なりに変えてしまいました」

「それはよかったぞ」

あの唄のおかげで宮尾が涙を流し、ために根岸がこのあとおこなわれることに気づいて、ぎりぎりで首を刎ねられるのを阻止できたのだった。


そこへしめや宮尾たちが来て、三右衛門と越前屋の死と、あの武士もすでに意識がないことが告げられた。結局、殺され村の首謀者三人、庄兵衛、三右衛門、そして越前屋海老蔵はすでに死んでしまったわけである。庄兵衛を斬ったであろう武士も、たとえ息を吹き返しても、詳しいことを知っているとは思えない。

「お奉行。越前屋は女の生首でも見たかったのでしょうか？」

椀田が訊いた。

「うむ」

根岸ははっきりした返事をしない。

「女の生首など、小塚原(こづかはら)の処刑場にでも行けば、金次第でいくらでも見られるし、日本橋のたもとでもじっくり見られますね」

「そうだな」

「いったい、なにがあったのでしょう？」

椀田の問いに、根岸は黙ったまま、首を横に振るばかりだった。

# 終章　殺され村の生き残り

## 一

殺され村の全貌が明らかになったのは、越前屋海老蔵と三右衛門らが死んで、ひと月ほど経ってからのことだった。

なんと一人だけ、殺され村で生き残った娘がいたのである。

たまたま、再開された生首踊りの小屋の前で、ぼんやり立っていた娘を見た葛飾金画という絵師が、首の傷に気づいて番屋に報せ、話が回って、根岸が駆けつける次第となったのだった。

「よく助かったものだな」

根岸は感心して言った。

おせんと名乗った娘も、いまは助かってよかったと思っているらしく、にっこり

微笑み、

「斬られて初めて、なんとしても生きたいと思ったからかもしれません」

と、言った。

「それにしてもその傷でな」

首の傷が見えている。おそらくそれだけではないはずである。

「斬られるとすぐ樽のなかに入れられました。ふつうは、そのまま樽に入れられて、そのうち血が出尽くして死んでしまうのでしょうが、あたしの樽はすぐに転がり始めたのです」

「なぜ？」

「隣が曲芸の小屋だったのですが、そこのまだ子どもみたいな弟子が、あたしの樽を使って、樽転がしの稽古を始めたのです」

「ほう」

「転がって、樽は川に落ちました。そのはずみで樽が壊れ、あたしは外に出ました。それで、人目を避けるようにして、すぐ近くの、知り合いの医者のところに駆け込みました」

「そこで手当を？」

「はい。すぐに縫ってもらったおかげで、血は止まりました」

「妙な話だ。そんな怪我人が転がり込んだなら、番屋に届け出ているはずだ。いままで、そなたのことが知られてなかったのか？」

「そこは事情があります」

と、おせんは俯いた。

「その医者のことは話したくないわけか？」

「はい」

「わかった。その医者にはなにもせぬ。ただ、真実が知りたいのだ」

「中条流のお医者でした」

「なるほど」

堕胎専門の医者である。

「何度かお咎めもあり、医者として治療することは禁じられています」

「それで、しばらくそこにいたわけか。話はさかのぼるが、そなたが庄兵衛のところに行くようになったわけを訊きたい」

「あたしは、おとっつぁんに一度は、妾として売られました。ややを堕ろしたのもそのときです。その旦那の子は産みたくなかったのです。ですが、そのことを知られ、旦那から暇を出されました。すると、今度は吉原に売られることになりました。そのときに、あいだに入ったのが庄兵衛さんでした」

「なるほど」

「あたしは吉原には、なんとしても行きたくありませんでした。吉原に行って女郎になるくらいなら、死んでしまいたいと。すると、庄兵衛さんが、越前屋さんと会わせたのです。越前屋さんは奇妙な人でした」

「どんなふうに?」

「自分は女の敵なんだ。だから、ぶてと言うのです」

「なぜ、女の敵なのかな?」

「吉原で暮らしたことがあるらしいのですが、育ててくれた花魁に、そんなふうに教え込まれたみたいです。縛られたり、叩かれたりしながら」

「ほう」

「越前屋さんは、それで、褥のなかでは、自分をぶてと言うのです。それも、火箸とか長煙管とか、ぶてばほんとに痛いもので。ときには、うっすらと刃物で傷をつけてくれとも言われました」

「気持ちがいいのかな?」

「わからないんです。痛がりはするんですが、なにかうっとりとした表情も浮かべます。そして、泣き出すのです」

「泣き出すだって?」

「許してくれ、許してくれと。でも、ぶつのをやめると、つづけるんだと怒ります」

「ふうむ」

「途中から、男は二人になりました。三右衛門と名乗る人でした。二人とも、同じようなことをあたしにせがみました」

「二人は同好の士だったというわけか」

と、根岸はため息とともにつぶやいた。

根岸はこれで全貌が見えたと思った。歪んだ性向の持ち主である越前屋と三右衛門が、人殺しではなく見世物ということで女を斬り刻むところを目の当たりにしたくて、たまたま知り合った庄兵衛とのあいだで、殺され村の構想ができあがったのだろう。

しかし、殺され村に町方の調べが入ると、自分たちのところまで辿り着かれることを怖れ、金で雇った武士に庄兵衛を始末させたというわけだった。

「あたしは、もう借金もなにも残っていないのでしょうか？」

おせんは根岸に訊いた。

「もちろんだ。これからは自分を大事にして生きていくのだぞ」

「はい。庄兵衛さんはもう亡くなったのですよね」

「うむ。だが、世のなかにはほかにもやさしい男はいる。捜してみればいい」

根岸がそう言うと、

「そうですね。越前屋さんも三右衛門さんも、いま思えば、やさしい人たちだったのかもしれません」

　おせんは不思議なことを言ったのだった。


　おせんが下がってしまうと、根岸はぼんやり考えごとに耽(ふけ)った。

——人の心の奥底には危ういものが潜んでいる。

　根岸はそんなことを思っていた。

　残虐性と快楽。それが結びつくことがあるとは、根岸もいままで何度か感じたことがあった。あれはまだ武士になったばかりのころで、幕府の直轄地(ちょっかつち)である甲斐(かい)に赴(おもむ)いたときだった。わけは忘れたが、若い娘が、逆上して、年寄りの男を包丁で斬りつけたできごとに遭遇したことがあった。そのとき、同僚が若い娘に縄を打ち、縛り上げているとき、妙に興奮していたのを見て取ったのだ。

　あとで根岸は、その同僚にさりげなく訊いてみた。

「若い女を縄で縛るのは、悪い気持ちはせぬか？」と。

「悪い気持ちどころではない。あれはなんだろうな。縛り上げ、白い肌に縄が食い込み、娘の顔が苦痛に歪むのを見たとき、わたしの身体を快感みたいなものが駆け巡ったのだ。わたしは、それほど残虐な人間だったのかと、ゾッとしたよ」

と、同僚は打ち明けたのだった。

もっと奇妙な話も聞いた覚えがある。

それもまだ若いころだった。根岸は処刑の現場に立ち会ったことがあった。そのとき、並んで見ていた男——この男は五つほど先輩だったが、

「なんだろうな。わしはあの男が羨ましい気がした。ああした人が見ているところで、自分の腹を掻っ捌き、首を刎ねられることは、むしろ気持ちのいいことではないかなと思ったのだ。その罪は、盗みなどではないぞ。忠義のため、あるいはお国のため、自分の身を捧げられるというのは、むしろ幸せなことではないのかな」

そう述懐したのだった。根岸は冗談を言っているのかと疑って表情を確かめたが、その男は本気だった。

また、とある旗本の隠居——その人は、穏やかな人柄で後輩からも慕われた人だったが、盆栽に鋏を入れながら、こんなことをつぶやくのを聞いたことがあった。

「なあ、根岸。こうして若い木の幹を針金で妙なかたちに捻じ曲げたり、伸びようとしている枝葉を鋏で切り落としたりしていると、ふっと妙な感じを覚えることがあるのだ」と。

「どういうことです？」

と、根岸は訊いた。

「これが木ではなく、若い男や、若い女だったりするわけさ。その身体を針金で縛って、こう、おかしな恰好をさせたり、指や手足を斬り落としたりするのさ。そう思うと、背中がぞくぞくっとする。もしかして、わしはそういうことがしたかったのかと、ふと思ったりしてな」

隠居はそう言って、まだ若かった根岸を、鋭い目で見たものだった。

じっさい、巷には妙な浮世絵が出回ったりする。女が裸で縛られていたり、また、背中から斬りつけられていたりする絵である。根岸が見るに、それは眉をひそめるものでしかないが、しかしこの世には、そんな絵を喜び、欲情する者も存在しているのだ。いや、もしかしたら、まだ気づいていないだけで、そうした性向が心の奥に隠れている者は、意外に大勢いるのかもしれないのだ。

「怖いな」

と、根岸はつぶやいていた。

## 二

「だから、あたしはいろんな人に川柳をやんなさいって勧めているんですよ」

と、よし乃はうまそうに夜鳴きそばをすすってから言った。

「川柳を？」

凶四郎が、箸でそばをたぐったまま、訊き返した。

二人は、よし乃の家がある葺屋町に近い親仁橋たもとの夜鳴きそば屋にいる。いまさっき、凶四郎は根岸から、殺され村や越前屋海老蔵の件がすべて明らかになったことを伝えられ、すぐにそれをよし乃に報告に来たのだった。聞き終えたよし乃は、なんだかお腹が空いたと言い、じゃあ、そこでそばでも食おうや、となったのである。

「ええ。人ってのは、心の奥に、危ないものを抱え込んだりしてるんです。偉い人も偉くない人も、生真面目な人も不真面目な人も、高貴な人も下賤な人も、金持ちも貧乏人も、皆、いっしょですよ。世間からよく見られている人のほうが、むしろ、そういうものを抱えているかもしれませんよ」

そう言って、よし乃は最後の一口をすすった。

「それは、おれも同感だがね」

「だから、そうしたものを抱え込まず、ちょっとずつ笑いにして吐き出すんです。そういう危ない思いは、溜め込めば溜め込むほど、陰惨なほうに落ち込んでいきますから」

遅れて凶四郎も、最後の一口をすすり、

「越前屋とか、三右衛門みたいなやつでもかい？」

　と、訊いた。

「そうですよ。なんで自分は、苛めたり、苛められたりするのが好きなんだろう、なんで自分は血を見ると興奮するんだろうと思ったら、それを川柳にしていくんです」

「できるかよ、そんなこと？」

「できますよ。川柳は俳諧と違って、なんだってできちゃうんですから」

「例えば？」

　と、凶四郎に言われて、よし乃はそば屋から、親仁橋の上に歩みを進め、そこで考えながら、ゆっくりといくつかの川柳をこしらえていった。

　好きだから引っ張る髪のあどけなさ
　苛められる人を羨む夜もある
　鬼の面見て亡き母を懐かしむ
　首と胴あいだにありし未練かな
　血まみれはほぼ同時に糞まみれ
　生首の人相で見る罪深さ

「わかった、わかった、もう、いいよ」

と、凶四郎は止めた。

「こうやって、自分の気持ちの奥にあるものを確かめ、笑ってやるんですよ。すると、心の奥のなにかが、柔らかくなったり、溶けてきたりするんです」

「なるほどな。それだから、あんたは千両の借金を背負っても、なんとかやって来れたんだろうなあ」

「そうですよ」

と、よし乃は誇らしげに微笑んだ。

「でも、その千両の借金は、きれいに消えちまった」

「なんだか嘘みたいですね」

証文すらない借金だったが、重みは本物の借金と変わりなかったのである。

「どうだい。肩の荷も下りたことだし、おれといっしょになってみるってえのは?」

凶四郎は、橋から夜の水面を見下ろしながら訊いた。

「まあ、土久呂さまったら」

「おれもそろそろ、根岸さまのところから、元の役宅にもどりてえんだよ」

「八丁堀にね」

「狭い家だけどね」

少し間を置いて、

「お世話になりましょうか」

と、よし乃は言った。

「ほんとかい？」

「ええ」

「なんだか、嘘みたいだよ」

「一句詠みますね」

よし乃はしばし考え、小さな声でこう詠んだのだった。

千両で買えた二人の四畳半

文春文庫

耳袋秘帖（みみぶくろひちょう）　南町奉行と殺され村（みなみまちぶぎょうところされむら）

定価はカバーに表示してあります

2025年1月10日　第1刷

著　者　風野真知雄（かぜのまちお）
発行者　大沼貴之
発行所　株式会社 文藝春秋

東京都千代田区紀尾井町 3-23　〒102-8008
TEL 03・3265・1211㈹
文藝春秋ホームページ　https://www.bunshun.co.jp

落丁、乱丁本は、お手数ですが小社製作部宛お送り下さい。送料小社負担でお取替致します。

印刷製本・TOPPANクロレ

Printed in Japan
ISBN978-4-16-792321-1

LIVE
*comment*
てぇてぇ！
あら^～
かわいい
美少女たちの絡み、いいですわよ！
わくわく
もうかわいい
どういうコラボ？
ルリミンキテル…
こんにちは～
楽しみしかない！
cake set
coffee
latte
toast

神楽坂琴葉
鰐間礼二
SALE
GAME
&
カラオケ

夏目ミント
鬼丸瑠璃
羅生門紫苑
HOBBY STORE
5F

## 【CONTENTS】

ンの探索を行う〝ダンジョン探索者〟達の育成に力を入れ始めた。

瑠璃もそんなダンジョン探索者の一員として、学校に通う傍らダンジョンに挑んでいるのである。


『グルルルルル!!』


ダンジョンの奥から、うなり声と共に巨大な熊のようなモンスターが出現した。

ダンジョングリズリー。エリート探索者がパーティーを組んでどうにかなるかという、強力なボスモンスターである。ソロで挑むなど普通は考えられない。

だが。

ドゴオッッッッッッッッッ!!

瑠璃がダンジョングリズリーを殴り飛ばして壁に叩きつける。戦車の主砲をものともしないダンジョングリズリーが、一撃で葬られた。

ボスモンスターを一撃で討伐するなど普通は考えられない。探索者として、瑠璃の実力は並はずれていた。

しかしそんな瑠璃には、大きな悩みがある。

「配信したくないよぉ～！」

瑠璃は忌々しそうに後ろを振り返る。そこには、カメラと液晶画面を埋め込まれたドローンが瑠璃を追いかけるようにして飛んでいた。

　ドローンの液晶画面には、配信画面が表示されている。登録者数ゼロ。視聴者数ゼロ。

　ピコン♪　という通知音と共に視聴者数のカウンターが〝1〟に変わる。緊張で瑠璃の背筋がピンと伸びた。


〝こんにちは、初見ですー〟


　たまたま目に付いたのか、瑠璃の配信にリスナーがやってきた。

「ひゃあ！　こここ、こんにちは！　よよよ、よろしくお願いします！」

　瑠璃が緊張で噛み噛みになりながら挨拶する。


〝めっちゃ緊張してますねｗｗ〟


「は、はい！　すみません緊張してます！　ええと、今日は、特にお目当てのモンスターとかはいないんですけれども、ぶらぶらと1層の探索やっていこうと思います」

　そう言って瑠璃はダンジョンを歩き始める。しばらくするとまた、前方からダンジョングリズリーが現れたのに瑠璃が気づく。カメラにはまだギリギリ映らない位置だ。

　ダダッ！

瑠璃がダンジョンの地面や壁を蹴り、縦横無尽に跳び回る。その背中をドローンのカメラが追うが、捉えきれない。

〝なんか急にドローンのカメラがぐわんぐわん揺れ始めたんですけど⁉　何も見えません！〟

そしてその間に。

ドゴオッッッッッッッッ‼

カメラに映らないよう、瑠璃がダンジョングリズリーを一撃で葬り去る。

〝やっと揺れが収まった……。ドローンのカメラ、故障してるんじゃないですか？〟

「そ、そうみたいですね。そのうち修理に持っていこうと思います」

〝また画面が揺れたら酔いそうなので落ちますね。お疲れ様でしたー〟

「あ、はい！　おおお、お疲れ様でした！」

画面の向こうでリスナーが接続を切り、カウンターが0に戻る。

「き、緊張した〜！」

瑠璃が地面にへたり込む。

「もうやだぁ。探索中は配信が義務なんてルール、早くなくなってよ〜!!」

そう。ダンジョンでの探索中は、探索者同士のトラブルを防ぐために、常時専用サイトでの配信が義務づけられているのである。

コミュニケーション能力ゼロの上に超が付く人見知りの瑠璃にとって、ダンジョン探索はこれ以上なくしんどい作業なのである。

しかし、それでも瑠璃にはダンジョンに挑まなくてはならない理由がある。

ピロン♪

「あ、メールだ」

ポケットからスマートフォンを取り出して確認する瑠璃。そして——、

「またバイトの面接落ちた〜! これで15件目だよぉ〜!」

瑠璃の悲痛な叫びが、再びダンジョンに響き渡る。

そう、コミュニケーション能力ゼロの瑠璃は、アルバイトに落ちまくっているのである。

高校生が学校の授業と両立できるバイト先というのは存外少ない。しかも数少ないバイト先は、先輩や友人づてに情報を仕入れられる要領のいい学生でガンガン埋まっていく。

そんな中でも、瑠璃はあちこち調べてバイトに申し込みまくっているのだが。

面接で落ちたのが15件。

コミュニケーション能力不足で試用期間中にクビになったのが3件。

とにかく、コミュニケーション能力不足で働き口が見つからないのである。

「仕方ない、しばらくダンジョン配信で稼ぐしかないよね……」

瑠璃が大きくため息をついて立ち上がる。

本来、未成年はダンジョンで得た資源の換金は禁止なのだが、瑠璃はある合法的な『裏技』を使って超低レートで換金し、なんとか時給換算で６００円程度の稼ぎを得ている。

「ああ、早くアルバイト見つけてもっとお金稼げるようになりたい……。学費は無償だけど、今月も寮費と携帯代払ったらもう使えるお金がほとんど手元に残らない……。親にお小遣いの前借りなんて私にはできないし……」

瑠璃に両親はいない。８歳の頃に両親が事故で他界し、瑠璃は叔母に引き取られた。そして脳筋探索者の叔母に探索者としての才能を見いだされて技術をみっちりと叩き込まれ、未成年としては規格外の戦闘能力を身につけるに至った。

だが同級生が友達と遊んだりしている間に修行し続けていたことで、コミュニケーション能力が絶無。

「こんな戦う力よりバイトの面接をパスできるコミュニケーション能力が欲しかった……」

とぼやくに至る。

ちなみに今まで恋人はもちろん、友達すらできたことがない。

ビー！　ビー！　ビー！

配信用ドローンからけたたましいアラームが鳴る。画面には『救難信号受信』の文字が表示されている。これは、近くで他の探索者が助けを求めていることを示す。

「行かないと……!!」

青いパーカーのフードを深く被って瑠璃は駆け出す。

その先に人生を大きく変える出会いが待っているとは思いもせずに。

ダンジョンの1層を、1人の少女が全力疾走していた。

ライトブラウンのショートヘアに、ミントグリーンのヘアピンが彩りを添えている。

夏目ミント。戦闘センス、ルックス、トーク力。全てを併せ持つ若手の大人気配信者である。

そんなミントは今――大ピンチに陥っていた。

「たーすーけーてー！」

ミントの後ろを、全長10メートルを超える、巨大なドラゴンが追いかけてきていた。

レッドフレイムドラゴン。本来は４層に棲息する、炎のブレスを吐く赤竜である。

ダンジョン内では基本的にモンスターの出現場所が決まっている。しかし、餌の奪い合いや縄張り争いなどの影響によって本来の生息地以外のところに出現することがある。こういった現象をイレギュラーと呼ぶ。そして、イレギュラーに遭遇した場合の死傷率は通常時よりも桁外れに高い。

〝ミントちゃんがんばれえええええええ！〟

〝生きて！！！！！〟

〝ドラゴン野郎お前マジ許さねえからな！！！！〟

〝お願いミントちゃん死なないでええええええええ!!〟


配信を見ているリスナー達が、必死にコメントでミントを励ます。しかしその甲斐なく、レッドフレイムドラゴンがミントに追いつく。そして口腔（こうこう）から獄炎（ごうえん）のブレスを吐き出そうとした、そのとき——。

ドゴオッッッッッッッッッッッッッッッッ！

駆けつけた瑠璃がドラゴンの横っ面に膝蹴りをぶち込み、地面に叩き落とす。


〝？？？？？？〟

〝は！？！？〟

〝何が起きてる!?〟

〝誰あの青パーカー!?〟


『グルオオオオオオオオオオオオオォッ!!』

怒りの咆哮と共にレッドフレイムドラゴンが起き上がる。そして口腔を開き、必殺のブレスを瑠璃に放とうとする。が。

ガシッ！

瑠璃が一瞬で間合いを詰め、ドラゴンの上顎と下顎を掴み、力ずくで閉じさせた。

ボボボボボンッ!!

行き場をなくしたブレスがレッドフレイムドラゴンの体内で爆ぜ、体を内側から灼く。

『グオオオオオオオオオ!?』

度重なるダメージで、ドラゴンの巨体が倒れた。その頭に向けて、瑠璃が腰を落とした姿勢で右拳を構える。

そして――、

ドゴオオオオォッッッッッッッッッッ！！！

放たれた渾身の一撃が、爆音を響かせドラゴンの頭部を跡形もなく消し飛ばした。

「……ふぅ。これで一件落着ですね」

フードを被ったままの瑠璃が息を吐く。

〝うおおおおおおおおおおなんか知らんけど勝ったあああ！〟

〝【朗報】ミントちゃん生還！　ミントちゃん生還‼〟

〝嬉しすぎてリアルに叫んじゃったやったああああああぁ‼〟

〝ありがとうございますパーカーの人‼　今から配信行ってお礼のマネーチケット投げます‼〟


コメント欄が瑠璃への感謝で沸き返っている。

(配信にあんまり映らないうちに、さっさと逃げちゃおっと)

瑠璃がそそくさとその場を立ち去ろうとした、その瞬間。

「ありがとー！！！！」

ミントが、若手のホープと呼ばれるその身体能力をフルに活かした素早い動きで瑠璃に抱きつく。予想外の出来事に瑠璃は反応できず、ただミントの体を受け止めることしかできなかった。

そして抱きつかれた衝撃で、瑠璃のフードが外れた。

「ほんっとありがとね！　あなたが来てくれなかったらアタシ絶対今頃死んでたよ！　命の恩人～！」

喜びと安堵の涙をにじませるミント。

一方の瑠璃は、色々なことが同時に起きすぎてフリーズしていた。

「えと、ちょっと待ってください。私、なんで抱きつかれてるんですか……？　ていうか、フード取れて、リスナーさん達にも顔見られて……!?」

瑠璃の顔は真っ青になっていた。

「あ、ごめん！　配信に映るの苦手だった!?　すぐに隠すね！」

ミントが慌てて立ち位置を変えて、瑠璃の顔を自分の体で隠す。しかし時は既に遅く。


〝あんなに強いのにめちゃくちゃ若いなこの子！〟

〝ミントちゃんも可愛いけど助けてくれたこの子も可愛い！〟

〝青パーカーちゃんマジ最強〟

〝全く見たことないんだが。誰!?　マジで誰!?〟

〝誰？　誰なの!?〟

〝今の観(み)ただけでファンになっちゃった〟

〝わたくしもあの拳でぐちゃぐちゃにされたいですわ〟

〝チャンネル登録しに行きます！　名前教えてください！〟

〝ミントの所属する探索者事務所『パープルリーフ』の所長です。この度はミントを助けていただきありがとうございました。ところで、是非ウチに入っていただけませんか!?〟

〝パープルリーフって業界最大手の一角じゃん！〟

〝業界最大手からヘッドハントされるってマジ!?〟

〝流石業界最大手の社長、仕事が早い〟

コメント欄は瑠璃についての話題で大盛り上がりとなっていた。

「あの、すみません、今この様子を、一体どれだけの人が見てるんですか……!?」

ミントの体から少しだけ顔を出して、瑠璃が恐る恐るミントの配信画面を確認する。そして。

「り、リスナー3万人!?　さささ3万人が今リアルタイムで私のことを見てるってことですかーーー!?!?!?」

瑠璃の喉から絶叫が飛び出す。

そして。

「……きゅう」

あまりの衝撃に、瑠璃は気絶した。

ミントがレッドフレイムドラゴンに襲われる少し前。掲示板サイトにあるミントのスレッドは、今日も盛り上がっていた。

## 【ミントちゃん配信実況スレ　３４４】

１３４　名無しのミント草
ミントちゃん今日もかわいい～!!

１３５　名無しのミント草
適当に１層ぶらつきながら雑談するだけの配信なのにリスナー３万人。
やっぱミントちゃんの人気はすげぇなぁ

１３６　名無しのミント草
あの笑顔が俺を狂わせる

１３７　名無しのミント草
剣技も魔法もキレッキレ！　未成年最強はやっぱミントちゃんでしょ！

――――――
――――
――

４５６　名無しのミント草
なんだあのドラゴン!?

４５７　名無しのミント草
１層にあんなデカいモンスター出るの!?

４５８　名無しのミント草
イレギュラーに決まってるだろ！　どう低く見積もっても本来３層以降の
ボスモンスターだわ。ミントちゃん、逃げ切ってくれ……!!

４５９　名無しのミント草
やばいやばいやばい

４６０　名無しのミント草
推しが、推しがまた散ってしまう……

４６１　名無しのミント草
今からダンジョン乗り込んでドラゴンぶっ飛ばしてやる‼

４６２　名無しのミント草
間に合うわけないしソロで勝てるわけないだろ！

４６３　名無しのミント草
ミントちゃんお願い死なないで‼

４６４　名無しのミント草
推しを看取るのはもう嫌なんだ

４６５　名無しのミント草
あかん、ドラゴンがブレス発射態勢に入った

４６６　名無しのミント草
おわった

４６７　名無しのミント草
は？？？？

４６８　名無しのミント草
膝蹴りでドラゴン撃墜した！？！？！？

４６９　名無しのミント草
ドラゴンの顎を？　素手で無理矢理閉じさせる？？？？

４７０　名無しのミント草
なんで素手でドラゴン圧倒してるの⁉　どゆこと⁇

４７１　名無しのミント草
最前線攻略探索者だが、あんなんできる奴みたことないぞ⁉

４７２　名無しのミント草
なんかわからんが勝ったあああああああああああ‼

４７３　名無しのミント草
ミントちゃん生還‼　ミントちゃん生還‼

４７４　名無しのミント草
よっしゃあああああああああああ！！！！

４７５　名無しのミント草
パーカーの人ありがとう‼

４７６　名無しのミント草
パーカーの人最強！　パーカーの人最強！　で、誰なの？？？？

４７７　名無しのミント草
誰⁉　誰なの⁉　怖いよぉ！

４７８　名無しのミント草
フードはずれた！　女の子⁉

４７９　名無しのミント草
かわいい！

４８０　名無しのミント草
ゴリラみたいなヤツかと思ったら普通に可愛いじゃん！

４８１　名無しのミント草
てか若くね！？！？　どうやったらあの若さであんな鬼みたいな強さが手に入るの!?

４８２　名無しのミント草
人見知りなのかな？　めっちゃおどおどしてる

４８３　名無しのミント草
メカクレは貴重

４８４　名無しのミント草
黒タイツかわいい

４８５　名無しのミント草
おどおど小動物かわいい！

４８６　名無しのミント草
お、こっち見た

４８７　名無しのミント草
気ｗ絶ｗｗｗｗ

４８８　名無しのミント草
リスナーの多さにビビって気絶する配信者いる？？？？

４８９　名無しのミント草
ドラゴンには勝ててもリスナーには勝てなかったか

４９０　名無しのミント草
嘘だろｗｗｗｗ

４９１　名無しのミント草
１分前俺「こんな強い配信者がいたんか！」今俺「こんなか弱い配信者がいたんか」

４９２　名無しのミント草
温度差で風邪引いたｗｗｗｗ

４９３　名無しのミント草
颯爽と現れてドラゴンを瞬殺し若手の有望配信者を助け出したヒーローの姿がこれである

４９４　名無しのミント草
ミントちゃん、背負ってダンジョンから運びだそうとしてる

――――――

――――

――

９８０　名無しのミント草
モンスターとの遭遇無しでダンジョン出口まで到着～

９８１　名無しのミント草
良かった……コレで一安心

９８２　名無しのミント草
お、カメラＯＦＦになった

９８３　名無しのミント草
再開全裸待機

９８４　名無しのミント草
ワイ、未だに混乱が収まらん

９８５　名無しのミント草
とりあえず次スレ立てた　ＵＲＬ→■■■■■■■■■■

**【ミントちゃん配信実況スレ　３４５】**

――――――

――――

――

１３　名無しのミント草
で、マジでパーカーちゃん何者なの？

１４　名無しのミント草
ダンジョン配信見始めて６年。全く見たことないんだが??

１５　名無しのミント草
位置データから探してあの子のチャンネル見つけたぞ！
ＵＲＬ→
登録者０人、過去に話題になったこと一切なし！

１６　名無しのミント草
マ　ジ　だ　っ　た

１７　名無しのミント草
名前は鬼丸瑠璃……マジで聞いたことないな！
なんでこんな才能が埋もれてたの!?　ありえなくね？

――――――

――――

――

２９０　名無しのミント草
ぶっちゃけこれやらせでしょ。ミントちゃんの事務所の新人お披露目イベントでしょ。あほくさ。解散解散

２９１　名無しのミント草
ＣＧで作った映像を流してるだけ、とか？

２９２　名無しのミント草
ダンジョン内からの配信は専用ドローンを使って専用アプリ経由でしかできないようになってるから、それはない

２９３　名無しのミント草
ダンジョン庁が管理してるダンジョン配信サーバーハッキングでもされてないかぎり本物の映像だぞ

２９４　名無しのミント草
まるで意味がわからんぞ！

２９５　名無しのミント草
Ｔｗｉｓｔｅｒでも話題になってるな

２９６　名無しのミント草
カメラＯＦＦしてる間に鬼丸ちゃんのチャンネル登録者１万人超えてて草

２９７　名無しのミント草
気絶してる間に登録者１万人増えるの草

２９８　名無しのミント草
お、カメラＯＮなった！

２９９　名無しのミント草
ｗｋｔｋ

「う、うーん。ここは……」

瑠璃が目を覚ますと、白い天井が目に入った。

彼女が今いるのは、ダンジョンの入り口前に作られているロビー。だだっ広いスペースに、質素なテーブルと椅子が並んでいる。探索者達が、探索の準備をしたり待ち合わせをしたりするためのスペースである。

「あ、起きた？」

夏目ミントが顔をのぞき込む。瑠璃が、覚えている記憶を必死に遡る。そしてリスナーの多さに驚いて気絶したことまで思い出して——、

「すいませんでした!!」

椅子の上で正座して、深々と頭を下げる。

ちなみに、寝た姿勢から起き上がって正座の姿勢に座り直す一連の動作はすさまじい速さで、ミントの目には残像すら映らなかった。

「私、鬼丸瑠璃といいます！　ダンジョン内で気絶するだなんて情けないところをお見せしたばかりか、ロビーまで連れてきてもらって。本当に申し訳ないです！」

ペコペコと何度も何度も頭を下げる瑠璃。

「いや、いいよお礼なんて！　助けられたのはアタシのほうなんだし！」

予想外の瑠璃の行動に面食らいつつも、ミントが高速で頭を下げ続ける瑠璃を止める。

「それにこっちこそごめんね、鬼丸さん。人見知りなのに配信にがっつり映しちゃって」

「いえ、それは仕方ないですよ。ダンジョン内は配信するのが義務ですから」

2人は、配信用ドローンのほうを見る。ダンジョンを出てから、瑠璃の配信映像には蓋をしてあるが配信はつなげたままだ。

こうしている間にも、コメントは流れ続けている。さっきまで登録者0人だった瑠璃のチャンネルは、今やコメントが滝のように流れていた。


〝鬼丸瑠璃の正体はダンジョン庁が予算をつぎ込みまくって秘密裏に育成してた切り札探索者って書いてるブログが出てきましたが本当ですか??〟

〝俺が見たのはアメリカが作ったサイボーグ探索者って説〟

〝『深層のモンスターがダンジョン庁と契約して探索者として活動してる』これが真実だよ。ソースはＴｗｉｓｔｅｒ〟

〝ダンジョン専門のニュースサイト、ダンニュースＷＥＢの者です。情報がないので、ネット上で鬼丸さんの正体について今色々な説が飛び交ってる状態です。よろしければ、鬼丸さんの正体について取材させていただけないでしょうか?〟

「ネット上で怪情報が飛び交ってる〜!?　なんですかアメリカ製のサイボーグって！　アメリカが作ったなら日本にいるわけないじゃないですか！　……やりたくないけど、これ以上怪情報が広がらないうちに自己紹介しないと……!!」

瑠璃が頭を抱える。

「ほんとごめんね、鬼丸さん！」

夏目ミントが申し訳なさそうに手を合わせる。

「いえ、気にしないでください。きっといつかこうなると思っていたんです。ダンジョン配信者をしている以上、いつかは私の強さが世にしれて、リスナーと向き合わないといけない時が来るのはわかっていました。……でも実際その時が来ると怖いです〜！」

瑠璃は泣き出す寸前だった。

「鬼丸さん！　お詫びじゃないけど、アタシが鬼丸さんの配信手伝うよ！」

夏目ミントが力強く瑠璃の手を握る。

「アタシは、夏目ミント。自分で言うのもなんだけど登録者数２５０万人の人気配信者だから。配信はめちゃくちゃ慣れてるし。鬼丸さんが困ったときは、横からフォローするよ！」

「な、夏目さん……。ありがとうございます！　私、こんなダメダメな人見知りですけど。そんな自分が嫌いで。自分を変えたいって、ずっと思ってたんです。夏目さんがいっしょなら、できる気がします。勇気を出して、やってみようと思います」

瑠璃の目には、決意が宿っていた。

「頑張って鬼丸さん！　アタシがついてるから！」

「はい！　私……頑張ります！」

大きく息を吸い込んで、瑠璃はカメラONボタンを押して再開する。

「は、はじめまして！　ダンジョン探索者の鬼丸瑠璃です！　よろしくお願いします！」

瑠璃が名乗った瞬間――、

〝再開キターーーー!!〟

〝ミントちゃんを助けてくれて本当ありがとう!!〟

〝マジ救世主!!!!〟

〝遺伝子操作で作られたミュータントってマジですか!?〟


滝のように流れるコメント欄。右上には『視聴中：3万7000人』と表示されている。

それを目の当たりにして瑠璃は――、

「それでは今日の配信は終わりですご視聴ありがとうございました」

迷いなく配信終了ボタンを押そうとした。

「ちょっとまったー!!」

ボタンに触れる寸前で、ミントが瑠璃の手を掴んで止めた。

「は、放してください夏目さん。配信もうやめます～！」

「勇気を出して変わってみたいって今いってたじゃん！　アタシがついてるから、もう少しだけ頑張ってみようよ！」

ミントが必死に瑠璃を説得する。

「みんな、鬼丸さんが落ち着くまでちょっと待ってね！　カメラだけＯＦＦにするよ！」


〝待ちます待ちます〟

〝ミントちゃんの頼みとあっちゃ断れないな〟

〝おまえら素直すぎか？〟

〝そら今いるリスナー半分以上ミントちゃんの配信から来てるだろうし〟


「ぜーひゅー、ぜーひゅー」

たった数秒喋っただけなのに、瑠璃は既に息切れしていた。

「落ち着いて。大丈夫、アタシもついてるから。一緒にやろうね」

「あ、ありがとうございます……」

ようやく瑠璃は落ち着きを取り戻す。

そして意を決してまた配信を再開する。

「す、すみませんお見苦しいところをお見せしました。改めて自己紹介です。名前は鬼丸瑠璃。歳は16歳で、ええと、西新宿の探索者育成学校に通っています……」

瑠璃はたどたどしいながらも、なんとか自己紹介を終える。

両親を亡くして叔母に引き取られたこと。

腕利きの探索者である叔母からその技を叩き込まれたこと。

ネット上で噂になっているようなサイボーグやアンドロイドではないということ。

遺伝子組み換えでもないこと。

そして自己紹介を終えたとき、瑠璃はあることに気づいた。

「あの、そういえばなんでリスナーが3万人超えてるんですか？　夏目さんの配信は3万人しか見てなかったはず。なんでそれよりたくさんの人が視聴しに来てるんですか……？」


〝Ｔｗｉｓｔｅｒから〟

〝Ｔｗｉｓｔｅｒで今トレンド独占してるからな〟

〝ネットの世界は今鬼丸瑠璃で持ちきりよ〟

〝ＮＹにもジャパンのニューフェイス配信者のニュースは届いてるぜ（英語から自動翻訳）〟


「え、えええええ！」

瑠璃が椅子から飛び上がるほど驚き、自前のスマートフォンを取り出す。

「うわぁ、本当だ！　トレンドに『鬼丸瑠璃』、『青髪メカクレ怪力女』、『期待の青い新星』、

『ドラゴン瞬殺』……なんか私関連っぽい単語がいっぱい並んでるぅ……‼」

　瑠璃は、スマートフォンを必死に操作し始める。

「お、鬼丸さんエゴサしてる？　うんうん、アタシも初めてトレンド入りしたときはめっちゃエゴサしたなぁ。懐かし――」

「『このトレンドはスパムです』報告！『このトレンドはスパムです』報告！『このトレンドはスパムです』報告！　消えろ消えろ消えろ、トレンド一覧から私関連の単語全部消えろ～！」

「なにやってんの鬼丸さん！」

　夏目ミントが慌てて瑠璃の手を押さえる。本日二度目の光景である。


〝ｗｗｗｗｗｗｗｗｗｗ〟

〝うっそだろお前ｗｗｗｗ〟

〝自分のトレンド入りスパム報告した配信者初めて見た〟

〝やらせとかいってすまん、これは本物〟


「うわぁ、折角ソシャゲの推しキャラのファンアートばっかり流れてくるように構築した私の澄んだタイムラインが青髪陰キャの話題で汚染されてるぅ……。ワードミュート設定して流れてこないようにしないと……」

「自分が人気者になってるっていうのになんてこと言うの鬼丸さん！」

〝自分の話題のこと汚染とか言うの草〟

〝エゴサどころかワードミュート設定するのも初めて見たｗｗｗｗｗ〟

〝配信者の自覚もっと持って！！！！〟

「あの、夏目さん。これから何話せばいいでしょう？　もう配信終わってもいいですか？　いいですよね？　それでは今日の配信はこれで終わ――」

「早い早い！　もうちょっと続けようよ鬼丸さん！」

〝なんとしても配信を切り上げたいという鋼の意思を感じる〟

〝配信切り上げるときだけハキハキしゃべり出すのなんなんだｗｗｗｗｗ〟

〝かつてこんなに配信を切り上げたがる探索者がいただろうか。いや、いない（反語）〟

「鬼丸さん、リスナーの皆さんは鬼丸さんのことがいろいろ知りたいと思うんだ。いきなりリスナーさんの質問に鬼丸さんが答えるのはハードルが高いから、リスナーさんの知りたがってそうなことをアタシから鬼丸さんに聞いて、鬼丸さんがそれに答えるっていうのはどうかな？」

「あ、はい。それくらいだったらなんとか、大丈夫だと思います」

瑠璃がおずおずとうなずく。

「じゃあまず最初の質問。鬼丸さんは、いつもどんな風に活動してるの？」

「ええと、２年前から活動していて、いつも西新宿ダンジョンの１層から４層のどこかをソロ探索してます」

「あれ、ソロ探索だけ？　友達とパーティー組んで潜ったりはしないの？」

ミントによる何の気なしの質問。しかしその瞬間、瑠璃の表情が暗くなった。

「友、達……？」


〝あっ（察し）〟

〝人の心とかないんか〟

〝友達少なそうな性格してるしな〟

〝火の玉ストレートやめろお前！！！！〟


「ええと、その、友達は……『今は』いません」

『今は』の部分を強調して瑠璃が答える。

〝『彼女いるの？』って聞かれたとき『今はいません』ってごまかす俺らがよくやるやつじゃ

ん‼〟

〝友達いるのって聞かれてその技でごまかすやつ初めて見たｗｗｗｗｗ〟

〝俺らでさえ1人くらいは友達いるっていうのに〟

〝ワイぼっち、親近感の増加が止まらない〟

「ご、ごめんね鬼丸さん。変なこと聞いちゃって……」

「ち、違うんです！　今はいませんけど、昔は本当に友達いたんですよ！　毎日のように仲良く一緒に遊んでたんですよ！　母が飼ってた猫と！」

〝猫⁉〟

〝待って、飼ってた猫を友達判定してる⁉〟

〝家の猫は友達には入らんだろ‼〟

〝人間は猫様の奴隷であって友達ではないぞ〟

「え、仲良く一緒に遊んでても猫は友達にカウントしちゃダメなんですか⁉　それじゃあ、私が生まれてからこれまで1人も友達ができたことないってことになっちゃうじゃないですか！」

「瑠璃ちゃん友達1人もいたことないの？　じゃあ、アタシが1人目だ！」

そう言って、夏目ミントが力強く瑠璃の手を取った。驚きで瑠璃が硬直する。

「――!? 夏目さん、私の友達になってくれるんですか……!? ありがとうございます! ついに、ついに私にも友達ができた……!! これからよろしくおねがいします、夏目さん」

打って変わって、瑠璃の顔が明るくなる。

「もう、友達なんだから〝ミント〟って呼んでよね。瑠璃ちゃん」

「名前呼び! 私には絶対訪れないと思ってた名前呼びイベント! みみみ、ミントちゃん……」

興奮しながら、おずおずと名前を呼ぶ瑠璃。


〝てぇてぇ〟

〝いい最終回だった〟

〝まだ配信初日なんだが?〟

〝くそ! 釣られた! エリアボスをソロで瞬殺する超強い探索者がいるってTwisterから来たら、女の子同士がイチャついてるのを見せつけられた!〟


「瑠璃ちゃん、ちょっとスマホ貸して。……はい、LIMEアプリで連絡先登録しといたから」

「凄い、これが夢にまで見た友達との連絡先交換! スゴイ、本当に私のLIMEに家族とお店のアカウント以外の連絡先が登録されてる……!!」

瑠璃が有り難そうにスマートフォンを天に掲(かか)げている。

「私、なんだか元気出てきました……!!」

「よかった。配信、まだ続けられそう?」

「はい。私、頑張りますっ」

瑠璃が拳を握りしめてみせる。

「じゃあ次の質問ね。瑠璃ちゃんほどの強さの探索者なら、これまで絶対に話題になってないとおかしいんだけど、一度も話題にならず登録者数もゼロだったよね? 目立たないようになにか工夫してたの?」

「そうですね……ちょっと口で説明するのが難しいので、今からまたダンジョンに潜ってお見せしたいと思います。ミントちゃんもそれで大丈夫ですか?」

「もちろん! アタシも瑠璃ちゃんの戦うところまた見たいし!」


〝うおおおおおお!! 探索再開!〟

〝またモンスター瞬殺が見れる!!〟

〝wktk〟


こうして瑠璃とミントとは再びダンジョンの中へ向かうのだった。

# 第2章　瑠璃の（実質）初配信

ダンジョンの出現を受けて、日本は新たに〝ダンジョン庁〟という組織を設立した。

モンスターの地上侵攻を防ぐために防衛部隊を配備したり。ダンジョン関連の法整備を行ったり。ダンジョンの配信サイトを運営したり。探索者を育成する学校を運営したり。ダンジョン産の素材の流通を管理したり。配信専用ドローンを開発して無償で探索者に貸し出したり。ダンジョンに関連する仕事を全て担っており、国家運営になくてはならない存在となっている。

そんなダンジョンに庁が設置した、ライセンスをかざし目の虹彩で本人認証しないと開かないゲートと、モンスターの地上侵攻を防ぐための鋼鉄製2重扉をくぐり、瑠璃とミントはダンジョンに足を踏み入れた。

見慣れた岩の壁が2人を迎える。と、すぐに。

「……早速来ましたね。ダンジョンウルフです」

瑠璃が前方右側の分かれ道を指さす。

「嘘ぉ!?　全然気配なんてしないけど？」

ミントが瑠璃の指さすほうをじっと見つめる。しかし、何も感じ取れない。

「まだちょっと遠いですからね。１００メートルくらいでしょうか。２体、ゆっくり近づいてきます。向こうも私達に気づいてるみたいですね」

「100メートル!? 瑠璃ちゃん、索敵スキル高すぎじゃない!?」

ミントが目を丸くする。


〝ファッ!?〟

〝100メートルwwwwwwww〟

〝広すぎワロタwwww〟

〝肩にちっちゃいレーダー載っけてんのかい!!〟

〝ダンジョン配信初めて見るんでわかんないんですけど、100メートルって広いんですか?〟

〝広いってレベルじゃない! はっきり言って規格外の広さだよ!! 普通は4、5メートル! 索敵範囲が1メートル広くなるだけで、探索の安全性が大きく変わるんだよ、羨ましい!!〟

〝【悲報】ワイ半径12メートルの探索スキル持ち、アイデンティティを喪失〟

〝12メートルニキは十分凄いから自信取り戻して!〟

〝お願い瑠璃ちゃんうちのパーティー入って!!!!〟

〝いや、ウチの事務所に来て欲しい!〟

〝我がパープルリーフ事務所に是非VIP待遇で迎え入れたい〟

〝争奪戦起きてて草〟

「あ、私パーティーに入るのは無理です……移動中とか何話していいかわからないですし、人とコミュニケーションとって連携するとか本当にできなくて……」

〝コミュ力が全てを台無しにする〟
〝これでコミュ力さえあれば……〟
〝コミュ力なんてなくてもいい！　是非ウチの事務所に来てくれ!!〟

そんなコメントが流れるうちに、ついに洞窟の奥から2体のモンスターが現れた。

『グルルルル……』

狼型モンスター、ダンジョンウルフ。地上に生息するオオカミよりも一回り大きい。灰色の毛並みに、鋭い牙。口から垂れる強酸の涎が地面を溶かして煙を上げている。

〝なんか、強そうじゃね……!?〟
〝ダンジョンウルフって名前はよく聞くけど、ダンジョン最弱クラスのモンスターじゃなかったっけ？　普通に強そうなんだが〟

「そう。アレが西新宿ダンジョン最弱モンスターの一種、ダンジョンウルフ。大体、地上のオオカミの3倍のスピードと9倍のパワーを持ってるよ」

とミントが解説する。

〝ファッ!?〟

〝オオカミの3倍のスピード!?〟

〝怖すぎワロタ〟

〝武器さえあればダンジョン最弱のモンスターくらい倒せる。そう思っていた時期が俺にもありました〟

〝そんなバケモン相手にするとか、考えただけでチビりそうなんだが!?〟

〝ベテランリスナーワイ、初々しいリスナーのリアクションを見れてにっこり〟

〝ダンジョンが発生した当時は世界のあちこちでサブマシンガンとかを装備した軍隊が突撃してダンジョンウルフに返り討ちにあって大きいニュースになったんだよ〟

〝あの当時の絶望感はやばかったね……〟

「では、早速やっていきますね」

瑠璃は拳も構えず、無造作にダンジョンウルフに近づいていく。

「ちょっと、瑠璃ちゃん!?」

〝おいおい視聴者数が増えてるからって無理するなよ‼〟

〝危なっかしすぎて見てられねぇ！〟

〝知名度上がった初日に昇天はやめてくれ〟


瑠璃とダンジョンウルフの距離が近づいていく。ヴォウ！　と唸り声を上げながら先頭のダンジョンウルフが瑠璃に飛びかかって――、

スパッ！

ダンジョンウルフの頭と胴が切り離された。２つになった亡骸が地面に落ちる。

一瞬のうちに、瑠璃が手刀でダンジョンウルフを両断していた。


〝は？〟

〝は？？？？？？〟

〝何が起きた！？！？！？〟

〝恐ろしく早い手刀。俺ですら見逃しちゃったね。いやマジかこれ⁉〟

〝コマ送りでリプレイ再生してるけど、１２０ＦＰＳのカメラにも動きがはっきり映ってないんだが？？？？？？〟

〝１２０分の１秒以内に攻撃が終わってた、ってコト⁉〟

〝うっそだろｗｗｗｗ〟

〝速すぎワロタｗｗｗｗ〟


仲間を瞬殺されたダンジョンウルフが、牙をむき出して威嚇する。瑠璃に襲いかかった仲間が返り討ちにされたのをしっかり見ていたので、飛びかからず慎重に様子をうかがうことに決めたようだ。

「では、これまで私が目立たないように探索していた方法について紹介しますね。結論から言うと、カメラに映らないようにモンスターを倒してたんです。そうすれば、リスナーは興味を失ってどこか別のチャンネルを見に行きますから」


〝カメラに映さない？　どういうこと⁇〟

〝配信用ドローンは自動で探索者をカメラで追いかけるんだぞ？　多少手動で画角とかはいじれるけど、画面のどっかに探索者が映るようになってる〟

〝配信用ドローンは、ダンジョン内での冒険者同士のトラブル防止目的でもあるからな。そんなに簡単に配信止められない〟

〝ダンジョン内でカメラ止めていいのは、トイレと着替えのときだけってルールじゃなかったっけ？〟

「ええと、カメラは止めません。配信を続けたまま、こうやってカメラから外れます」

そう言って瑠璃は大きく横へ跳ぶ。そしてダンジョンの壁を蹴ってさらに跳ぶ。ピンボールのように跳ね回るその姿を、ドローンが追跡しようとするが――、

〝カメラがぐわんぐわん動きすぎててなにが起きてるのか全然わからん!〟

〝ドローンさんちゃんと仕事して!〟

〝ドローン「できるわけないよそんなことぉ!」〟

〝ドローン「もうダメだ、この仕事してたらおかしくなる」〟


そして、急にカメラの動きが止まる。瑠璃は最初の位置に戻って立っていた。


〝やっと収まったか〟

〝画面揺れキツかった〟

〝何も見えなかった〟

〝あれ? ダンジョンウルフどこいった?〟

〝よくみろ。最初にダンジョンウルフが立ってたところに血と肉の塊がある〟

〝ダンジョンウルフくんまた瞬殺されてるううう! 配信に映さないってこういうことかよ‼〟

〝無駄に洗練された無駄のない無駄な作業〟

〝モンスター1体倒すのにめちゃくちゃ手間かけるじゃん‼〟


「そうなんですよ、結構面倒くさいんですよねこの作業……」

「瑠璃ちゃんどれだけ登録者数増やしたくなかったの⁉」

「本当に、本当に登録者数増やしたくなかったんです……‼　ええと、では次に、モンスターの素材回収に移りたいと思います」

瑠璃がダンジョンウルフの死体の前に座り込む。

シュウウウウゥ……。

ダンジョンウルフの死体が、光の粒子になって宙に消えていく。ダンジョン内のモンスターは、『ダンジョン粒子』というエネルギーでできており、絶命すると体の構造を維持できなくなり、こうして宙に消えていくのだ。瑠璃の服に付いた返り血も同じように消えていく。

しかし、モンスターの体の一部は形を保ったまま残る。

こうして残ったモンスターの素材は、探索者の武器や防具に加工される。ものによっては地上の物質にはない特性を持っていることがあり、科学技術の発展に大きく貢献する。そのため、モンスターの素材は地上の生物のものとは比べものにならない高値で取引されている。

もっとも、未成年によるモンスターの素材の換金は〝原則〟禁止されているのだが……。

「ダンジョンウルフの毛皮、２枚ゲットです」

いつもより少し嬉しそうな顔で、瑠璃は素材を拾い上げる。そして目の前に手をかざすと、空間が裂けて穴が開いた。

アイテムボックス。探索者のほとんどが初心者のうちに覚える基礎魔法の1つである。異空間につながる穴を発生させて、ものをしまっておくことができる魔法である。探索者達は、水や食料、かさばる武器などをここにしまっておくことが多い。

慣れた手つきで瑠璃はダンジョンウルフ2頭分の素材をアイテムボックスに放り込んでいく。

「さて、次は何をしましょうか」

と、瑠璃が立ち上がったそのとき。

ビー！　ビー！　ビー！

瑠璃とミントのドローンから、アラートが響く。

救難信号。ダンジョン内で、命の危険があるときに出すことができる、助けを求める信号である。探索者はもちろん、状況を見てリスナーが出すこともできる。

この信号が出ると、近くにいる探索者の中で、危険に対処できそうなレベルの探索者のドローンにアラートが鳴るシステムだ。信号を受けた探索者は可能な限り助けに行くのが義務づけられている。

「場所は……近いね。この先500メートルくらい行ったところだ！」

ドローンに埋め込まれたタブレットでミントが情報を確認する。

「アタシはもちろん行くけど。どうする瑠璃ちゃん、いける？」

「はい、行きます！」

2人は救難信号の発信源へと駆け出した。

「見つけました！」

瑠璃が救難信号を発信した冒険者達と、その原因となったモンスターを発見した。

少し開けた場所で、黄金の毛並みを持つイノシシが暴れている。

グリンブルスティ。形こそイノシシだが、突進力は地上のイノシシとは比べものにならず、ダンジョンの中をレーシングカーのような速度で走りまわる。

本来この辺りには生息しないモンスターだが、イレギュラーが起きて浅い場所に出現していた。

しかも、血のにおいを嗅ぎつけたのかダンジョンウルフもやってきていた。

周りには、探索者達が倒れている。全員息はあるが、ダメージが大きくとても戦える状態ではない。

「瑠璃ちゃん、どうする!?　グリンブルスティはアタシじゃ手に負えないよ!?」

「ミントちゃんはダンジョンウルフのほうをお願いします。グリンブルスティは、私がなんとかしますので」

『ブフゥー!!』

グリンブルスティが突撃してくる。レーシングカーさながらの加速であっという間にトップスピードに乗り、瑠璃に強烈な体当たりを見舞う瞬間——ぐんっ、と突進の軌道を直角に変えられ、近くのダンジョン壁に激突した。

〝なんだ今の瑠璃ちゃんの技!?〟
〝攻撃が曲がった!?!?〟
〝今回はちょっと見えたぞ! 今のは空手の防御術【回し受け】だ!!〟
〝回し受けだと!?〟
〝回し受けってイノシシも止められるんだ、知らなかった〟
〝空手スゲー!!〟
〝アホか! 回し受けであの突進受け流せるのは瑠璃ちゃんだけだからな!?〟
〝自分空手四段です。あんなん絶対無理!〟

瑠璃が両手でひっくり返っているグリンブルスティの後ろ足を掴む。そしてその場で回転して、グリンブルスティを振り回し始める。

『ブモォーーー!?』

回転は、どんどん勢いを増していく。

〝これは、まさかプロレスのジャイアントスイング!?〟

〝プロレス技!?　なんで??〟

〝プヲタ俺大歓喜〟

ぐるんぐるんぐるん！

瑠璃が回転の勢いを増していき、カメラで捉えきれないほどの速度に達する。そして勢いをそのままに遠心力を使ってグリンブルスティの体を放り投げて――、

ゴンッッッッ!!

ダンジョン中に響く破壊音と共にグリンブルスティの頭が岩に激突し、頭蓋骨が砕けて即死した。

黄金に輝く体が、光の粒子になって消えていく。

〝いったあああああああ!!!!!〟

〝やることえげつねえええええええ!!!!〟

〝なるほど岩に叩き付けてフィニッシュすればジャイアントスイングで戦えるのか〟

〝ジャイアントスイングってそんな強い技なのか。こんどダンジョンで試してみよっと!〟

〝アホか!! 絶対に真似するなよ!? 死ぬからな!?〟

〝切り抜き班だけど、切り抜き動画に『絶対に真似しないでください』って注意書き添えとくわ〟

〝普通の探索者はあの重さを持ち上げてヨタヨタ1回転するので精一杯だからな?〟

〝そもそも、ジャイアントスイングの前の回し受け防御が無理ゲーなんだわ〟


コメント欄も大盛り上がりである。

「瑠璃ちゃん、こっちも片付いたよ!」

ダンジョンウルフを倒したミントが瑠璃のほうへ駆け寄ってくる。

「さぁ、早くこの人達の治療しよ!」

ミントが倒れている探索者の服のポケットから回復ポーションを取り出し、口に注いでいく。

「う、うぅ……」

ポーションの効果で体の内側から急速に回復が進み、みるみる怪我が癒えていく。

そして瑠璃は。

シュババババッ!!

目にもとまらぬ素早い動きで倒れている探索者達の服からポーションを抜き出し、飲ませていた。

〝なんだ今の動き⁉　全然見えなかった‼〟
〝助けた相手のドローンに映らないための動きかｗｗｗｗ〟
〝スピードの無駄遣いすぎる〟
〝そこまでして映りたくないのかよ‼〟

こうしてあっという間に、瑠璃達は手当てを終えた。リーダーらしき探索者がよろよろと立ち上がる。

「君達が助けてくれたのか？　ありがとう、助かっ――」
「怪我はもう大丈夫なようですねそれでは失礼します行きましょうミントちゃん！」

バビュン！

リーダーらしき探索者が無事に立ち上がったのを確認した瞬間。瑠璃がミントの手を引きながら全速力で走り去った。

〝嘘だろｗｗｗｗ〟
〝全力逃亡ｗｗｗｗｗｗ〟

〝あのリーダーポカンとしてたぞｗｗｗｗ〟

〝い、今起こったことをありのまま話すぜ。イレギュラーモンスターから助けてもらったと思ったら助けてくれた女の子が全力で走り去っていったんだ〟


１００メートル近く離れたところで、ようやく瑠璃は足を止める。

「ふぅ、ここまで来れば追ってこないでしょう……」


〝それ泥棒のセリフだからｗｗｗｗ〟

〝なんで人助けしたのに悪いことした風になってんだよｗｗｗｗ〟


「そうだよ瑠璃ちゃん、なんで逃げるの!?　全力で走ったから、アタシ疲れたよ～！」

隣では、ミントが息を切らして倒れ込んでいた。

「ご、ごめんなさいミントちゃん。でもこれには、やむを得ない事情があるんです」

「やむを得ない事情？」

瑠璃がミントを助け起こしながら語り始める。

「私は、助けた相手には名乗らずに逃げることに決めているんです。……あれは私がまだダンジョンに潜り始めてすぐの頃です。今日と同じように救難信号に駆けつけてイレギュラーモンスターに襲われているパーティーを助けたんです」

「ふんふん。それで？」

「助けた人達はみんな気のいい人で、手厚くお礼を言ってくれて。救難信号の金銭報酬の受け渡しは禁止されてるので、せめてご飯でもって高級レストランに誘われて。最初は断ったんですけどどうしても断り切れなくて……」

「おしゃべりしてるだけでタダ飯食べられるなんて、いいじゃん」

「ぜんぜんよくないですよぉ～！」

瑠璃の悲痛な叫びが岩壁にこだまする。

「ただでさえ人と話すのが苦手なのに関係性ができあがってるメンバーの中に入って一緒に会話するなんて無理に決まってるじゃないですか！」

「お、おう……」

「それに会話のチャンネルが全然合わなくて。スポーツの話とか、あの車の新モデルがカッコイイとか、ドラマに出てたあの芸能人不倫してたねとか、ぜんっぜん興味ない話題ばっかりなんですよ！」

「急にめちゃくちゃハキハキ喋るね瑠璃ちゃん。……ちなみになんの話だったらついていけたの？」

「今期アニメか今ハマってるソシャゲの話なら盛り上がれたと思います」


〝ワイと全く同じで草〟

〝身に覚えがありすぎて具合悪くなってきた〟

〝鬼丸瑠璃。俺はお前だ〟

〝俺もこれだった。会社で雑談に混ざって居場所作るために興味ない車について勉強したわ〟

「瑠璃ちゃん、折角探索者だけで集まったんだからダンジョン探索の話でもすればよかったのに」

「『あのモンスターってどうやったら楽に倒せる?』って聞かれたときに『頭を殴って一撃で仕留めると楽ですよ』って返したら二度とその話題にはなりませんでした」

「まぁ、そりゃ瑠璃ちゃんのレベルじゃ普通の探索者と全く話が合わないよね……」

「そして極めつきに、『お手洗いに行ってきます』って嘘ついてトイレの窓から逃げようとしたところを店員さんに見つかって食い逃げと勘違いされかけて。あれは凄く辛かったです……」


〝それは自業自得だろｗｗｗｗｗ〟

〝風向き一気に変わったな!?!?〟

〝これは瑠璃ちゃんが悪いｗｗｗｗｗｗ〟

〝窓から逃げるなｗｗｗｗ〟

〝なんでそう変な方向にばかり思い切りがいいのよ!〟

〝面白エピソードがゴロゴロ出てくるなｗｗｗ〟

〝ダメだ瑠璃ちゃんにどハマりしつつある。抜け出せない、助けて！〟

〝キャラクター面でもこんな逸材が埋もれてたの勿体なすぎるｗｗｗ〟

「……というわけで。長くなりましたが、その件があってから私はダンジョンの中で人を助けたあとはお礼に食事に誘われたりする前にすぐ逃げることにしてるんです」

「なんか半分瑠璃ちゃんの自業自得な気がするけど……そういえばさっきアタシを助けてくれたあとも逃げようとしてたねぇ」

ミントがあきれた顔をしながら思い返す。

「ところでさっき助けた人達、全員回復して歩き出したみたいですね。探知スキルの範囲内だからわかります」

「そっか、探知スキルってモンスターだけじゃなくて人間も探知できるもんね」

「はい。あの人達、出口のほうに向かっていきます。……どうやら今日は引き上げるみたいですね。他にもイレギュラーモンスターが残ってるかもしれませんし、しばらくこっそりあとをつけて見守りましょう。くれぐれも気づかれないように」

足音を立てないように忍び足で瑠璃がさっき助けた探索者達を追っていく。

〝なんだかんだ優しいんだな瑠璃ちゃん〟

〝アフターフォローが行き届いてる〟

〝瑠璃ちゃん普通に人格者でびっくりした〟

〝戦闘力もあり、人格もよし。これでコミュ障でさえなければなぁ……〟

〝ねぇ待って。青い服と髪で、人を助けてお礼を言われる前に立ち去る。もしかして、〝西新宿の青い英雄〟って瑠璃ちゃんなんじゃね!?〟

〝『西新宿の青い英雄』!?　マ!?〟

〝あ～～～!!!!　確かに辻褄が合う〟

〝確かに!!〟


突如コメント欄が盛り上がる。

「え、なんですかなんですか!?　『西新宿の青い英雄』ってなんですか!?」

当の瑠璃は何のことかさっぱりわからずカメラの前でオロオロしている。

「あー、『西新宿の青い英雄』ね。アタシ聞いたことある。西新宿ダンジョンでモンスターに襲われてピンチになったとき、なんか全体的に青い格好の人が助けてくれて、お礼も聞かず立ち去っちゃうとかいう都市伝説」


〝そうそうそれそれ～!〟

〝見返りを一切求めない、正体不明のクールなヒーロー。カッコイイよな～!〟

〝ダンジョンの中で怪我して倒れて意識がもうろうとしてたら、青い何かにいつの間にかダンジョン出口に運ばれたってケースもあるらしいぞ〟

〝まさか瑠璃ちゃんだったとは〟

「あの、確かにそんな風に何度か人を助けたことありますけど……私、都市伝説になってたんですか!?　は、恥ずかしい……」

たまらず瑠璃が顔を両手で覆う。

〝人知れず活躍する、見返りを求めないクールなヒーローって言われてたのに……〟

〝都市伝説の正体がこれである〟

〝まさか人見知りでお礼をされるのが怖いからさっさと逃げてた、が真実だとは誰も思わんよな〟

〝さようなら、私の初恋〟

「すみません、みなさんの幻想を壊してしまってすみません……。クールな英雄の正体が私みたいな陰キャですみません……」

瑠璃がカメラに向かってぺこぺこと頭を下げる。

〝謝る要素全くないが!?〟

〝実は俺のパーティーが一度助けられてる。あのときはありがとうございました〟

〝私も助けてもらった！　本当にありがとう！〟

「ああえっと、その、全然大したことなんかはしていませんので、お礼なんて言わなくて全然大丈夫です……‼」

〝そうだよな、救難信号に爆速で駆けつけてイレギュラーモンスターをソロで瞬殺してキッチリ治癒して名前も告げず立ち去る。全然大したことしてないよな〟

〝大したこと以外の何物でもないんだが？？？？〟

〝瑠璃ちゃんがいなかったら俺は今頃この世にいない。ありがとう！　未成年にマネーチケット送れないのが残念すぎる！〟

〝『西新宿の青い英雄の正体がわかった』って今探索者仲間からメッセージが届いたので来ました！　あのときは本当にありがとうございました！〟

「えぇとその、こちらこそありがとうございました……」

普段人からお礼を言われ慣れていない瑠璃は、送られてきた大量の感謝のメッセージを前にただ狼狽えていた。

〝ていうかいつの間にかリスナー増えてる！　同接6万人だぞ！〟
〝配信初日に同接6万人マ！？！？！？〟
〝昨日まで登録者0人だった無名の配信者が同接6万人！？！？〟
〝6万人！　6万人！〟
〝俺の推しの諏訪部ちゃんの記録が塗り替えられた～～～！！？？〟
〝うおおおおお祭りだあああ‼〟
〝ソイヤッソイヤッソイヤッソイヤッ‼〟
〝俺は伝説が生まれる場に立ち会っている〟

「ええ⁉　リスナー6万人⁉　本当ですか⁉」
慌てて瑠璃がドローンの液晶をのぞき込む。

〝テンションの低い瑠璃ちゃんもこれには喜びを隠せない模様〟
〝初日で同接6万は喜んでいいだろ‼〟
〝おめでとう瑠璃ちゃん！！！！〟
〝おめでとう　おめでとう　おめでとう〟

「うわぁ、本当に6万人も見てる……嫌だぁ……配信やめたいよぉ……‼」

瑠璃がしおしおとその場に座り込む。

〝違う喜んでるんじゃなくって嫌がってるんだ！〟

〝いろんな探索者の配信見てきたけど、同接が大台超えて嫌そうな顔されたの初めてｗｗｗ〟

〝Ｔｗｉｓｔｅｒで宣伝してくるわ。同接７万人にしてもっと嫌そうな顔してるところが見たい〟

〝鬼畜ｗｗｗｗ〟

「あの、皆さん……私なんかの配信見て楽しいですか……？　こんなトークもろくにできない陰気なコミュ障の様子を眺めるより、もっと有意義に時間を使いましょうよ。この世にはもっと面白い動画がたくさんあるんですよ……？」

〝探索者が他の動画を勧めるなｗｗ〟

〝ワイダンジョン配信オタク、他の動画を勧められるという初めての展開に困惑〟

〝これより面白い動画って何があるんだよ!?〟

「ええと、小川の茂みに大きな網を入れて意外な生き物が捕まる動画とか、身内にサプライズを仕掛ける陽気な外国人のショート動画とか、声優が同じ意外なアニメキャラ紹介動画とか……」

〝確かにそういうの無限に見ちゃうけどさぁ！〟
〝ちょっと息抜きに動画みようと思って気づくと時間が溶けてるんだよなぁ〟

「る、瑠璃ちゃん！　そんな落ち込んだり別の動画紹介したりしてないでさ！　この配信ももっと盛り上げていこうよ！」

雲行きが怪しくなってきた配信を、ミントが軌道修正する。

〝さすがベテラン探索者ミントちゃん〟
〝安定感が違うぜ！〟
〝戦闘力は瑠璃ちゃんが圧倒的だけど、配信についてはミントちゃんのほうがずっと上なんだよなぁ〟
〝ミントちゃん、これからも瑠璃ちゃんのことをよろしくお願いします〟

「任せといて！　ねぇ瑠璃ちゃん、せっかくだしもっとバンバンモンスター倒していこうよ！」

「そうですね。私も、今日はまだ稼ぎが足りないのでもっとモンスターを倒していきたいです」

「稼ぎが足りない……？　未成年の素材換金は禁止のはずだけど……？」

ミントは首をかしげつつも、瑠璃と一緒にダンジョンの奥へと進んでいく。

「ねぇ瑠璃ちゃん、あんまりこの辺開拓されてないエリアじゃない？」

ダンジョンは、深い層になるほどモンスターが強くなり、強いモンスターほど強力な（イコール高く売れる）素材を落とす。

そのため、探索者の多くはより深いところを目指す。その分浅い層の開拓は後回しにされることが多く、1層にもまだまだ未開拓の領域は残っている。

「はい。この辺りはほぼ他に誰も来ない、私の秘密の狩り場です。人気のある狩り場って、どうしても探索者どうしで取り合いになるじゃないですか」

ダンジョンの中のモンスターを倒すと、探索者はモンスターの持っていたダンジョン粒子の一部を取り込むことができる。

こうしてダンジョン粒子を取り込むと、肉体は強靭になり、魔法を扱えるようになる。同じ人間の枠に収まらないほど、強力な力を手に入れることになる。

このようにダンジョン粒子を取り込むメリットは大きいが、
・体内に常に位置情報を発信する端末を埋め込むことが義務化される

・ダンジョン粒子を持たない人間と一緒のレギュレーションでスポーツに参加できなくなる
・ダンジョンと自宅と訓練場以外の場所で魔法を使用することが禁止される

などの厳しい制約を受けることになる。

探索者の持つダンジョン粒子の量は、〝レベル〟という指標で表される。ダンジョンの奥深くを目指すため、探索者達はモンスターを狩ってレベルを上げるのだ。

「確かに、モンスターを効率よく倒せる人気の狩り場はいつも人がいて、よく取り合いになってるねぇ。アタシもたまに狩り場にいるとき、あとから来た連中に代わってくれとか言われることあるよ」

〝いい狩り場でレベル上げられるかどうかは探索者生命に関わるからみんな必死よな〟

〝禁止されてるけど、今でも金で狩り場の利用権売り買いしてる奴らもいるらしい〟

〝1層の有名どころだとダンジョンウルフが延々と出てくる狼の谷とか、スライムが出てくるヒスイ池もいいよな。初心者なら誰しも一度お世話になる〟

〝でも瑠璃ちゃん、コミュ障だから狩り場の奪い合い苦手そう〟

「はい、そうなんです。あとから来た人に狩り場を譲ってと言われると断り切れなくていつも狩り場を追い出されてしまって……」

〝不憫〟

〝瑠璃ちゃんから狩り場を奪うとは許せねぇ！〟

〝これは素直にかわいそう〟


「それで私、いろいろ探し回って人気がなくてかつ自分に合った狩り場をいくつか見つけたんです。今から行くのはその内の1つです」

ぐねぐねと曲がったダンジョンを、瑠璃はミントをつれて迷いなく歩いていく。

「つきました。ここです」

やってきたのは少し開けた場所。辺りには腰掛けるのに良さそうな大きさの岩がいくつも転がっている。

「ここが瑠璃ちゃんの狩り場？」

「はい。よくこの辺りでモンスターを狩ってるんです」

「……今さらだけど、瑠璃ちゃんにとって1層のモンスターは弱すぎじゃない？　瑠璃ちゃんならもっと深い層でもっと強いモンスター相手にしてもいいんじゃない？」


〝確かに〟

〝瑠璃ちゃんのレベルがいくつか知らんけど、いまさらダンジョンウルフとか狩って成長するようなレベルじゃないでしょ？〟

〝レベルは上がるにつれてどんどん次のレベルに上がりにくくなるからなぁ〟

〝瑠璃ちゃんともあろう者がまさか格下狩り？〟


「大丈夫ですよ。ほら、ちょうど出てきました」

瑠璃がダンジョンの奥を指さす。


『グルルルルル……』

4足歩行の姿勢で現れたのは、赤銅色の毛に包まれた筋骨隆々の熊だった。体格も、通常のクマの優に2倍はある。


「ダンジョングリズリー!?　こんな大物が出るの!?」

ミントが目を見開く。


〝ファッ！？！？〟

〝予想の10倍大物が出てきた！！！！〟

〝狩り場どころか（冒険者の）処刑場じゃねぇか!!〟

〝今　す　ぐ　逃　げ　て　！　！〟

〝初心者のワイに教えてくれ。この熊強いの？　たかが1層のモンスターじゃないの？〟

〝クソ強い。ダンジョンには、層の最後の専用部屋で待ち構えてるフロアボスと、普通にエリアに棲むボスがいて、こいつは後者〟

〝ボスモンスターは1層だろうがクソ強い。ソロで挑むもんじゃない。タンクとかヒーラーとかアタッカーとかバランス良く配分したパーティー組まないと戦いにさえならない〟

〝そこまで好戦的じゃないから、即逃げればまぁまぁなんとかなる。というわけで逃げて！〟


「瑠璃ちゃん、さすがにこれはヤバくない？」

後ろにいるミントも、顔が青くなっている。

「大丈夫です。巻き込まれると怪我するので、離れたところで見ていてください」

瑠璃がずんずん歩いてダンジョングリズリーに近づいていく。その様子に、まるで恐れはない。


〝ちょっと待て、本当にソロでダンジョングリズリーとやるの!?〟

〝やるんだな!?　いまここで!?〟

〝本気か!?〟

〝無茶しないで瑠璃ちゃん！〟

『グオオオオォ！』

敵意を感じ取ったダンジョングリズリーが咆哮する。

「ええと、ダンジョングリズリーについて簡単に紹介しますね。熊は体重８００キログラム。最大時速50キロメートル。簡単に例えると、体重は力士の5倍くらいで速さは陸上短距離金メダリスト以上の生き物です。耐久力も高くて、電車に轢かれても即死しないくらい頑丈ですね」

〝は？　強すぎでは？〟
〝こええ！〟
〝絶対勝てん〟
〝そんなバケモン相手にしてられるかよ〟

「――というのが、地上にいる普通の熊の話です」

〝えっ〟
〝普通に森にいる熊の話!?〟

〝あいつらそんなに強かったんか???〟

〝熊のテレフォンパンチくらい楽にかわして勝てる。俺にもそう思っていた時期がありました〟

〝地上の熊がそれってことは、このダンジョングリズリーはさらに強いと?〟

「はい。ダンジョングリズリーは……そうですね。地上の熊に比べてスピードは2倍、パワーはざっと8倍くらいですかね。あの赤銅色の毛も固くて、物理攻撃への耐性が凄く高いんですよね。身近なところで例えると……新幹線に撥ねられてもピンピンしてると思います」

〝無理ゲーで草〟

〝はい無理! 絶対無理!〟

〝もはやちっこい怪獣では????〟

〝鬼丸さん、ダンジョングリズリーは物理に強いですが雷属性の魔法には弱いです! 雷属性で倒してください!〟

「ええと……アドバイスは有り難いんですけれども、私は炎とか氷とか電撃とか、そういう花形みたいな属性の魔法は扱えないので……。普通に殴って物理で倒そうと思います。あ、あちらも戦闘態勢に入りましたね。ではそろそろやっていきたいと思います」

『グオオオオオオォ！』

雄叫びを上げながらダンジョングリズリーが瑠璃に突進する。そして鋭利な爪がズラっと並んだ右腕を振り上げ、瑠璃をズタズタに引き裂かんと振り下ろす、その瞬間――、

ブンッ！！！！

――ダンジョングリズリーの巨体が、宙を舞っていた。

〝は？？？〟
〝なんでダンジョングリズリーのほうが吹っ飛んでんの!?〟
〝ギリ見えた！　今瑠璃ちゃんが使ったのは柔道の【一本背負い】だ！〟
〝瑠璃ちゃん技のデパート通り越して技の通販サイトかよ！〟

『グオォ……!!』

ダンジョングリズリーは仰向けにひっくり返っている。
そこへ瑠璃は助走で勢いを付け、渾身の膝蹴りを叩き込み――、
ボンッッッ！

という爆発音と共に、ダンジョングリズリーの胸に大穴を開けた。

〝おかしいおかしいおかしいって！！！！〟

〝なんなんだよその威力はよおおおお!?〟

〝脚にパイルバンカーでも搭載してんのかい！！！！〟

〝今の〝ボンッ〟って爆発音、あれ音速を超えたときのソニックウェーブじゃね!?〟

〝あの膝蹴り超音速だったってこと!?〟

〝そうか、超音速で膝蹴りを叩き込めばダンジョングリズリーを倒せるのか……ってできるかーい！！！！〟

〝切り抜くとき〝瑠璃ちゃんにしかできないので絶対真似しないでください〟ってテロップ付けとかなきゃ〟

〝やはり逸材……!!　是非我がトリプルクラウン事務所へ来てくれ！　格闘の指導員としてでもいいので！〟

「す、凄いね瑠璃ちゃん。あのダンジョングリズリーを瞬殺って……。これだけモンスターを狩りまくってたら、そりゃレベルも上がるよ」

恐る恐るミントが出てくる。

「レベルもそうなんですけど、落とす素材も美味しいんですよね」

瑠璃の前で、ダンジョングリズリーが光の粒子になって消えていく。あとには、巨大なツメだけが残った。そのまま剣として使えそうな大きさだ。


〝うおおおすげぇダンジョングリズリーの爪だ！〟

〝ダンジョングリズリーの爪を使った武器とか、トップ探索者でも喉から手が出るほど欲しいぞ〟

〝瑠璃ちゃん、その素材売って！　愛車を今すぐ現金に換えてくるから売って‼〟

〝車売ったくらいじゃ話にならんだろ。稀少だし実用性もかなり高いからな……どう考えても市場価格２０００万円は下らないって〟

〝俺は家を手放してでも欲しいぞ！〟

〝家売るニキ落ち着いてくれ。そもそも未成年の素材の換金は禁止だ〟

〝あっ〟

〝そうだった……せっかく激レア素材が出たのに……もったいねぇ〟


コメント欄が水を打ったように静まる。

未成年のダンジョンで得た素材の換金は原則禁止。世界主要各国が批准している協定の中に組み込まれている、鉄の掟である。

――ダンジョン黎明期。ダンジョンで得られる素材は黄金以上の価値で取引され、人々を誘惑した。そして多くの探索者がその輝きに目がくらみ、命を落とした。

死者の中で、飛び抜けて多かったのが未成年である。判断能力が未成熟で、引き際を見誤るからだ。

これを重く受けて、世界各国でルール作りが進められ、ダンジョンから得た資源を換金するための条件が制定された。

成人で、かつ探索者育成学校などで5年間の研修を受けて正式ライセンスを得た者。それが、素材を換金するための条件である。


〝瑠璃ちゃんほどの探索者なら換金させてあげても良くない⁉　2000万円だぞ2000万円！　車何台買えると思ってるんだゴルァ！〟

〝これぱっかりは世界主要各国できっちり足並みそろえて作ったルールだからなぁ。世界中のルールを変えないことには換金できないんだわ〟

〝もったいないけど仕方ない〟

〝自分のことじゃないけどくやしいいいいいい‼〟

〝今の若い子は知らないかもしれないけど、ダンジョン黎明期には本当にたくさんの若い子がお金につられてダンジョンの中で死んだんだ。あれを繰り返してはいけない〟

〝当時から潜ってるベテラン探索者だけど、あの頃はひどかった。しょっちゅう若者の死体がそこら辺に転がってた〟

〝ウチの母校では、ヤンキー集団がカツアゲしに行くノリでダンジョンに乗り込んで全員ダンジョンウルフのオヤツになったよ〟

〝今の仕組みでもまだ死者がでるんだから、緩和するなんてとんでもない〟

「ええと、大丈夫です。ダンジョンの素材は換金できます。私、それで寮費と生活費稼いでますから」

〝どういうこと!? まさかダンジョンからこっそり素材持ち出してる?〟

〝普通に犯罪だぞ!?!?!?〟

〝配信でそんなこと言ったらだめだって!!〟

〝【悲報】鬼丸瑠璃逮捕〟

「あ、違うんです! ええとその、違法なことはしてません! 合法、合法ですから!」

手をバタバタさせながら、瑠璃が必死で弁明する。

「瑠璃ちゃんが悪いことしてると思わないけど……実際どうするの?」

後ろでミントも首をかしげている。

「普通の手段で素材は販売できませんけど、ダンジョンの出入り口でモンスターの素材を合法的に、有償引き取りしてくれるところがあるので。そこでお金に換えてます」

〝あれか～‼〟

〝完ッッッ全に忘れてた‼〟

〝アレを換金というのか⁇〟

〝いわねぇよ！！！！〟

コメント欄と同じように、ミントも、

「あー、あれかぁ」

と額を押さえている。

不要素材有償回収制度。

世界主要各国で未成年によるモンスターの素材換金が禁止になったあと、今度は別の問題が発生した。それは〝未成年によるモンスターの素材の放置〟。

『どうせ持ち帰っても換金できないから』という理由でモンスターの素材をその場に放置する若者が大量発生し、その結果ダンジョンのあちこちに素材が散乱。そこへ、換金資格を持った成人探索者がやってきて回収するという事例が多発した。

成人どうしで落ちている素材の奪い合いが起きたり、優秀な未成年探索者のあとを大勢の成人がつけ回したりと、新しいトラブルが発生するようになった。

そこで世界各国で新たに話し合いの場が設けられ、生まれたのがこの制度。

ダンジョンの出口で、不要な素材を資源として有償で回収する。扱いとしては、資源ゴミの有償回収に近い。

この制度によって、未成年の探索者も『まぁ多少はお金になるから一応捨てずに持っておくか』と素材を放置することはなくなり。回収価格は格安なので、金銭目当てで未成年がむやみにダンジョンに足を踏み入れることもなくなった。

そしてその回収価格であるが。

素材の質にかかわらず、一律『1キログラム100円』。格安にもほどがあるくらい安いのである。

『同じ重さならゴミ捨て場で拾ったアルミ缶のほうが高いんだが!?』
『命がけの仕事なのに、コンビニでバイトしたほうが遙かに稼げるってどういうこと？』
『もはやゴミ拾い料では？』
『ドジっ子ダンジョン庁ちゃんはゼロを2つ書き忘れちゃったのかな？？？』
『ダンジョン庁のDはドケチのD』

などなど未成年者達からの不満が多い制度だが、ダンジョン内の秩序を守ることにある程度成功している。

〝あーあのゴミ拾い料か！　確かにアレなら合法的に換金できるけどさぁ!!〟
〝換金額が安すぎて完全に忘れてた〟

〝換金額が高すぎたら別の問題が起きるっていうのはわかるけど、他になんかいいやり方なかったんかといっつも思う〟

〝1日フルに潜っても、晩飯代も稼げないあのクソ制度～！　換金するたびに怒りが芽生える〟

「ええと、探索者育成学校は、税金がたくさん投入されていて学費無料なんです。でも、寮費は食事込みで月3万円かかりますし、スマートフォン代とかで色々お金が必要になりますし。自分で稼げる歳になった以上、叔母から仕送りをもらうわけにもいきませんし……」

〝苦学生瑠璃ちゃん〟

〝自分で稼ぐのか。偉い！〟

〝頑張ってて偉い！　マネーチケット投げたい！〟

〝健気で推せるぞ‼　瑠璃ちゃん‼〟

「そして、私はコミュ障なので申し込んだアルバイト15件、面接で全部落ちました……」

〝うーん、さっきからの様子を見てると残当〟

〝まぁこれだけコミュ障なら仕事を任せるのは難しそう〟

〝ウチのコンビニ治安悪いから、コミュ障でもいいから瑠璃ちゃんに働いて欲しいなー!! 暴れる客とか制圧して欲しい!〟

「まぁ、瑠璃ちゃんは接客業とか向いてなさそうだもんねぇ……」

「はい。やはり私がお金を稼ぐにはダンジョン探索しかないんです。そしてダンジョンの中をあちこち探索して、見つけたお金稼ぎの効率のいい狩り場の1つがここなんです! ダンジョングリズリーは落とす素材が重くて、1つ大体1・5キログラム。1時間に大体4体くらい出てくるので、ここで待ってるだけで時給600円稼げるんです!」

「そこまでして600円しか稼げないの!?」

ミントの叫びがダンジョンに響く。

〝やっっっっっっっっっっっっっす!!〟

〝安すぎワロ……ワロエナイ〟

〝うおお瑠璃ちゃんに時給で勝った! (ファミレスバイト)〟

〝本来2000万円する素材をたくさん換金してその値段ってのが安すぎるって言うべきなのか、あのゴミ回収料でそこまで稼げるのが凄いと言うべきか……〟

〝まず1時間に4体もダンジョングリズリーが狩られていることに驚きを隠せない〟

〝瑠璃ちゃんかわいそう! 素材売らなくても、探索者事務所で働いたりしたら給料もらえないの!?〟

〝無理。未成年は探索者事務所で働こうが何しようが、ダンジョン探索関連の仕事では1銭も受け取れないように法律ガッチガチ〟

〝未成年に給料出していいならウチが速攻雇いますが!?　時給10万円出しますが!?〟

「じ、時給換算すると確かにしょっぱい仕事かもしれませんけど、いいところもあるんですよ。15分に1回モンスターを倒す以外はずっとスマホ弄っててもいいですし、ダンジョンの中はＷｉｆｉも飛んでますし」

〝15分に1回ダンジョングリズリーと戦う仕事なんて絶対やりたくないが!?!?〟

〝時給６００円で1時間に４回ダンジョングリズリーとタイマン張らされる職場、ブラックすぎるだろ‼〟

〝時給６００万円だろうが俺は嫌だぞ!?　なぜなら死が確定しているから〟

〝日本ブラック職場決定戦優勝〟

〝カニ漁がホワイトに思えるほど過酷な職場環境〟

〝でもこの仕事カニ漁と違ってＷｉｆｉ使えるし……〟

〝そんなことで業務内容のヤバさがカバーできると思うなよ!?!?〟

「ミントちゃん、今日はまだ時間もありますしあと何体かダンジョングリズリーを倒してから上がりにしようと思いますけど、いいですか？」

「もちろんいいよ！　でもアタシは後ろで見てるだけだからね!?　もちろん瑠璃ちゃんが危なくなったらフォローに入るけど、戦力としてはカウントしないでよね！」

「わ、わかってます！」


――そして1時間後。

「……今日はこの辺りで切り上げましょう。ミントちゃんの救難信号に呼ばれる前に倒した分を合わせると、13体。まぁまぁの収穫ですね」


〝ダンジョングリズリーがリポップした瞬間にぶっ飛ばされるのは恐怖映像でしかなかった〟

〝この部屋でこれまで一体何体のダンジョングリズリーが瞬殺されたんだろうか〟

〝熊ぶっ殺しゾーン〟

〝この部屋、なんか変……？〟


そんなコメントを横目に、瑠璃とミントはダンジョンの出口へと戻ってきた。

ダンジョンの出口には、未成年がダンジョンの素材を外へ持ち出さないようアイテムボックスの中身を含め魔力を帯びた物質を全てスキャンする、空港の荷物検査のような検問が設置されている。

そしてその手前には、素材の有償回収のための機械が未成年探索者達を待ち受けている。こちらはスーパーの前に置いてある資源回収ボックスに似た姿だ。

瑠璃が今日の収穫（主にダンジョングリズリーのツメ）を投入すると機械が動き出す。素材が全て魔力を帯びたダンジョン産の素材であることを確認した後、重さを計測してそれに応じた小銭を吐き出す。

ジャラジャラァッ！

瑠璃が持ち込んだ素材の重さは合計52・5キログラム。5250円分の小銭が吐き出された。

「この装置、人と顔を合わせずに済むのは凄く有り難いんですけど、排出が全部小銭なのは困るんですよねぇ……。毎回お財布の中が小銭でギッチギチになってしまいます」

「瑠璃ちゃん。このゴミ回収機に一度に1000円以上吐かせるだけの素材を持ち込む探索者は、瑠璃ちゃんくらいしかいないからね？」

瑠璃は嬉しそうに機械から吐き出された小銭を眺めている。

「そして、今日は2回も救難信号に駆けつけた分稼ぎが多くなりました！　今月分の寮費とスマホ代は稼ぎきって、1000円は趣味貯金に回せそうです。そして先々月から貯めてきた趣味貯金が、3000円を超えました！　探索の〆に、このお小遣いでガチャを回していこうと思います！」

瑠璃が意気揚々とスマホを取り出す。

〝？？？〟

〝どうしたどうしたどうした急に〟

〝一体何が始まるんです？〟

〝ガチャ……！？！？〟

「私、中学校の頃からずっとウォリアープリンセスクロニクルっていうソシャゲにハマってるんです！」

ウォリアープリンセスクロニクル、通称ＷＰＣ。

美少女化した日本の英雄達を従えて、歴史の改編をもくろむ敵組織と戦うストーリーを描いたスマホゲームである。爆発的ヒットを叩きだし、サービス開始から４年経ってもその勢いは衰えることがない。

「３０００円貯まると10連ガチャが回せるので、先々月から貯めてきた趣味貯金と合わせて、10連ガチャを回して配信の〆にしたいと思います！」

〝使える貯金全部使うの!?〟

〝3ヶ月分の貯金ガチャに全ブッパはやべぇ！〟

〝苦学生なのに無茶するなｗｗｗｗ〟

〝ＷＰＣ俺もやってる！　うおおお瑠璃ちゃんと同時にガチャ回すぜ！〟

「今はちょうど、推しの1人の『主君のことが大好きすぎて愛をこじらせて主君を焼き殺しちゃったヤンデレ武将』明智光秀ちゃんがピックアップ中なので、狙っていきます」

「瑠璃ちゃんそのゲームの明智光秀の解釈斬新すぎない!?」

「私は史実でも2人の関係性はこうだったと信じています。私、光秀ちゃん実装に備えてお小遣い貯めたんです！　それでは、10連回していきます！　SSRの排出率は1％！　お願いします、明智光秀ちゃん来てください!!」

瑠璃が祈りながらガチャを開始する。そして結果は――、

R（レア）
R（レア）
R（レア）
R（レア）
R（レア）
R（レア）

R（レア）
R（レア）
R（レア）
そして最後に出たのが――SR（スーパーレア）

「～～！！！！」

瑠璃がうずくまって頭を抱える。

「来なかった……!!　光秀ちゃん来なかった……！　最低保証のSRしか当たらなかったし、そのSRも、恒常排出でもう完凸してるキャラだし～!!」

「ええと、何言ってるのか全然わかんないけどとりあえず元気出して、瑠璃ちゃん？」


〝WPCはやってないからわからんけど、爆死ってことでおけ？〟

〝おけ。これ以上ないいくらいしょっぱいガチャ結果〟

〝10連ガチャが3000円ってことは、1体300円の素材を落とすダンジョングリズリー20体分ってこと!?〟

〝ダンジョングリズリー13体倒して得られたものがこのゴミガチャ結果かよ！！！！〟

「うう、残念です……今日だけで救難信号に2回も参加して徳を積んだのに……」

〝救難信号で徳を積もうとするなｗｗｗ〟

〝鬼丸瑠璃、芯が一本通った女だな（褒めてはいない）〟

〝頭の中ソシャゲのことしかないんかい‼〟

「ちなみにガチャの験担ぎを色々試した結果、1番手応えがあったのは0時ちょうど全裸で回す奴ですね。皆さんも是非試してみてください」

〝全、裸？〟

〝今全裸って言った⁉〟

〝突然の全裸発言に動揺を隠しきれないわたくし〟

〝あ、無料分の石で単発回したら光秀ちゃん来ました〟

「すみませんが単発ガチャ当たり報告した方はブロックしますね」

瑠璃の手が素早く動いて、単発当たり報告を上げたリスナーをブロックした。

〝た、単発ガチャ当たり報告ニキー‼〟

〝単発ガチャ当たりニキが何をしたっていうんだ！　先々月から貯めたお小遣い全ブッパして

爆死した瑠璃ちゃんに単発ガチャ当たりを自慢しただけじゃねぇか‼〟
〝重罪なんだよなぁ〟
〝残当〟

「では、今日はこれで配信を終わりにしようと思います！　ミントちゃん、今日は色々とありがとうございました。ミントちゃんのおかげで、大勢の人が見ている中でもそんなにパニックにならずに配信でき……いややっぱり何万人もの人に見られてると思うとなんだか具合が悪くなってきました」
「瑠璃ちゃん!?　しっかりして瑠璃ちゃん！」

〝瑠璃ちゃんしっかりして‼〟
〝最後までしっかりコミュ障なのマジなんなのｗｗｗｗｗｗｗｗ〟
〝瑠璃ちゃんは最後まで瑠璃ちゃんだった〟
〝ふん、おもしれー女（本当に面白い）〟
〝またね瑠璃ちゃん！〟
〝次回配信は必ず最初から見ます！　残業すっぽかしても見に来ます！〟
〝俺も部活サボって観に来ます！〟
〝無職ワイ、低見(ひくみ)の見物〟

「ええと、というわけで、配信を終了します！　ごし、ご視聴ありがとうございました！」

青い顔で瑠璃が配信停止ボタンを押す。

こうして瑠璃のリスナーがいる初めての配信は無事に終了したのだった。

この日の最大同時接続者数は9万人。チャンネル登録者数は8万人というとてつもない記録を叩き出した。

しかしまだこれは、瑠璃が作り出す数々の伝説の1つに過ぎなかった。

「疲れた～～!!」

配信を終えた後。ミントは自分の事務所に戻ると、ソファーに倒れ込んだ。

「イレギュラーで出てきたドラゴンに襲われて。瑠璃ちゃんに助けられて。その瑠璃ちゃんと友達になって。圧倒的な戦闘力を見せつけられて。あぁ、今日は本当にいろんなことがあったな～！」

そうしているうちに事務所の扉が開く。

「帰ったで～」

ミントの所属する事務所の所長、神楽坂琴葉（かぐらざかことは）。30前半の女性で、国内大手の事務所のトップとしては、異常に若い。

糸のように細い目つきの顔には、いつも笑顔を浮かべている。

事務所のメンバーからは〝あの人はいつも何か企んでるけど、所員想いなのは間違いない〟と慕われている。

「お疲れ様です、所長！」

ミントがソファーから起き上がって出迎える。

「ミント、配信見とったよ。危なかったわ、あのイレギュラー。無事で良かったわぁ」

「いやー、すみません。ご心配をおかけしました」

ミントが頭を下げる。

「あんた、逃げる途中で足くじいてたやろ。まだやったら、念のために病院いってき。領収書もらうの忘れんといてな」

「わかりました、行ってきます。やっぱり所長は優しいですね」

「ウチのモットーは〝探索者第一〟やからねぇ。この事務所作ったきっかけ、何度も話したやろ」

「うん。所長が前に所属してた事務所で、お世話になってた先輩が所長を庇って大怪我して、探索者として再起不能になって。治療費もろくにもらえずクビになったって話でしょ？」

「そう。それで探索者を使い捨てる事務所のやり方が嫌になって、自分で事務所を興したんよ。先輩がクビになってもうた次の日に自分も辞めて新しい事務所の届け出をダンジョン庁に持っていったわ。あのときは、中々無茶したもんやわぁ」

「そうやってできた事務所〝パープルリーフ〟は、今は業界最大手の1つだもんね」

ミントは事務所を見渡す。清潔で広い、立派なオフィスである。ここだけではない。ビルまるごと1つが事務所の所有物だ。

他のフロアでは、数百人の所員達が訓練やボス攻略のための打ち合わせを行っている。最近は探索者向け装備の開発を行う企業も吸収し、自社で装備の設計・開発も行っている。ちなみにミントは事務所には所属しているが未成年なので給料は受け取れない。装備品をもらったり、怪我をしたときの治療を受けたりといったサポートを受けているだけである。

「それで所長、その先輩はウチの事務所に入らないの？」

「もちろんずっと誘ってるねんけどねぇ。今はお弟子さん育てるのに忙しい言うて、断られてしもたわ。ズボラやけど、強くて後輩に優しい人やった。……はよう来て欲しいわぁ」

神楽坂は、窓越しに見えるビル群を見つめていた。

「その弟子さんが独り立ちしたら、きっと来てくれますよ。所長」

「おおきに。そうやとうれしいわぁ。……ところでミントちゃん、あの鬼丸瑠璃いう、ミントちゃんを助けてくれたえらい強い子。あの子は誘ったらうちの事務所来てくれはるやろか？」

ミントは、会話のモードが雑談から仕事に切り替わったのを察知した。

「アタシも瑠璃ちゃんと一緒にダンジョン潜りたいし、誘ってはみたんですけど断られちゃいました。『私は人と話すのが苦手なので、ずっと1人かミントちゃんとの2人だけがいいです』

とのことです」

そう話すミントはどこかうれしそうだった。

「あらぁ……そら残念やわぁ。でも、事務所に誘うんは抜きにしても、ミントを助けてくれたお礼はしたいわ。あの子ずっと素手やったし、武器作ってあげたら喜んでくれるやろか？」

「いいと思います！　瑠璃ちゃんも、『戦いの途中ですぐ武器が壊れちゃうからずっと素手で戦ってるんです』って言ってましたし。壊れない武器があればきっと喜んでくれますよ」

「ウチらとしても、あれほど強い子に武器使ってもらえたらええデータが取れて助かるわ。ほな、武器開発部門に話してみるわ」

「よろしくお願いします、所長！　じゃあ、私はそろそろ病院行ってきます」

所長に見送られながら、ミントは事務所を後にした。

# 第3章　電撃引退宣言

「突然ですが、私、鬼丸瑠璃はダンジョン探索者を引退しようと思います」
衝撃のデビューを飾った次の週の金曜日。瑠璃は学生寮の自室で配信を行っていた。

〝はあああああああああああああああああああ!?!?!?!?〟
〝引退!?　ナンデ??????〟
〝嘘ですよね!?〟
〝まさかの引退宣言!?〟

〝デビューしてからまだ一週間も経ってないのに!?〟
〝俺の、俺の生きがいが……!!〟
〝なんで急に引退!?〟
〝どうして、どうして……〟

「ええと、順を追って説明しますと……。先日の配信のあと、Ｔｗｉｓｔｅｒのアカウントを作ったじゃないですか。そこにリスナーの方から、仕事のオファーのＤＭが届きまして。『私が経営しているコンビニで働きませんか？　時給2400円出します』と誘われました。お給料が良いので、ダンジョン探索はやめて、これからはそちらで働こうと思います」


〝えええええええ!?〟

〝その引き抜きはダメだろ！〟

〝瑠璃ちゃんほどの探索者が時給2400円は安すぎぃん!?〟

〝でも今の瑠璃ちゃんの時給600円だしな……〟

〝それがまずおかしい〟

〝ていうか未成年探索者にお金払っていいの!?〟

〝未成年探索者がお金受け取れないのは、あくまでダンジョン探索関連の仕事だけだからな。普通のコンビニで普通にバイトしてお給料もらうのは問題ない〟

〝瑠璃ちゃんほどの実力があれば、時給10万円くらいは本来は稼げるはず。モンスターの素材を換金さえできれば……！〟


「オファーがあったコンビニは、治安がとても悪くてしょっちゅう暴力沙汰を起こすお客さんが来るそうなんです。そこで警備も兼ねて、私を高い時給で雇ってくれることにしたそうです」

〝DMで探索者に仕事依頼するとかありなのかよ!?!?〟

〝なんで瑠璃ちゃんほどの探索者がたった時給2400円の仕事につられて引退しちゃうんだよおおおおお‼〟

〝瑠璃ちゃんのファンなら探索者として活躍する姿が見たいんじゃないのか??〟

〝オファー出した店長マジふざけんなよ〟

〝今からでも引退撤回しない?〟

〝悲しみ〟

〝ていうか瑠璃ちゃん、接客業なんてできるの?〟

〝コミュ障の瑠璃ちゃんにコンビニの接客はきつくない?〟


「ええと、それは大丈夫だと思います。オファーをくれた店長さんも、私のコミュ障っぷりはしっかり把握していて、その上でしっかりフォローしてくれるということなので。……それに今も、5万人以上の人を相手にして喋っていると思うと、凄く緊張します。手が汗でぐっしょりです。多分、コンビニで接客するほうが楽です」


〝そっか〟

〝半分俺らのせいなんかーい!!!!!!〟

〝ごめんて!!!!〟

〝緊張させてごめんね。それはそれとしてやっぱり引退しないで！〟

「ええと、というわけで、皆さん。短い間でしたが、これまでありがとうございました。探索者としての心残りは多いですが、これにて私、鬼丸瑠璃は引退します」

〝鏡見てみろ！　口元緩みまくってるぞ！！！〟

〝表情ウキウキで草〟

〝どの口で心残りが多いとか抜かしたんだよ！〟

〝時給２４００円への期待が隠せてないぞ！〟

〝こんな嬉しそうに引退する配信者見たことねーよ!!〟

〝最後までほんとぶれないなｗｗｗｗ〟

〝さよなら瑠璃ちゃん〟

〝短い間だけど、楽しかったよ〟

こうして、探索者界隈に彗星の如く現れた大型新人、鬼丸瑠璃は、引退したのだった。

そして２日後。

「こんにちは、鬼丸瑠璃です。アルバイトをクビになったので今日からまた探索者やっていこうと思います」

〝やったあああああああああああああああ‼〟
〝おかえり！　瑠璃ちゃん‼〟
〝俺の生きがいが帰ってきた〟
〝恐ろしく早い復帰。俺じゃなきゃ見逃しちゃうね。……マジで⁉〟

リスナー達は、温かい言葉で瑠璃を迎えた。ちなみに今瑠璃が配信しているのは西新宿ダンジョンの入り口前である。

〝ところで、なんでクビになったわけ⁉　即日クビはやばくない？〟
〝わざわざDMでオファー出しておいて、1日でクビにするって店長ひどすぎだろ‼〟
〝瑠璃ちゃんの心を弄びやがって……。許さねぇぞ店長！〟
〝どこのコンビニか教えてくれ瑠璃ちゃん。今からみんなで乗り込むぞ！〟
〝おでんの具を選ぶのに10分掛けてレジを渋滞させてやる〟
〝雑誌コーナーで3時間立ち読みしてやる〟
〝5000円分買い物して全部10円玉で支払ってレジをパンクさせてやる〟
〝クソ長いウンコしてトイレを1時間占領してやる〟

「まままま、待ってください！　店長さんは悪くないんです！　悪いのは全部私なんです！　お客さんを相手にするとテンパってしまって、もう自分が何をしてるのかもわからなくなって、1000円札のおつりを返すところを間違えて1万円札を返そうとしてしまって──」

〝それくらいのミス誰にでもあるって！〟

〝ミス1回でクビにするのヒドくね!?〟

「というミスを最初の1時間で5回やりました」

〝残当ｗｗｗｗｗ〟

〝コンビニ潰す気かよ瑠璃ちゃん！！！〟

〝これはクビでしゃーないｗｗｗｗｗ〟

〝もはやバイトテロだよ！〟

「あ、隣で店長さんがしっかり見張っていてくれたので、おつりの渡し間違いは全部未遂で終わりました！　それに、1時間でクビになったのに、店長さんは、その日のもともとの予定の8時間分のバイト代を全額払ってくれました。凄くいい人でした。悪いのは私なんです……」

〝もう誰も店長さんが悪いなんて思ってないから‼〟

〝訴えないどころかバイト代全額だした店長マジ聖人〟

〝どこのお店か教えてくれ、今度応援するためになんか買いに行く〟

〝半額ワゴンの不良在庫全部買ってあげちゃう♡〟


「アルバイトをしてわかりました。やっぱりコミュニケーション力ゼロの私がお金を稼ぐには、探索者しかないみたいです。というわけで今日も、ダンジョンに潜ってお金を稼いでいきたいと思います。相変わらず配信で大勢の前で話すのはとても緊張するので……皆さんよければチャンネル登録ボタンをもう一度押して、チャンネル登録解除していってください」


〝今チャンネル登録解除してくださいって言った？？？？　チャンネル登録解除してくださいって言った⁇〟

〝はーい登録ボタンをポチッと……って押さねぇよ⁉〟

〝チャンネル登録お願いします、みたいなノリでなんてこと言うんだ‼〟

〝チャンネル登録解除は絶対しな～い！　なぜなら地上最高のコンテンツだから〟

〝くそ、マネーチケットさえ投げられれば瑠璃ちゃんにこんな苦労させないのに！〟

〝未成年探索者は、配信のマネーチケットさえ一切受け取れないからな〟

〝だが待て。仮にマネーチケットを投げれたとして。瑠璃ちゃんある程度金稼いだら満足して配信しなくなるぞ。ソシャゲで金溶かしきるまで一切配信しないぞ！〟

〝確かに!!〟


「……というわけで、さっそくいつもの西新宿ダンジョンに潜っていこうと思います。1人だと、間も私の心臓も持たないので、今回もミントさんに来てもらっています」

「やっほー☆　瑠璃ちゃんの友達の夏目ミントです！　今日も一緒にダンジョン探索やっていきたいと思います！」


〝ミントちゃんこんにちは！〟

〝ミントちゃんファン多いなこの配信〟

〝そりゃミントちゃんを助けたところから瑠璃ちゃんの配信が人気になったようなもんだし〟

〝俺は2人のファンなので当然2窓視聴〟


「あ、すみませんミントちゃん。なんだか、ファンを横取りするような形になってしまって……」

「いいよいいよ〜。瑠璃ちゃんのブームの影響でアタシのチャンネルも登録者数爆伸びしているし。良い画をとらせてもらってるし。何より、友達と一緒に探索するの楽しいし」

「友達……えへへ」

〝瑠璃ちゃん口元がだらしないことになってる！〟

〝てぇてぇ。2人で日常配信もしてくれ～！〟

〝間違いなくミントちゃんだけ喋る配信になるぞ〟

〝それはそう〟


「では今日は、前回とは違う、私がたまに使う狩り場に行こうと思います」

「オッケー、それじゃ早速しゅっぱーつ！」

こうして2人はダンジョンに足を踏み入れた。

「今回向かうのは、月に一度しか使えない狩り場です」

「月に一度……？」

ミントは首をかしげながら瑠璃の後を付いていく。

「瑠璃ちゃん気をつけて。この辺り、たまにゴブリンの大量発生があるからね。ほら見て、あそこ。ゴブリンの大量発生に備えたダンジョン庁が作った基地」

ミントが指差す先、大広間には堅牢な作りの建物が建っていた。

ゴブリン。世界中の多くのダンジョンに生息する小型2足歩行モンスターである。1体1体は弱いが知能が高く統率の取れた動きで探索者達を襲う。

特に厄介なのが、数が増えると新たな住処を求め、大群で地上へと侵攻しようとする性質である。

当然、ゴブリンの軍勢が地上に出て市民を襲い始めれば大惨事となる。実際他国ではゴブリンの襲撃によって都市が丸ごと１つ滅んだ事例がいくつもある。

それを防ぐため、ダンジョン庁は予算をつぎ込んでゴブリン対策を実施している。

西新宿ダンジョンのゴブリンの拠点の正確な位置は未だ特定できていないが、過去のゴブリンの大量発生時に彼らが通った道を塞ぐように、基地を作っている。

基地の中には、常に探索者達が交代で待機している。

〝ダンジョンの中にあんな人工的な建物あるんですね!?〟

〝ゴブリン対策基地か。懐かしいな。俺も一時期あそこで働いてた。モンスターと遭遇しなくても基本給出るのが美味しいんだよな〟

〝特に最近は何故かゴブリンの数が減って、割の良い仕事になってるらしい〟

〝じゃあ待機してる探索者の数減らして予算節約したら？〟

〝税金のムダムダムダムダ！〟

〝それいちばんやったらマズい節約の仕方だからな？〟

〝そんなことしてゴブリンの大量発生を抑え込めなくなったら大惨事だぞ。地上にゴブリンどもが侵攻したら余裕で１０００人単位の死人が出るからな!?〟

〝すみません、有効な税金の使い方だと思います〟

「瑠璃ちゃん、本当に大丈夫？　ゴブリンの群れに出くわしたら大変だよ？」

「大丈夫です。私の索敵スキルでゴブリンの居場所は全部把握しています。それにこの辺りはよく来ているので」

瑠璃は迷いなくダンジョンの分かれ道を進んでいく。そして歩くこと数十分。

「着きました。月に一度しか使えませんけど、ここが私の狩り場です」

たどり着いたのはちょっとした広間。岩肌にはさらに奥へと続く洞窟が口を開けている。

そして入り口の前では、手斧を持ったゴブリン達が見張っている。

「瑠璃ちゃん、アレってまさか――」

「はい。ゴブリン達の巣です」

「大発見じゃん！」

ミントが興奮して瑠璃の肩を揺さぶる。


〝ゴブリンの巣!?　嘘だろ!?〟

〝ダンジョン庁が何度も探索部隊出しても見つけられなかったゴブリンの巣の位置がまさか普通に配信で見れるとは〟

〝ダンジョン庁感動して泣いてるだろ今〟

〝そんなに凄いのこれ？〟

〝ダンジョン庁が10億かけても知りたかった情報が今日本中に無料で配信されてる〟

〝うおおおなんかよくわからんが瑠璃ちゃんすげえええええええ！〟

〝ゴブリンの巣の場所がわかれば大量発生する前に定期的に間引けるから、あの金のかかる基地も維持しなくて良くなる〟

〝ダンジョン庁はもう瑠璃ちゃんに足向けて寝れないねぇ〟


「では、早速ゴブリン達を狩っていきます。前回から1ヶ月近く期間をおいているので、そろそろ数が十分増えていると思います。これ以上増えると、巣から出て外に進出し始めますから、その前に狩り尽します」


〝ファッ!?〟

〝嘘だろ!?〟

〝巣に乗り込む!?〟

〝何やってんだお前ぇ!?〟

〝他のダンジョンでたまにゴブリンの巣に突入する大規模作戦やってるけど、最低でも20人は探索者集めないと話にならないぞ!?〟

〝突入前に大規模爆発魔法とか毒ガス魔法とか打ち込んで数を大きく減らさなくていいの??〟

〝ゴブリンはモンスターの中で数少ない前衛後衛の概念を持ってる強敵だからな？　1体1体

は弱いと舐めてかかると死ぬぞ？（俺も死にかけた）〟

〝巣の中で戦うのは分が悪すぎる。せめて、巣から出てきたところを狙ったほうが良いって〟


「そうだよ瑠璃ちゃん！　ゴブリンの巣の中に乗り込むなんて自殺行為だよ！」

「皆さん、お気遣いありがとうございます。でも、巣に乗り込む作戦で行こうと思います。巣の外で戦うとゴブリンに逃げられてしまいますから。巣の中なら、ゴブリンに逃げ場はありません」


〝どゆこと？〟

〝勝つどころか取りこぼさないことを考えてるってこと⁇〟

〝んなアホな⁉〟


「ミントちゃんはここに隠れて待っていてください」

瑠璃が岩陰に隠れながらゴブリンの巣へ近づいていく。途中、足下にあった石を拾った。

巣の前にいる見張りのゴブリンは３体。

「では、行ってきます」

瑠璃が岩陰から飛び出す。と同時に、持っていた石を投げつける。

ビシュッ！

石が見張りのゴブリン2体の頭を撃ち抜いた。残ったゴブリンが敵襲に気づいて辺りを見渡す。ゴブリンが最期に見たのは、超速で間合いを詰めていた瑠璃が拳を振りかぶる姿だった。

瑠璃は、叫び声を上げることさえさせず見張りのゴブリンを全滅することに成功した。


〝こえええええ!!〟

〝瑠璃ちゃん戦闘になると、容赦なさすぎる〟

〝ぶぇっくしょい!〟

〝さっきまでのおどおどしていた瑠璃ちゃんと戦闘中の容赦ない瑠璃ちゃんの温度差でリスナー風邪引いちゃったじゃん!〟


「では、巣の内部に突入していきます」

瑠璃がゴブリンの巣に足を踏み入れる。その足取りからは恐怖などはまるで感じられない。

中には、巨大な空洞が広がっていた。あちこちにたいまつが灯されていて中は明るい。地べたで大量のゴブリン達がエサを喰らったり寝転がったりしている。

まだゴブリンたちは誰も瑠璃に気がついていない。瑠璃は洞窟の最奥部めがけて走り出す。

『グギ!?』

ようやく侵入者に気づいたゴブリン達が、石や槍などを手に取ろうとする。が、間に合わない。

ドドドドドドドドッッッッ！！！！

瑠璃が突進しながら、無手のゴブリン達をなぎ倒していく。攻撃ですらない、ただ瑠璃の突進に巻き込まれ、列車に轢かれるタヌキのようにゴブリン達が命を散らしていく。


『グゲ!?』


瑠璃の向かう先、洞窟の奥には巨大なゴブリンが寝そべっていた。

ゴブリンジェネラル。ゴブリンの上位種である。鉄製の鎧と巨大な斧を身に着けており、ゴブリン達を率いて戦う統率者である。

ただし今は、自慢の斧は地面に置いたままだ。

ゴブリンジェネラルが起き上がって斧を拾い上げる——より早く。

ドンッッ！！！

瑠璃の回し蹴りが頭を粉砕する！

武器を手にすることさえ叶わず、ゴブリンジェネラルは絶命した。


〝ゴブリンジェネラルを瞬殺……!?〟

〝洞窟突入から10秒経ってないぞ!?〟

〝普段エリート探索者達がどれだけ苦労してゴブリンジェネラルを討ち取ってると思ってるん

だ！〟

〝なぁにこれぇ〟

本来であれば、ゴブリンジェネラルの指揮の下ゴブリン達が隊列を組んで侵入者を迎え撃つ。しかし瑠璃は、見張りを無力化し、電光石火の速攻をかけることで迎撃態勢を整えさせることなく指揮官を討ち取ったのだ。


『グゲー!?』

『グゲゲゲゲ!?』

『グルルガ？？？？？？』


〝先にジェネラルが倒れて、ゴブリンどもがパニックになってる‼　こんなの初めて見た！〟

〝統率が取れた動きをされると厄介だけど、そうじゃないと、ただの雑魚モンスターの集まりなんだよなぁ〟

〝なるほど、ゴブリンと戦うときは先にジェネラルを潰せばいいのか、今度やってみよっと！〟

〝※この瑠璃ちゃんは特殊な訓練を受けております。絶対に真似しないでください〟

ズシンッ。

突如、重い足音が響く。洞窟の最奥から、身長4メートルはあろうかという巨体が姿を現した。

重厚な金属製の鎧が肩幅の広い体を覆っている。右手に握るのは装飾の施された大剣。

ゴブリン達の王、ゴブリンキングの登場である。

〝え、なにこいつもゴブリンの一種なの⁉　他のゴブリンと桁違いに強そうなんだけど⁉〟

〝実際強い！　マジ強い！　ボスってコトを差し引いても1層にあるまじき強さ。顔も見たくない‼〟

〝物理耐性、魔法耐性、怪力と3拍子揃ったクソモンスター。それに加えてザコゴブリンも動きが良くなるからマジ手に負えない〟

〝飛び道具がないから遠距離から魔法で削り殺したいところだけど、取り巻きのゴブリンどもがいるからそれもできないのよ〟

〝唯一にして最大の弱点は、ゴブリンどもが巣の中に大量に集まった状況でしかポップしないこと。ポップしたあとは弱点なしよ〟

〝さっきのジェネラルの瞬殺はぶっちゃけ不意打ちだったからな。瑠璃ちゃんが真っ正面からキングとやったらどうなるか〟

〝流石にキングと真っ向勝負はキツいって！〟

〝瑠璃ちゃん無理しないで！　逃げて！〟

『グオオオオオオオオオオ!!』

ゴブリンキングが雄叫びと共に、大剣を振り上げる。そして振り下ろす――前に瑠璃が電光石火で間合いを詰めていた。ゴブリンキングの懐、剣の間合いの内側に潜り込む。

『グオ!?』

これまで経験したことのない、剣の間合いの内側に潜り込んでくる敵に対してどうするべきか。ゴブリンキングは一瞬対処に困って硬直する。そしてその一瞬が命取りになった。

瑠璃がゴブリンキングの膝へ飛び上がり、さらに膝を足場に肩へと駆け上がって兜を奪い取る。そしてむき出しになった首に後ろから両足を絡め、締め上げた！

ギチギチギチギチ……!!

脳への酸素の流れを完全に遮断する。

『グゴゴゴゴ……!!』

うめき声を上げ、ゴブリンキングが白目をむく。口から泡を噴き出して地面に倒れ込む。そして、ピクリとも動かなくなった。

〝勝ったあああああ！〟
〝【速報】瑠璃ちゃん、ゴブリンキングも瞬殺〟
〝まさか絞め技まであるのかよ‼　打・投・極揃っちゃったじゃん！〟
〝技の通販サイト・ブラックフライデーじゃねぇか‼〟

〝鬼丸瑠璃最強！　鬼丸瑠璃最強！〟
〝瑠璃ちゃんの快進撃が止まらねえええええ！〟
〝もうアイツ1人でいいんじゃないかな？〟
〝なんか知らんが涙が出てきた〟

『ゲゲ⁉』
『グギャギャ⁉』
『ギャギャギャ！　ギャギャ！』

王を失ったゴブリン達はパニックになっていた。

その場に立ち尽くすもの。瑠璃に立ち向かうもの。半狂乱でどこかへ走り出すもの。バラバラの行動をとる。

瑠璃が正面から棍棒を振り上げて襲って来るゴブリンの喉を鉤突きで抉って殺し、棍棒を奪う。奪った棍棒で右から迫っていたゴブリン3体の頭を瞬く間に叩き割る。そして棍棒を投げた。

棍棒が出口へ逃げようとしたゴブリンの後頭部に直撃して即死させる。

「1体も逃がしません」

瑠璃がまたゴブリンから武器を奪い、無慈悲にゴブリン達を倒していく。一度腕や足が振るわれるたびにゴブリン達の命が散る。

〝救いは……ゴブリンに救いはねえのか⁉〟

〝ないです（無慈悲）〟

〝普段あんなにおどおどしてるのに、スイッチ入るとめちゃくちゃ容赦ない戦い方するのいいな〟

〝正直めっちゃ怖いのに、不思議と目が離せない……‼〟

そして5分後。

洞窟の中にいたゴブリンは全滅した。

さっきまでゴブリンがひしめいていた洞窟は、血と死体で埋め尽くされていた。瑠璃以外に動くものは1つとしてない。そしてその血と死体も、ダンジョン粒子になって消えていく。

「ふぅ。ちょっと疲れました」


〝すげぇ、10分かからずゴブリンの巣を全滅……!〟

〝ゴブリン達からしたら天災だろこんなん!〟

〝ゴブリン達は泣いていい〟

〝ダンジョン庁が、ダンジョン庁が、どれだけこれまでゴブリン駆除に苦労してたと思ってるんだ……!〟


〝待て。ここ最近、ゴブリンの大量発生がなかったのって、もしかして外にあふれる前に瑠璃ちゃんが定期的にまとめて駆除してたからじゃないのか?〟

〝あっ〟

〝【悲報】瑠璃ちゃん、人知れずゴブリンの襲撃を1人で食い止めていた〟

〝こんなん本物の英雄じゃん!! うおおお瑠璃ちゃん最高!!〟


「そ、そうですか……ありがとうございます」

コメント欄で盛大に褒められて、珍しく瑠璃がはにかむ。

〝でも、来月からこの狩り場はもう使えなくなるだろうな〟

「!? な、なんでですか!?」

瑠璃の悲鳴が洞窟に響いた。

〝そりゃ、場所が割れたらダンジョン庁が専属探索者を派遣してこれだけ増える前に駆除するでしょ〟

〝こまめに駆除したほうがリスクも低いし費用もかからないからな〟

〝さっきも誰か言ってたけど、ダンジョン庁はずっとゴブリンの巣のありかを探してたから。めちゃくちゃ感謝されるよ瑠璃ちゃん。感謝状とかもらえるかもよ!〟

「感謝状、ですか……。はぁ……」

〝心底興味なさそうな顔ぉ!〟

〝中学生の甥っ子に、『誕生日プレゼントだ』って言って参考書渡したときと同じ顔してる〟

〝もうちょっとうれしそうな顔してあげてよ!〟

「副賞で、i◯uneカードとかもらえたりしませんかね？」


〝もらえねーよ！〟

〝絶対そんな換金性高いものくれないと思う〟

〝未成年には、ダンジョン関連の活動に対する報酬に現金と換金性の高いものは絶対あげちゃいけないからね〟

〝ダンジョン庁だけは絶対にそんなことしてくれない〟


「……ですよねぇ。私のとっておきの狩り場、見せなければ良かったです……月に一度しか使えないけど6000円も稼げるのに……」


〝6000円!?　やっす！〟

〝ガチャ20連分にしかならないじゃん〟

〝20連ならSSRにかすりもしなそう〟

〝映画なら3、4本見れるぞ〟


そんなコメントを横目に、瑠璃は洞窟の中に散らばったゴブリン達の素材を拾っていく。

ゴブリンの首飾り。有償素材回収に出すと1つ15円。およそ100体のゴブリンを倒したので合計で1500円。

ゴブリンジェネラルの肩当て。1つ1000円。

そしてゴブリンキングの大剣。1つ3500円。

合計6000円分の素材を回収し終えた瑠璃は、ほくほく顔であった。

「瑠璃ちゃん、静かになったしそろそろ終わった～？」

ちょうどそのタイミングで外で待機していたミントがやってくる。

「はい、お待たせしました。素材も全部拾い終わりました」

そう言って瑠璃は拾ったばかりのゴブリンキングの大剣を見せる。

「うわぁ、ゴブリンキングが持ってる武器じゃん……！　これ、ちょっと手直ししたらそのまま探索者用の武器として使えるらしいんだよね。ウチの事務所でも使ってる人いるし。普通に売ったら2、3000万円いくだろうね～。……もったいな～い！」

ミントが手をバタバタさせる。

「わ、私ももったいないと思います……。でも、未成年のうちは仕方ないですよ……」

少し悲しそうな顔をしながら、瑠璃がアイテムボックスに大剣をしまう。

そこで瑠璃はふと配信用ドローンのほうを見る。そして、目を丸くする。

「視聴者数、15万人……!?」

いつの間にか瑠璃の配信は、またまた数字を更新していた。

〝ほんとだ同接15万人達成してるじゃん！　瑠璃ちゃんおめでとう！〟

〝おめでとう！　絶対喜んでないと思うけど！〟

〝配信開始して数日でこの数字はやばいって！　瑠璃ちゃんは全然うれしそうじゃないけど……〟


そんなコメントが流れる間にも、視聴者数はどんどん増えていく。

「なんで、なんで視聴者数が増えてるんですか……。……途中からただゴブリンを殺すだけの単純作業の動画だったのに……。絶対みんな飽きて別の動画見に行ってると思ってたのに……」


〝飽きるわけないが!?〟

〝そこが一番の盛り上がるポイントなんだが!?〟

〝阿修羅みたいに暴れる瑠璃ちゃんのシーンをあとでアーカイブでリプレイ再生しまくる予定なんだが!?〟

〝むしろ映画館の巨大スクリーンに映して見たいくらいなんだが!?〟


「えぇ……」

リスナーの圧に若干引く瑠璃。

「と、とりあえず今日のところはここまでにして、引き上げようと思います。ミントちゃんもいいですか？」

「もちろん！　撮れ高たっぷりだし、時間もちょうどいい感じだし」

２人はダンジョンの出口へ引き返した。来月の寮費の支払いに充てるため、今日は素材を回収したときにもらったお金はガチャに使わない。

「というわけで、今日の配信はここまでにしようと思います……ええと、ご視聴ありがとうございました。よろしければ皆さん、チャンネル登録解除をよろしくお願いします」

〝これひねくれた挨拶とかじゃなくて本心なのが瑠璃ちゃんの凄いところだよなぁ〟

〝了解です！　チャンネル登録しました！　ＳＮＳでも宣伝しときます！〟

〝鬼かｗｗｗｗ〟

瑠璃の願いはリスナー達に聞き入れられず、さらにチャンネル登録者数を増やして配信が終了したのだった。

◇◇◇

「やってきました、原宿～！」

「き、来ちゃいましたね……」

小さく飛び跳ねるミントと、その隣で小さく拳を上げる瑠璃。

２人は今日、原宿に遊びに来ていた。

数日前にミントが〝今度の土曜日どっか遊びに行かない？〟と送ったメッセージがきっかけで決まったイベントである。

「いやー、アタシ原宿好きでさ。今日は楽しみにしてたんだ！　瑠璃ちゃんはどう？」

「私、友達とどこかに遊びに来るっていうのが初めてで……感激して少し泣いてます」

瑠璃の頬を綺麗なしずくが流れていた。

「瑠璃ちゃんマジか⁉」

「あの、私、友達と遊ぶって何をしたらいいかわかってなくて……何か粗相をしたらごめんなさい」

「固い固い！　ただ友達と遊ぶだけなんだから、気楽に行こう」

ミントが瑠璃の背中をパンパンと叩く。

「それじゃとりあえず、服でも買いに行こっか」

ミントに連れられて瑠璃は若者向けのショップに入る。

「あ、これとかいいな～！　あとで試着しよっと。……どしたのさ瑠璃ちゃん。固まっちゃって」

「ふ、服ってこんなに高いんですね……⁉」

瑠璃は服に付いた値札を見ながら硬直していた。

「まぁ、確かに服代ってお小遣いたくさん使っちゃうけどさ！　良いの買えたらずっと着れるし長い目で見たら良い買い物になるんだよ！」

「それはわかりますけど……うわぁ、この服1着で10連ガチャが3回も回せる……！」

「なんでもお金をガチャに換算するのは良くないよ瑠璃ちゃん！　ていうか瑠璃ちゃん、服の値段に驚いてたけど。もしかして、今でも服を親に買ってもらってたりしないよね……？」

「そ、そんなことないですよ！　いくら私でも、高校生になって親に服を選んで買ってもらうわけないじゃないですか」

「そうだよね。ごめんごめん」

「服は叔母に選んで買ってきてもらってます」

「同じだよ！　育ての親じゃん！」

「ちなみに、一応私も自分の服くらい自分で選べるようになろうと思って、中学時代に1人で服を買いに行ったんですけれど。1時間悩んで気に入った服を勇気を出してレジに運んだら店員さんに『これ男性ものだけど本当にコレにするの（笑）？』と言われて心が折れました」

「ああ、それは辛いね……」

ミントが優しく瑠璃の肩を叩く。

「ちなみに瑠璃ちゃん、どんな服が欲しいとか決まってるの？」

「あ、はい。『幅広い季節に対応できてコレを着ておけば街中で浮いたりダサいと思われたりしない予算内に収まる服の上から下まで『ワンセット』が欲しいです」

「実用性一点張りかい！　もっと楽しんで服買おうよ瑠璃ちゃん！　まぁ最初だし、今日は私が選ぶの手伝っちゃうね」

「よ、よろしくお願いいたします。ミントちゃんみたいなおしゃれな人が服選びを手伝ってくれるの、凄く心強いです……!!」

瑠璃が頭を下げる。

「ちなみに、予算はいくらくらい考えてるの？」

「実は、今日のために秘蔵の予算を用意してきました。おばあちゃんに今日ミントちゃんと遊びに行くっていう話をしたら、『ついに瑠璃にも友達ができたんだねぇ！　めでたいねぇ！これで遊びに行っておいで！』とこれくらいの遊びに使う予算をくれたんです」

「おお！　瑠璃ちゃん、おばあちゃんに愛されてるね～！」

「ちなみに『もらったお金は絶対にスマホゲームの課金に使いません』という念書(ねんしょ)を書かされました」

「瑠璃ちゃん、信用されてないんだね……」

ミントが苦笑いを浮かべる。

「よし、じゃあ早速その予算に収まるようにコーディネートしちゃいますか～！　できるだけ長い季節に対応できるようにってことは……これとこれと、あ、これとかいいんじゃない？」

店のあちこちをせわしなく動きながら、ミントが手際よく服を選んでいく。

「よし！　瑠璃ちゃん、この一式ちょっと試着してみてよ！　それでさ。折角だし髪も上げてみようよ！　ちょっとアタシの予備のヘアピン貸すね」

「わ、わ……!!」

ミントが慣れた手つきで瑠璃の髪を弄る。

「これでよし！　さぁ、試着いってみよ～！」

瑠璃がミントに押されて試着室に入る。そして着替え終わると……。

「どう、でしょうか……？」

「いいじゃん！　凄く似合ってるよ瑠璃ちゃん！」

「あ、ありがとうございます……ところでお世辞抜きの本音のところではどうでしょう？」

「本音だってば！　もう、瑠璃ちゃんってば自己肯定感低いんだから～！　おしゃれしたりして自己肯定感アゲてこうよ！　みなり整えるの、大事だからね！」

「は、はい」

照れながら、瑠璃が試着室の鏡を見る。

「……ミントちゃん。鏡に映ってるの、誰ですか？」

瑠璃が首をかしげる。

「何言ってるの！　瑠璃ちゃんに決まってんじゃん」

「これが、私!?　おしゃれでかわいい格好してて、垢抜けた雰囲気のこの女の子が、私だっていうんですか……!?　それじゃまるで、私がイマドキの女子高生みたいじゃないですか！」

「瑠璃ちゃんは元からイマドキの女子高生だよ!?」

「だ、ダメです。ちょっと鏡に映った自分と自分の中のイメージが一致しなすぎて、自分だと認識できません……本当の私はいつも教室の隅っこでスマホ弄ってるほこりっぽい匂いがしそうな猫背の根暗女なんです……」

「自分に対してなんてこと言うの瑠璃ちゃん!」

瑠璃の顔から血の気が引いていく。

「すみません、そろそろ限界なので元の服に着替えますね」

試着室のカーテンを素早く閉めて着替える。再びカーテンが開くと、いつもの青パーカーになって出てきた。

「はぁ、はぁ、良かった、いつもの垢抜けない私に戻れた……落ち着く……」

「とりあえず、瑠璃ちゃんが落ち着いたようで何よりだよ」

少しあきれたような声でミントが言う。

「では、私レジでお会計してきますね」

「え!? 結局買うのそれ!?」

「はい。こんな垢抜けなくて自己肯定感が低い私ですけど、変わってみたいと思うんです。服とか外見とかからでも変われるなら、やってみたいなって。それに、その……似合ってるとは、思うので。毎日ちょっとずつ慣らしていこうと思います」

「あっはっは! いいね! じゃあその服を自信満々で着れるようになったら、また一緒に遊びに行こうよ！」

「は、はい！」

ミントが白い歯を見せて笑う。

「よし、じゃあ今度はアタシ自分の服選ぼーっと。瑠璃ちゃんも選ぶの手伝ってよ」

「わ、私がですか⁉　正気ですかミントちゃん、服選びほぼ未経験者の私に服なんか選ばせたら、どんなクソダサコーデになるかわかりませんよ⁉」

「だいじょぶだって。アタシも選ぶし、よくわからん服でも着こなし次第でおしゃれになるもんだってば」

「えっと……じゃあ例えば、これとかどうでしょうか？」

「お、いいね瑠璃ちゃん！　案外攻めたチョイスするじゃん！　こういう服はこんなあわせ方をすると全然印象が変わってきてさ……」

２人は和気藹々と服を選んでいく。

紙袋を持って店を出るとき、２人は笑顔だった。特に初めての友達とのショッピングを経験した瑠璃は、足取りが軽い。

（あぁ、楽しいな～！　来て良かった！）

さぁ次はどこへ行こう、とあてもなく歩く２人はゲームセンターの目の前を通りすがる。瑠璃の目がある筐体に吸い寄せられた。

「あ、ＷＰＣのミニぬいぐるみ入荷してる……」

「あ、瑠璃ちゃんアレほしいの？　折角だしやっていこうよ。アタシ、実はクレーンゲームってやったことないんだよね。どんな感じなのか、見るの楽しみだな〜！」

　2人は店のドアをくぐる。お目当ての景品のあるゲーム機は、橋の上に掛かっている景品をクレーンで落としてゲットする方式。

「帰りの電車賃を考えたら使える予算は500円。あのサイズの景品くらいなら取れるかな……。よし、やってみます」

　瑠璃がゲーム機に小銭を投入する。

「いけそういけそう！　瑠璃ちゃん、もうちょい右！」

「お願いします、これで落ちてください……！　ああ、落ちなかった……。よし、もう1回チャレンジします」

　2人が懸命に景品を落とそうとする。しかし。

「ダメでしたね……。いけると思ったんですけど……」

「うぅ〜！　悔しい！　あとちょっとで落ちそうなのに！　よし、瑠璃ちゃんの仇はアタシが取るよ！　景品取れたら瑠璃ちゃんにあげるね！」

　ミントが今度は自分の小銭を筐体に投入する。

「ええ!?　そんな、悪いですよ！」

「いいっていいって。この間助けてもらったお礼ってことで。それに、ここまで来て取れないなんて、なんか悔しいじゃん？」

そう言って笑顔でクレーンを操作するミント。だが……。

「な・ん・で落ちないかな〜！　普通に考えたら今ので落ちるじゃん？　接着剤でも付いてんの!?」

既に1000円以上ミントの小遣いがゲーム機に吸い込まれている。にもかかわらず、景品は未だに橋の上に健在である。

「あー、小銭なくなっちゃった。瑠璃ちゃん、悪いけどコレ両替してきてくれない？」

そう言ってミントが財布から取り出したのは、1万円札だった。

「!?　やりすぎですよミントちゃん！　そ、そこまでして欲しい景品じゃないですから！　多分中古グッズショップで1000円以内で買える物なので！　この辺りで切り上げましょうよ、ね？」

「イヤだ。だってここで切り上げたら負けじゃん。両替、お願いね」

「は、はい……」

笑顔の裏から有無を言わせない強い圧を感じ、瑠璃は両替機に向かってダッシュした。

「くっそ〜！　またダメだった〜！　今度こそ落としてやる〜!!」

何度も100円玉を投入しながらチャレンジするミント。

「あぁ!?　ちょっと！　今のは落ちるはずでしょ！　なんでまだ落ちないの!?　この!!」

「だ、ダメですよミントちゃん！　筐体を叩いちゃ！」

ミントが振り下ろそうとした拳を、間一髪瑠璃が止める。

「そうだね、暴力はいけないよね。ありがとう瑠璃ちゃん、おかげで冷静になれたよ」

（ぜ、全然冷静に見えない……！）

血走った目で筐体を睨みながらミントが１００円玉をドンドン投入していく。既に２０００円以上が溶けていた。そして全く切り上げる気配がない。ミントの口元から、絶えず歯を食いしばるギギギという音が響いている。

（ミントちゃん、こんなに負けず嫌いだったんだ……）

瑠璃は、ふとあるネットの記事を思い出す。

ミントと友達になった日、『そういえばミントちゃん有名配信者らしいけど、普段どんな配信してるんだろ』と思ってミントの名前をネットで検索したところ。

『超が３つ付く負けず嫌い』、『パープルリーフ事務所の狂犬』、『パープルリーフで１番怒らせちゃいけないやべー奴』、『所長以外に扱えない危険物』など書かれた記事がヒットした。

『友達について悪く書かれてる記事を見るのって嫌だな』と思って瑠璃は検索を打ち切ったのだが。

「ミントちゃん、ホントに超が３つ付く負けず嫌いだったんだ……」

瑠璃はもう、どうやっても止められそうにないミントを見守るしかなかった。

「――落ちた！　やったやった！　取れた取れた！　アタシの！　勝ちだ～!!」

５０００円以上投入して、ようやく景品が落ちた。大はしゃぎしながらミントが景品を筐体から取り出す。

「はい瑠璃ちゃん、約束通りコレあげるね！」

「あ、ありがとうございます！　大事にしますね」

『この景品に5000円も使っちゃったならそれはもう大負けですよ』とは言わない程度には空気の読める瑠璃であった。

ぬいぐるみを受け取りながら瑠璃は、

(ミントちゃんと遊びに来るとき、もう絶対にゲームセンターには来ないようにしよう)

と固く誓うのだった。

# 第4章　ライバル探索者との決闘

人間は、強い者が大好きだ。

各種スポーツのトップアスリートは、今日も国を超えて多くの人を惹き付けている。

ボクシングの世界チャンピオンの試合を一目見ようと飛行機で移動するファンがいる。サッカーのエースストライカーの技を、子供達が夢中になって真似しようとする。

誰が1番強いのか。シンプルながら深いこのテーマに、今日も人々は胸を熱くする。

そして当然、ダンジョン探索者の『誰が一番強いのか』は常に人々の関心を集めている。

探索者は、基本的に戦う相手はモンスターである。探索者同士が戦うことは訓練を除いてめったにない。

そのため強さの順位は、直接対決ではなく探索者として実績で付けられる。

様々な場で探索者の強さの順位付けが行われているが、その中でもっとも多く支持を集めているのがダンジョン探索者専門雑誌〝月刊Dモード〟のランキングコーナーだ。

所属もチャンネル登録者数もトーク力も一切関係なし。ただ純粋な実力をランキング付けするこのコーナーは、雑誌の中でも1番人気のコンテンツとなっている。

ランキングは500位から1位まで。この順位を上げることをモチベーションに探索に打ち込んでいる探索者も多い。

ちなみに、ダンジョン探索者は長くダンジョンに潜るほどレベルが上がるため、年齢が高いほど強い傾向がある。

そんな中ミントは17位で、20歳未満で唯一20位以内にランクインしている。

そして最近、このランキングを揺るがす大事件が起きた。言わずと知れた、鬼丸瑠璃の出現である。

これまで登録者0人。知名度0。事務所無所属。完全に〝全く無名〟の新人が、圧倒的な戦闘力をひっさげて登場したのだ。

瑠璃はランキング圏外から一気に10位にランクイン。雑誌創刊以来の大快挙である。

しかも、

『実力は最上位クラスだが、活躍の場がまだ少ないため暫定的にこの位置にランクインしている』

『今後の活躍次第で一気にベスト4あるいはそれ以上も考えられる』

『まだ実力の底を見せていない怪物』

『次の配信が今から楽しみだ』

などのコメントが添えられている。

ランキング10位以上は探索者界隈では〝探索者十傑〟とも呼ばれ、別格視される存在である。

そして瑠璃の十傑入りが、新たな波紋を呼び起こすのであった。

「気に入らねぇ」

都内某所、高級マンションの最上階。ホテルのスイートルームのような高級感のあふれる部屋で、雑誌がゴミ箱に叩き込まれる。

モデルのような整った顔と美しく輝く金髪。上半身は裸で、鍛えられた肉体をさらけ出している。

鰐間玲二（わにまれいじ）、24歳。探索者ランキング10位、十傑の一角だった探索者である。

「気に入らねぇ……！　10位はこの俺様だ」

鬼丸瑠璃というポッと出の新人にあっさりと十傑の座を奪われた。順位に拘る鰐間にとって、それが何よりの屈辱だった。

だが、瑠璃の実力が本物だということは鰐間もよくわかっている。動画の切り抜きを何度も見たが、アレは決してフェイクではないこと、今の自分では勝てないことはよくわかる。

だからこそ、気に入らないのだ。

「ねぇ～、雑誌に書かれてることなんて気にしないで、私達と遊ぼうよ～」

「折角来たんだからさぁ」

鰐間を挟むように、2人の美女が現れる。

右は大人気アイドルグループのセンター。左は美人俳優で、来月主演映画の封切りを控えている。２人は裸の鰐間の腕に自分の腕を絡める。当然、こんな場面が見つかれば大スキャンダルだ。

「どけ、用事ができた。俺はなんとしても十傑の座を取り戻す」

鰐間が２人を振り払って立ち上がる。

「鬼丸瑠璃。あの女は確かに強い。だが、策はある。直接対決で叩き潰せば俺が最強だと証明できる。俺は十傑に返り咲いてやるぞ……！　そのためなら、なんだってしてやる」

不穏なことを口走りながら鰐間はスマートフォンを取り出し、ネットにある動画を投稿した。

◇◇◇

「どどど、どうしよう……」

瑠璃は今、かつてないピンチを迎えていた。瑠璃が登場するまで十傑と呼ばれていた探索者、鰐間玲二が自分に向けて決闘の申し込みをしてきたのだ。

要約すると〝鬼丸瑠璃はＡＩを使ったフェイク動画でリスナーを欺いている。俺がフェイクを打ち破ってやる。俺と1対1で戦え、鬼丸瑠璃〟という内容の、５分を超える気合いの入った決闘の申し込みの動画をＴｗｉｓｔｅｒに投稿。真っ向から瑠璃に戦いを挑んできた。

投稿はあっという間にバズった。20万リポストを超え、ネット中がこの決闘の行方を見守っている。

「行きたくない、行きたくないです……」

決闘の場所の指定はダンジョン1層の中にある開けた場所。瑠璃はダンジョンの入り口の外にあるロビーで震えていた。

「アタシは行かなくていいと思うよ。アイツが一方的に瑠璃ちゃんのこと呼びつけてるだけじゃん」

瑠璃のことが心配で付いてきたミントが、瑠璃の背中を叩く。

「鰐間って、超プライド高くて順位とかにめちゃくちゃ拘る性格なんだよね～。それに結構汚い手を使うから、きっと卑怯な罠を用意してるよ。こんな決闘、無視してこのまま一緒に地上でショッピングして帰っちゃお」

「そうですよね。あんな人にわざわざ会いに行くことないですよね。なんか、怖そうな雰囲気の人ですし……」

そう言って瑠璃が立ち上がったとき。

「おいこら瑠璃！　何逃げようとしてんだ！　そんな腰抜けに育てた覚えはねぇぞ！」

後ろから現れた人物が瑠璃の背中をたたく。

「紫苑(しおん)さん!?　なんでここに？」

現れたのは、紫の髪の女性。

羅生門(らしょうもん)紫苑、32歳。何を隠そう両親を失った瑠璃を引き取って育て、戦いのイロハをたたき込んだその人である。瑠璃にとっては師匠であり、母親のような存在である。

「あの、もしかして国内初フロアボス討伐プロジェクトに参加した、レジェンド探索者の羅生門さんですよね!?」

ミントが目を輝かせながら立ち上がる。

「お、よく知ってんじゃん」

「知らないわけないですよ！　探索者育成学校の教科書にも載ってるんですから！　まさか、瑠璃ちゃんの育ての親が羅生門さんだっただなんて。もう、瑠璃ちゃんどうして教えてくれなかったのよ〜！」

「だ、だって聞かれてませんし……」

普段と全然テンションが違うミントに困惑しつつ、瑠璃が答える。

敢えてミントは触れないが、紫苑の左腕がある事故のせいで義手になっていることをミントはよく知っている。

瑠璃が鼻をひくつかせ、何かに気づいた。

「この匂い……紫苑さん、またタバコ吸ったんですか!?　禁煙するって言ってたじゃないですか！　私が寮に引っ越したあとにまた吸い始めましたね!?　この分だと休肝日を設けるっていう約束のほうも破ってますね？　次の健康診断でまた引っかかっちゃいますよ！」

「しまった、服を消臭してから来るんだった……!!」

「少しは悪びれるくらいしてくださいよ！　も〜！」

ミントは、

(よかった。戦いのことばっかり教え込まれたっていうから瑠璃ちゃんは叔母さんにどんな育てられ方したのかと思ってたけど。本当の親子みたいないい関係じゃん)

などと考えながら2人の様子を見守っていた。

「で、瑠璃。鰐間とかいう小物に喧嘩売られて、逃げるってのはどういうつもりだ？　あんな雑魚に負けるお前じゃないだろ？」

「確かに戦ったら負けるとは思いませんけど……怖い雰囲気なので関わりたくないんです。髪も金色でオラついてる感じしますし」

「……瑠璃、ちょっとスマホ貸せ」

「いいですけど、ブラウザの閲覧履歴とＴｗｉｓｔｅｒの趣味アカウントは見ないでくださいね」

紫苑がスマホを受け取って、なにか操作する。

そして。

「これでよし。これで断るなんて言えなくなっただろ」

紫苑がスマホの画面を見せる。そこには瑠璃の探索者アカウントで、

『10万人の私のフォロワーのみなさん！　今から私に決闘を申し込んだ命知らずの鰐間を軽くボコして泣かせてきます！　泣きながら土下座する準備しとけクソ雑魚ワニちゃん☆』

というメッセージが投稿されていた。ご丁寧に、鰐間玲二宛てにメンションまでつけている。

「な、な――!!」

あまりのショックで口をパクパクさせる瑠璃。そうしている間にも、

〝勝利宣言キター!!!〟

〝瑠璃ちゃんめちゃ煽るじゃんｗｗｗｗ〟

〝○せ! ○せ!〟

〝鰐間玲二の墓建てときますねｗｗｗｗ〟

などという過激なコメントが投稿についている。

「なんてことするんですかあああああ!!」

スマホを取り返した瑠璃がコメントを削除しようとするが、

『貴様だけは必ず殺す。早く決闘の場所に来い。どっちが上か思い知らせてやる』

という殺意マシマシの返信が鰐間から届いていた。

「私じゃないのに、私じゃないのに……!」

瑠璃は涙目になっている。

「なーに。勝てばいいのよ、勝てば。おまえなら楽勝だろ、わっはっは!」

「勝ち負けじゃなくて、私は人間相手に戦うのが嫌なんですよ! ……その、嫌なことを思い

出すので」

「だからこそだ。トラウマを乗り越えるのにいい機会になるかもしれないからな」

2人が交わすやりとりを聞きながらミントは首をかしげて。

(なんか気になること喋ってるけど……これはあんまり踏み込まないほうがいいやつだな)

と判断して口を挟むのをやめた。

「じゃ、行ってこい瑠璃！　アタシはその辺で呑んでから帰るから」

「つ、付いてきてくれないんですか!?　ここまで煽っておいて!?」

「いいだろ、おまえにはもうちゃんと友達がいるんだから」

「と、友達……えへへ」

『友達』。その一言に瑠璃の口元が緩む。その隙に。

「じゃ、アタシはこれで！」

紫苑は逃げるように立ち去った。

「では、行きましょうか……」

思い切りため息を吐いてから、重い足取りで瑠璃はミントと一緒に決闘の指定場所へ向かった。

「来たか、鬼丸瑠璃。貴様ずいぶんナメたメッセージ送ってくれたな？　ああ!?」

決闘場所で待っていた鰐間玲二は、額に血管が浮き出るほど怒っていた。


〝めちゃキレてて草〟

〝あったまってるな～〟

〝でもこいつ今からボコされるんだよな〟

〝今日の鰐間玲二葬式会場はここですか？〟


「コ、コメント欄のみなさんそんなに煽るようなこと言わないでください！」

「瑠璃ちゃん落ち着いて！　鰐間と会ったらどうする予定だったか、冷静に思い出して！」

「そ、そうでした……」

少しだけ落ち着きを取り戻した瑠璃がゆっくりと鰐間のほうへ歩み寄る。

「ほう？　鬼丸瑠璃、貴様いったいどうするつもりなんだ？」

「鰐間さん……このたびはすみませんでしたぁ！」

瑠璃が繰り出したのは、土下座。

頭を地面に擦り付けるような、見事な土下座である。

「――は？」

「さっきのあの挑発するようなメッセージは私の叔母が送ったものでして。煽るようなことを言って本当にすみませんでした！　だからもう決闘とかやめにしましょうよ！」

　土下座のポーズのまま瑠璃が真正面から謝罪の言葉を口にする。

「黙れ。俺は貴様のフェイクを破り、俺のほうが強いと、ランキング10位の座は俺にこそ相応しいと証明するために来た。決闘を取りやめる理由など――」

「あ、それならランキング10位の称号はお譲りします」

「……なんだと？」

「私全然最強とか興味ありませんし。そもそも私なんて全然大したことないですから。人と目を合わせてしゃべれない私のような陰キャはもうランキング最下位がお似合いなわけですよ。あとで出版社に連絡して私のランキング最下位にするようにお願いしておきます。それに引き換え、動画拝見しましたけども鰐間さんは本当にお強くていらっしゃる。よ、日本一！　全探索者の頂点！　鰐間さん最強！」


〝十傑の座をそんなにアッサリ捨てるなｗｗｗｗ〟

〝めっちゃヨイショするｗｗｗ〟

〝鰐間なんかに媚を売るんじゃない‼〟

〝これがゴブリンの巣を単機制圧した探索者の姿か……？？？〟

〝オモロと情けなさが同時に押し寄せてくる〟

〝どういう感情で見ればいいのこれ⁇〟

〝推しがガチ土下座してるっていうのに笑いがこみ上げてくるｗｗｗ　なんだこれｗｗｗｗ〟

〝鰐間玲二も流石にこれには困惑〟

「ふ、ふざけるな！　そんな媚び売りで俺を丸め込めるとでも思ったか！　貴様のような卑劣なやつには、鉄槌をくれてやる！」

鰐間が足を振り上げる。

「瑠璃ちゃん、危ない！」

鰐間が瑠璃の頭めがけて振り下ろして――、
すかっ。

空振った。

土下座の姿勢のまま、瑠璃はきっちり30センチメートル真横に移動して鰐間の踏みつけを回避していた。

「こ、この！　この！」

すかっ、すかっ。

土下座ポーズのまま前後左右にスライドして連続踏みつけも難なく躱す瑠璃。

〝かわしたｗｗｗｗ〟

〝スライディング土下座回避ｗｗｗ〟

〝あれは古の腐女子に伝わるスライディング土下座！　まさか使いこなすものが現代にいるとは！〟

〝古の腐女子です。なにあれしらん、こわ……〟

〝土下座のまま前後左右に動くのシュールでなんか気持ち悪いな！〟

〝実際どうやって動いてんの??〟

〝スローで巻き戻したら、手足を小刻みに動かして回避してるっぽい〟

〝原理がわかるとより一層気持ち悪い〟


「貴様！　人をコケにしやがって！」

鍔間がアイテムボックスを開き、槍を取り出す。


〝おい、土下座してる相手に槍はアカンだろ！〟

〝それは洒落にならんて〟

〝大人げなさすぎるぞ鍔間玲二24歳！〟

〝一線越えたぞ鍔間！〟

しかし槍による連撃も。すかっ、すかっ、と瑠璃は土下座をしたまま躱しきる。

〝槍も躱すのかよｗｗｗｗ〟

〝土下座してる相手に槍も当てられない鰐間玲二ｗｗｗｗ〟

〝あかん、シュールな絵面で笑いが止まらんｗｗｗ〟

〝切り抜き班です。戦い始まる前に既に撮れ高お腹いっぱいです〟


「てめぇ、俺をよくもここまでコケにしてくれたな……!!　立ちやがれ鬼丸瑠璃。正々堂々、俺がぶちのめしてやる」

「……わかりました。諦めてもらえないようですね。私も腹をくくることにします」

観念して瑠璃が立ち上がる。


〝鰐間君もう既にちょっと息上がってるけど大丈夫??　5分休憩したりしなくていい?〟

〝今さらだけど探索者どうしで決闘とかしていいの?　決闘罪とか引っかからんの?〟

〝厳密には何らかの法に引っかかるけど、探索者同士は訓練の一環で模擬戦とかしょっちゅうやるから。両者同意の上なら多少の戦闘は取り締まられないね〟

〝なら安心した。瑠璃ちゃんぶっ飛ばしたれ!!〟


10メートルほど離れて両者が向かい合う。

「鬼丸瑠璃。俺と賭けをしろ。俺が勝ったら貴様はこれまでの配信での不正を認め、二度とダンジョンに潜らないと誓え！」

〝は！？！？〟
〝何様だてめぇ!?〟
〝ふっかけすぎだろ!!〟
〝〇すぞてめぇ！〟

「代わりに俺が負けたら、なんでも1つ言うことを聞いてやろう」

〝ん？　今なんでもって〟
〝つまりえっちな命令でも聞くと？〟
〝どっちにしろ鍔間が得するだけじゃねぇか!!〟

瑠璃は少しだけ考え込む。

「いいですが、……条件を1つ追加してください。私が勝ったら、二度と私に決闘を挑まないと誓ってください」

「自信家だな。いいだろう、その条件でやろう。それでは――決闘開始だ！」

鍔間の宣言で戦いの火蓋が切って落とされた。

「雷属性魔法カテゴリ４《リニアブースト》！」

踏み込みながら鍔間が魔法を発動。雷属性魔法によって金属製の槍を電磁加速させ、爆発的な速度で突きを繰り出す。

わかっていても対処しようがない、鍔間の代名詞でもある必殺技だ。彼はこれまでこの技で数多のモンスターを打ち倒してランキング10位まで駆け上がってきた。

その一撃を。

ぱしっ。いつもの自信なさげな表情のまま、瑠璃は槍の穂先を指で掴んでいた。

「なに!?」


〝止めたあああああああ！〟

〝圧倒的強者感〟

〝鍔間のリニアブースト込みの突きって、日本の探索者の中で間違いなく最速の一撃だが??〟

〝指２本で止めんなｗｗｗｗ〟


「馬鹿な、俺の最速の一撃を止めただと……!?」

鍔間が後ろに跳んで間合いをとる。額には脂汗が浮かんでいた。

「こうなったら、奥の手を使うしかない……！」

鰐間がアイテムボックスから、紅い液体の詰まったビンを取り出して、一気に飲み干す。

「ちょっと鰐間！　それ〝ブースト剤〟でしょ!?　そんなのまで決闘に持ち出すわけ!?　ていうか、禁止スレスレの薬物でしょうが！」

ミントの抗議の声を鰐間は無視した。

ブースト剤。モンスターの素材から抽出したエキスで作った、身体能力と魔力を一時的に大幅に上昇させる薬物である。これを使うことで、探索者は格上のモンスターを倒すこともできるようになる。

しかしブースト剤には、大きな欠点がある。効果時間が切れると、反動で倦怠感に襲われまともに動くことができなくなるのだ。

強力なモンスターの素材に目がくらんだ探索者がブースト剤に手を出し、モンスターの討伐に成功したものの動けなくなったところを別のモンスターに襲われて命を落とす、という事例が後を絶たない。非常に扱いが難しく、危険な薬なのである。

そのため、ダンジョン庁が規制をかけることになったのだが。規制法の適用は再来月から。今はまだギリギリ合法の薬物なのである。

「一時的にだが、俺の身体能力も魔力も倍増！　今の俺は誰にも止められない！」

鰐間が血走った目で再度槍を構えて魔法を発動。強化された魔力によって槍が加速。同じく強化された鰐間の筋力と合わさって、爆発的に速度を増した槍が瑠璃に襲いかかる。

一流探索者が残像さえ捉えられないほどの速度。重量級モンスターでも一撃で葬る威力。2

つを併せ持つ必殺の一撃が瑠璃に襲いかかり――、
ぱしっ。
瑠璃が片手で槍の柄の部分を掴んで止めていた。

〝また止めたあああああぁ！〟

〝恐ろしく早い槍。俺じゃ見逃しちゃうが瑠璃ちゃんは見逃さなかった〟

〝鰐間やるなぁ、瑠璃ちゃんに指だけじゃなくて片手を使わせるなんて〟

〝ホントにブースト剤で強化されてる？　間違ってウーロン茶飲んでた説ない？〟


「では、私のほうもそろそろ、攻撃させてもらいますね」

宣言してから、瑠璃は何かにおびえるように恐る恐る拳を構える。

「どうか……死なないでくださいね」

スパァン！　空気を切り裂く超速の一撃。瑠璃のパンチが鰐間の顔面を捉えていた。

「ぐふっ！」

鰐間が1歩後ずさる。しかし。

「くく、ふはは！　こんなものか鬼丸瑠璃！　確かに貴様のパンチは速いが、軽すぎる！　一般人、いや子供程度の威力しかないぞ！」

「あ、はい。そうだと思います。ちょうど子供のパンチくらいをイメージして加減して打ちましたから」

「……加減しただと？　どういうつもりだ貴様！」

鰐間が怒鳴って瑠璃に詰め寄る。

「ええと、怒らずに聞いてください！　実は私、昔訓練中に人に大けがをさせてしまったことがあるんです。ですので人間相手に攻撃するのが凄く怖くて、上手く加減できる自信もなくって……。だから、凄く弱い攻撃から始めて、ちょっとずつ、ちょっとずつ強くしていきます。お願いですから、取り返しのつかない怪我をする前に降参してください……」

瑠璃は詰め寄られて、べそをかきながら必死に説明する。


〝堂々の舐めプ宣言ｗｗｗ〟

〝半泣きになりながら舐めプ宣言するやつ初めて見たｗｗｗｗｗ〟

〝鰐間めっちゃ気遣われてるｗｗｗ〟

〝そうだよな、鰐間なんて瑠璃ちゃんからしたらワレモノ注意だもんな〟


顔が真っ赤に染まる。

「この俺を相手に加減できる自信がないだと!?　貴様、誰に物を言っている！　もう容赦せんぞ！　さっき食らった一撃はマグレだ！　貴様程度の攻撃、この俺が本気になれば喰らうことなど――グハァ！」

本気になった鰐間の顔に、再度瑠璃の拳が直撃する。

〝マグレじゃなかったんすか鰐間さんｗｗｗｗ〟

〝こいつホントに10位だったのか？〟

〝サンドバッグじゃないですかやだー〟

〝ざーこ♡　ざーこ♡〟

〝もうおまえの攻撃は喰らわない、って宣言しながらぶん殴られるの芸術点高いっすねｗｗｗｗ〟

〝10点〟

〝10点〟

〝殴られっぷりの審査始めんなｗｗｗｗ〟

瑠璃の攻撃は続く。鰐間の手から槍を奪い取り、柄の先端で眉間・喉・鳩尾(みぞおち)の3点に突きを入れる。

「ぐはあぁ！」

急所への連撃を受けた鰐間がたまらずうずくまる。

〝すげぇ、槍を奪い取ってから流れるような3連突き！〟

〝なんで本職より槍の使い方が上手いんだよ‼〟

〝柄の先端じゃなくて穂先のほうで突いてたら鰐間死んでたな〟

〝瑠璃ちゃんが加減してなかったらここまでで4回は死んでる〟


「はぁ……はぁ……！」

鰐間が苦痛にもだえながら、必死に息を整えて立ち上がる。そして、右手に違和感を覚える。

「……は？」

鰐間の右手には、奪い取られたはずの槍があった。

「お、お返ししました。あとで『武器がなくては俺は全力が出せん。全力が出せなかった以上、決着はついていない。決闘は無効だ』とか言われても困りますので……。ちゃんと、全力の鰐間さんと後腐れないように決着をつけたいです」

「貴、様……！」

鰐間が屈辱で歯を食いしばったそのとき。

ズザザザザ……‼

2人の間に、体長20メートルを超える巨大な蛇モンスターが現れた。

タイラントコブラ。本来なら第3層に出現するボスである。

いかに鰐間玲二といえど、ボスモンスターを1人で相手にすることはできない。怒りで赤くなっていた顔が、一気に青に変わる。

「このタイミングでイレギュラーだと!? クソ、一時休戦だ! まずはこいつを排除する!」

鰐間玲二が電気魔法で槍を加速させ、最速の一撃をタイラントコブラへ撃ち込む。

ドスッ!

槍がコブラの喉元に突き立つ。

「まだまだ! 俺様の絶技の前に沈め!」

鰐間の槍が何度もコブラを襲う。が、浅い。ダメージは確かに与えているものの、致命傷にはほど遠い。


『シャー!!』


怒ったタイラントコブラが尻尾を振るい、鰐間に叩き付ける。

「ぐはあああああぁ!」

鰐間の体が軽々吹き飛び、岩壁に叩き付けられた。

とどめを刺すべくタイラントコブラが毒の牙をむき出して鰐間玲二に飛びかかろうとした、そのとき――、

「決闘の邪魔、しないでください」

瑠璃が飛び上がり、タイラントコブラの頭上を舞っていた。両拳を組み合わせ、頭蓋めがけ

て叩き付ける！

ドゴオオオンッッッッッッ!!

まるで大型自動車同士が正面衝突したかのような激突音が響く。

ドレッドコブラの頭の上半分は大きく凹む、どころかもう原形をとどめていなかった。舌が力なく口からはみ出している。１００人中１００人が即死とわかる死にっぷりである。

「……は？」

鰐間は文字通り開いた口が塞がらなかった。

「では、続けますよ」

手を振って返り血を振り払ってから、拳を構え直す瑠璃。

その姿に、鰐間は悪魔を見た。そして彼はようやく理解した。自分がどれだけ桁外れの化け物に喧嘩を仕掛けていたのかを。自分が今まだ生きているのは、目の前の怪物の気まぐれに過ぎないということを。

「俺の、俺の負けだ……!!」

鰐間が確かに負けを宣言した。手放した槍が地面に落ちる。

〝よっしゃ瑠璃ちゃん勝ったあああああああああ!!〟

〝おめでとう瑠璃ちゃん!!〟

〝鰐間玲二、戦意喪失〟

〝そらあんなワンパン目の前で見せつけられたらねぇ〟


「良かったぁ～！　無事に決着しましたぁ……!!」

気が抜けた瑠璃がその場にへたり込む。

「やったね瑠璃ちゃん！　これでもう、瑠璃ちゃんのランキング10位入りに文句言う奴は誰もいないよ！」

ミントが瑠璃の背中をバンバンとたたく。

「あ、ありがとうございます。ランキング10位になっても別にうれしくはないですけれども……」

「で、瑠璃ちゃん。この決闘で勝ったら鰐間になんでも1つ言うことを聞いてもらえるって約束だったけど、なにをお願いするの？」

「そ、そうでした……どどどうしよう、して欲しいことなんて、何も思いつきません」

2人の会話を聞いて、鰐間が内心ほくそ笑む。

鰐間は、ブースト剤込みでも100％自分が勝てるとは思っていなかった。負けるリスクもあると考え、その上で勝負を挑んだ。

〝鬼丸瑠璃という少女は、とても内気で自己評価が低い。『なんでも言うことを聞いてもらえる』権利を勝ち取っても、無理な要求をしてくることはないだろう。『これからもう悪いことはしない』だとか、『清掃ボランティアに参加する』だとかの、当たり障りのない要求をするはずだ〟

　これが鰐間の計算である。

　しかし彼は、鬼丸瑠璃という探索者を見誤っていた。


〝さぁ鰐間くん、処刑のお時間です（ニッコリ）〟

〝瑠璃ちゃん〇せえええ！〟

〝鰐間が勝ったら瑠璃ちゃんは探索者やめるって約束だったんだから、それ相応に重い罰を受けてもらわないとなぁ！？！？〟

〝最低でも探索者引退だろ‼〟


　コメント欄では、鰐間に厳しい罰が下されるのを期待して盛り上がっている。

　それを見て、瑠璃はテンパっていた。

（どどどどどうしよう！　『清掃ボランティアに参加してくださいね』みたいな軽い要求だと、期待外れだってコメント欄で今度は私が叩かれそう！　でも『探索者引退してください』みたいな重い要求したら、私が鰐間さんに恨まれる！　板挟みだよどうしようどうしよう！）

　瑠璃は頭をフル回転させる。そして、瑠璃はテンパりながら頭を回転させると大抵ロクでもない結論をはじき出す。

「安価で！　鍔間さんにするお願いは、安価で決めようと思います！」

テンパったまま瑠璃が宣言する。

「……は？　アンカ？　なんだそれは？」

鍔間は理解が追いついていない。


〝安価キター!!〟

〝古き良きネット文化安価！〟

〝面白くなってきた!!〟

〝視聴者参加型イベントとは、瑠璃ちゃんわかってるな！〟

〝鍔間お前助かるかもしれないぞ！　『ゴミ拾いボランティア参加』とか軽いお願いが当たるかもよ！〟

〝そんなゆるいお願いこの流れで出るわけないだろｗｗｗｗ〟

〝オラワクワクしてきたぞ〟

〝お仕置きの時間だよ、ベイビー〟


「では、今から５００番目のコメントで来たお願いを鍔間さんにやってもらおうと思います。皆さん、配信できる範囲でのお願いにしてくださいね。では、スタートです」

瑠璃の宣言と同時に、爆発的にコメントが増える。

〝鍔間、自害しろ〟

〝ハブ対マングース対鍔間玲二〟

〝チ〇ポを見せろ鍔間玲二〟

〝もっかい手加減抜きの瑠璃ちゃんとタイマン〟

〝武器なしでダンジョン最深層突撃〟

〝ドラゴンの巣にスプレーで落書きしに行け〟

〝歯ブラシでダンジョンクロコダイルの歯磨き〟

〝鍔間の所属事務所の所長にビンタしに行く〟

「それは、それは洒落にならない……」

コメント欄で流れていく、命が危ういお願いの案を見て鍔間は顔が真っ青になる。彼は今、瑠璃に決闘を挑んだことを心底後悔していた。

「頼む、軽めのお願いが当たってくれ……!!」

祈りながら鍔間は流れていくコメントを瑠璃と一緒に見つめている。

そして、ちょうど500番目となったコメントは――。

〝今から1ヶ月逆バニー着用〟

「……????」

鰐間の顔から表情が抜け落ちる。

逆バニースーツ。その名の通り、バニースーツでは覆わない部分を包み、バニースーツでは隠れている部分をさらけ出す衣装である。

両腕と両足をガーターストッキングとアームカバーで包み、胴体はむき出し。ただし、乳首と股間だけをピンポイントの貼り物で隠す。

つまり、非常にセクシーな衣装なのである。

〝逆ｗｗｗｗ　バニーｗｗｗｗ〟

〝スケベ衣装キター‼〟

〝でもただのスケベ衣装じゃねぇぞ。ド級のスケベ衣装、ドスケベ衣装だ!〟

〝男の逆バニーとか誰得だよｗｗ〟

〝俺得なんだよなぁ〟

〝命に関わらない罰ゲームとしてこれ以上キツいやつある???〟

〝陰茎が苛つく〟

「くうううぅ！　……いいだろう。男に二言はない。次回から、1ヶ月逆バニーを着て配信してやる」

「いやいや、そんなもったいぶらんと。今から着替えて配信してちょーだいな」

愉快そうな声と共に現れたのは、神楽坂琴葉。ミントの所属事務所の所長である。

「所長！　お疲れ様です！　どうしてここに!?」

ミントが所長に駆け寄る。

「そら、ミントちゃんが心配やったからよ。よその事務所の探索者と瑠璃ちゃんのモメ事に巻き込まれたって聞いてなぁ。いても立ってもいられなくなって来てもうたんよ。……ところで鰐間くん、これあげるわ」

神楽坂がアイテムボックスから何かを取り出す。

――それは、逆バニー衣装だった。

「な、なぜ貴様そんな物を持っている!?」

「ええやん細かいことは。それより、はよ着替えてぇな。……男に二言はないんやろ？」

「ぐ、ぐぬぬぬぬ……」

鰐間が配信のカメラを一時切って、岩陰で着替える。

「……ほら、着たぞ。これで文句はなかろう！」

腕を組んだ姿勢で、逆バニーを着た鰐間が姿を現す。両足はガーターストッキング。腕はアームカバー。そして股間はギリギリのサイズの水着でかろうじて覆われている。両胸にはしっかりとハート型の貼り物をして乳首を隠していた。頭の上で、ウサギの付け耳が愉快に揺れている。


〝うおおおおホントに鍔間の逆バニーだあああ〟

〝3次元の逆バニー初めて見た！〟

〝顔真っ赤っかだぞ鍔間玲二〟

〝約束ちゃんと守るところだけ見直したぞ鍔間玲二！〟

〝【速報】鍔間玲二、逆バニー〟

〝これで美少女なら完璧だったのに！〟

〝プライドの高い美形最強探索者の屈辱逆バニー全世界配信。シチュだけなら最高〟

〝おい鍔間リスナー今20万人超えてるぞ！　20万人が今お前の逆バニーで興奮してるぞ鍔間玲二！〟


「くうぅ……こんな醜態をさらしては、俺の人気も暴落する……!!」

「いえ、そんなことはありませんよ。むしろなんだか、人気が出てますね」


〝Twisterで〝美青年羞恥逆バニー成人男性が見れる〟と聞いて来ました！〟

〝うおおおお美青年羞恥逆バニー成人男性だ！〟

〝『幻想』じゃねぇんだよな？〟

〝腹筋ｐｒｐｒ〟

〝死ぬほど恥ずかしいのにあえて堂々として恥ずかしがってるのバレないようにしてるのがたまらなくエッチ‼〟

〝エッチコンロ点火！〟

〝ふざけないで！　鰐間様にそんな下品な衣装着せるなんてまじ許せないいんだけど！　それはそれとしてあの♡の貼り物剥がしたい〟

〝独身女性26歳です。私はこの日のために生まれてきたと今理解しました〟

〝14歳女子中学生です。多分私、もう一生成人男性の逆バニーでしか興奮できなくなっちゃいました。責任とって一生逆バニーで配信してください〟

〝股間の揺れがたまんねぇ……ちょっとその場で反復横跳びしない？〟


「な、なんだ？　何が起きているというのだ？」

「どうも、鰐間さんのその格好がＴｗｉｓｔｅｒで話題になって配信を見に来た人がいっぱいいるみたいです」

「あー、鰐間って確かに顔（だけ）は良いからねぇ。顔ファンも多いって聞くし。『美形すぎるダンジョン探索者』とかでテレビにも出てたでしょ」

〝なんかそう言われたらエッチに見えてきたな〟

〝【悲報】ワイの股間のセンサー誤作動を起こす〟

〝今夜はこれでいいや〟

〝おち○ちんカーニバル　開　演〟


「よくも、よくも俺にこんな屈辱を……!!」

鰐間が怒りのこもった目で瑠璃を睨みつける。

(わわわわわ、どうしよう鰐間さん怒ってる！　恨まれてまた絡まれたくない！　なにか機嫌をとらないと！　何か、何かないかな……!?)

またまたテンパった瑠璃が、突破口を探してTwisterを開く。そして、ある物を発見した。

「わ、鰐間さん！　凄いですよ！　鰐間さん今、Twisterのトレンドに上がってますよ！」

「なに!?」

「『鰐間玲二』『逆バニー』『決闘』『ドスケベ衣装』とかがトレンドに上がってます！『鰐間玲二』はトレンド1位ですよ！　鰐間さんランキングの順位に拘るんですよね？　10位どころか1位ですよ鰐間さん！　おめでとうございます！　よ、日本一！」

ぎこちない笑顔を浮かべながら瑠璃がＴｗｉｓｔｅｒの画面を見せる。そこには確かに、〝鰐間玲二〟がトレンド1位入りしていた。ちなみに2位は〝逆バニー〟である。

〝瑠璃ちゃん急にレスバの強さ発揮しないでｗｗｗｗ〟

〝追い討ちえぐいｗｗｗｗｗｗ〟

〝これは死体蹴りのエースストライカー〟

〝鰐間君1位取れて良かったねぇ（ニッコリ）〟

「この俺様の姿が、トレンド1位になるほどネットで知れ渡っただと……!?」

鰐間玲二の心が折れた。彼は地に膝を突く。

こうして、瑠璃と鰐間玲二との決闘は幕を下ろした。

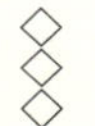

瑠璃が鰐間玲二を倒した日の夕方。

「うーむ。やっぱり鰐間程度の雑魚じゃ、瑠璃の相手にはならんかったか……」

西新宿にあるとある居酒屋で、まだ明るいというのに羅生門紫苑は酒を飲んでいた。客が少ない時間帯なのをいいことに、贅沢にボックス席を独り占めしている。

スマホで観ているのは、さっきの瑠璃と鰐間の決闘。何度か繰り返し再生中である。

「どーやったらいいのかなぁ〜」

お猪口で日本酒を口に運びながら紫苑は頭を悩ませている。そこへ。

「見つけましたよ、先輩！」

ミントの所属する事務所の所長、神楽坂琴葉がやってきた。

「店員さん、生1つ。それと枝豆と冷や奴と……卵焼きもらおか」

勝手に紫苑の隣に座り、それどころか注文まで始めた。

「よう、琴葉。おひさ〜」

「おひさ〜、やありまへんわ。何度も連絡したのに返事してくれへんのやもん」

琴葉は届いたビールを勢いよく喉へ流し込む。

「いやー、そんなこと言ったってぇ。あたしだって忙しくってさぁ」

やいのやいの言い合いながら、2人の酒が進んでいく。

……………

…………

……

「先輩が弟子とったって聞いてましたけど、瑠璃ちゃんのことやったんですね？　いや〜、あんなに強い子がいるなんてビックリしましたわ」

「にっしっし。そうだろ。ビックリするくらい強いだろ。瑠璃はあたしの最高の弟子だ」

紫苑が得意げに笑う。

「だが、あいつにも弱点があってな。実は――」

紫苑が瑠璃と自分に起きた、ある事件の事を語り始める。

「――というわけなんだわ。あたしなりにちょっとチョッカイ出して弱点克服のきっかけは作ってみたんだけどな。今日の鰐間もそうだし。ただ、これが中々うまくいかなくてな」

「……事情はわかりましたわ。それで、瑠璃ちゃんが探索者として完成するまでは、先輩はどこの事務所にも戻るつもりはないと」

「ああ。お前も、瑠璃のことは気にかけてやってくれ。業界最大手のトップが目を光らせてるなら、あたしも安心だわ」

「任してください。先輩の愛弟子(まなでし)ですもの。瑠璃ちゃんにちょっかい出す輩は、ウチがきっちりお仕置きしますわ」

「よーしよし。お前はやっぱりできた後輩だ。ご褒美に枝豆をやろう」

琴葉が口元に持ってこられた枝豆をカラごと嬉しそうに囓(かじ)る。

すっかりできあがった2人は、そのまま2次会、3次会へと向かうのだった。


…………………

………………

……

「……ここどこ？」

翌朝。紫苑は見知らぬ部屋で目を覚ました。

豪華な内装。ふかふかのベッド。高級ホテルの一室だろう、と紫苑は見当をつける。

「昨日あのあと……琴葉と２次会に行って。路上の酔っ払い同士の喧嘩を２人でヤジを飛ばしながら観戦して。ゴミ捨て場でゴミ袋を布団代わりに寝ている絵に描いたような酔っ払いを見つけて２人で爆笑して。カラオケ行って……そっからの記憶がないな」

ベッドから起き上がる。

「服は昨日のまま……あのあと潰れて、琴葉がこの部屋とって放り込んでくれたってところか。酔っ払いを放り込むだけなら、安いビジネスホテルでも十分だろうに。立派になったなぁ、あいつも。……あ〜、頭いてぇ」

頭をさすりながら、紫苑はシャワールームへと向かった。

「紫苑さん！　しっかりしてください紫苑さん！　救急車を呼びましたから、持ちこたえてく

ださい！」

大雨の中、瑠璃が倒れている紫苑に必死に呼びかける。

瑠璃は必死に呼びかけながら紫苑の意識をつなぎ止め、救急車が来るのを待っている。1秒が1時間にも感じられるような、重苦しい時間が流れていく。

そしてやっと救急車が来たところで——瑠璃は目を覚ました。

「うぅ、またあの夢見ちゃった……」

パジャマの袖で嫌な汗を拭ってから、瑠璃はベッドから起き上がる。

ここは西新宿ダンジョン探索者育成学校の寮の一室、瑠璃の住処である。

「もうこんな時間。今日も配信やるって昨日Ｔｗｉｓｔｅｒで告知出しちゃったし、早く準備しないと……。あと30分開始時間遅く設定しておけば良かった……」

ぼやきながら、瑠璃は身支度を始めた。

支度を終えた瑠璃は自室を後にして、徒歩でおよそ15分の距離にある西新宿ダンジョンの入り口に向かう。

道中瑠璃は一度立ち止まり、遠くのビルを見上げた。

西新宿のビル群の中で、飛び抜けた存在感を放つガラス張りのビル。株式会社〝プラズマゲームズ〟の本社ビルである。

多くのヒットタイトルを打ち出した世界トップクラスのゲーム会社プラズマゲームズは、瑠璃のプレイするスマホゲーム〝ウォリアープリンセスクロニクル〟の運営会社でもある。

（プラズマゲームズさん、いつも楽しいゲームをプレイさせていただきありがとうございます）

瑠璃は心の中で感謝の言葉を捧げ、手を合わせる。ダンジョンに向かうときには、瑠璃は必ずこうして一礼することにしていた。

ダンジョンの入り口に着くとアイテムボックスからドローンを取り出して配信を始める。

「み、みなさん、おはようございます……」

〝おはよおおおおおおおお！〟
〝待ってましたあああああ！〟
〝生きがい〟
〝瑠璃ちゃんの配信が楽しみすぎて夜しか寝られない〟
〝クセになってんだ、瑠璃ちゃんの配信見るの〟
〝前回のゴブリン大虐殺へビロテしてます！〟
〝瑠璃ちゃんの配信見るためにバイトのシフトあけました！〟
〝今日はどんなモンスターをブチ殺していくんだ⁉（英語から自動翻訳）〟

「えと、ええと、今日はですね。Ｔｗｉｓｔｅｒでも告知したんですけども、普段と同じようにダンジョン潜って、モンスターを倒して、ええとそれで……お金を稼いでいきたいと、思います！」

簡単な配信の説明をするだけで、既にしどろもどろの瑠璃である。なぜならば。

「今日はミントちゃんが都合が悪いとのことなので、初めてのソロ配信となります……。い、至らぬこともあるかと思いますが、よろしくおねがいします。うう、緊張するぅ……!!」

〝ついにソロ配信！〟

〝実質初回配信からコラボ状態だったのがむしろ異常だったんだわ〟

〝ソロ配信だと瑠璃ちゃんどんななんだろ〟

「ええと、今日は、トークも下手で友達も1人しかいない私が配信の間を持たせるための秘密兵器を用意しました。それが、これです」

珍しく自信満々に瑠璃がアイテムボックスからタブレットを取り出す。そこには、『劇場版魔法少女ラプラス』というタイトルが映っていた。

〝？？？？〟

〝どゆこと？〟

〝なるほど、わからん〟

〝あーそういうことね完全に理解した（わかってない）〟

魔法少女ラプラス。魔法少女モノというパッケージとは裏腹の重い展開のオンパレードと緻密に張り巡らされた伏線、そして衝撃のラストで多くの視聴者を惹き付け大人気になった作品である。

「よく有名配信者さんがやってるように、今日はこの『劇場版　魔法少女ラプラス』同時試聴会しながらダンジョン探索していこうと思うんです！　元々はテレビアニメだったんですけど、大ヒットしたので続編の劇場版が作られたんです。すっごく面白い作品なんですよ！　私、もう10回以上繰り返し観てます」

〝危ないが!?〟
〝ダンジョンをなんだと思ってるんだ!!〟
〝それダンジョン配信者じゃない普通の配信者が部屋の中でやるやつだからｗｗｗｗｗ〟
〝ダンジョンの中で映画同時試聴会やる配信者なんて見たことねえよ!!〟

「なんだか不評みたいですね……やっぱり幅広い年齢層向けの〝天空の城ピラタ〟のほうが良かったでしょうか……？」

〝そういう問題じゃねぇよ！〟

〝もっと根本的なところぉ！〟

〝映画ならやっぱ『永久のゼロ』はダンジョンの中で見るような映画じゃなくない？〟

〝『ダンジョンの中で見るような映画ってなんだよ？？？〟

〝どんなシチュエーションでもオススメ映画を紹介できる自信があった映画マニアワイ、瑠璃ちゃんを前に敗北〟

〝私は我が国の傑作映画『シスターウォーズ』シリーズをお勧めする（英語から自動翻訳）〟

〝男は黙って『劇場版トラエモン』〟


「あ、劇場版トラエモンシリーズもいいですよね。前々から気になってたんです。シリーズたくさんでてるみたいですし、次回からはトラエモンシリーズでやりましょうか。とりあえず今日は『劇場版　魔法少女ラプラス』同時視聴していこうと思います。いろんな動画配信サービスのサブスクで観れるので、皆さん準備をお願いします」

そう言いながら、瑠璃は道具を使って、自前のタブレットを配信用ドローンの下に固定する。タブレットカバーにS字フックを取り付けた瑠璃お手製の道具だ。ちなみに材料は全て100

円ショップで調達している。

ドローンにタブレットを取り付けたことで、瑠璃は歩きながら正面のタブレットで映画を観れるようになり、リスナーはずっと正面から瑠璃の顔が見れるようになった。

「では、早速ダンジョンに潜っていきたいと思います」

そう宣言して、瑠璃はダンジョンのゲートをくぐる。

「ええと、先ほどもお話ししたのですけれども……今日は映画視聴会をしながら、私の普段の狩りの様子をただ垂れ流す配信になります。とりあえず、まずは4層まで行こうと思います」


〝嘘でしょ瑠璃ちゃん!?〟

〝4層!? 探索最前線じゃん!!〟

〝そんな軽いノリで行くところじゃないけど????〟

〝4層はベテラン探索者がパーティー組んで2、3日かけてやっとたどり着くところなんだが?〟

〝これ今日配信終わるの!? 俺今日夕方から仕事なんだけど!?〟

〝夕方から仕事ニキどんまい。どう考えても日付変わる。普通に泊まりになる〟

〝私も夕方からバイト入れちゃった……〟

〝無職ワイ、今日も低見の見物〟

「それでは、映画再生始めますね？　3、2、1……スタート！」

瑠璃がボタンを押すと、タブレットの中で映画が始まる。映画を観ながら、瑠璃は1層の道を駆け出す。

探索者達は、ダンジョンの中ではモンスターの襲撃に警戒しながら進む。たとえ最前線探索者であっても、奇襲を受ければ1層で命を落としかねない。探索者達は常に神経をすり減らしながらダンジョンを歩くのだ。当然、進む速度は地上に比べて遅くなる。

しかし瑠璃は違う。彼女は索敵スキルにより半径100メートルのモンスターの位置を全て把握できる。モンスターの奇襲を警戒せず進めるのは、進行速度的にも消耗低減的にも大きい。

それになにより、襲ってきたモンスターを瞬殺している。戦闘にかける時間はほぼゼロだ。

〝瑠璃ちゃん今ノールックで横から襲ってきたゴブリン倒さなかった⁉〟
〝戦闘中でもタブレットから視線外さないってどういうこと⁉〟
〝ゴブリンごときわざわざ見るまでもない……ってコト⁉〟
〝ゴブリンより映画〟

「あ、ハイ。索敵スキルでモンスターの種類も位置も動きも全部把握できるので、わざわざ見なくても大丈夫なんです」

普通の探索者達が数時間かけてたどり着く2層の入り口に、瑠璃は30分強でたどり着いた。映画はまだまだ序盤である。


〝もう着いた！　はええええ‼〟

〝ちゃんと測ってないけど一層クリアタイムとしては最速クラスじゃね⁉〟

〝ダンジョン攻略ＲＴＡ〟

〝しかも映画観ながらだからな？？？〟

〝瑠璃ちゃん今回全力疾走してたわけじゃないじゃん？　探索者トップ層が全力ダッシュしたらもっと速い記録出せるんじゃない？〟

〝やろうと思えば多分もっと早く来れるけど、モンスターに対する警戒が薄くなりすぎて超危険。トップ探索者でも10回やったら1回事故って死ぬレベルの危険行為〟

〝瑠璃ちゃんのぶっ壊れ性能索敵スキルがあるからできる荒技。よい子は絶対にまねしちゃだめだぞ⁉〟

〝瑠璃ちゃんの配信見ると探索者の常識がどんどん壊れていく〟


まだ2層入り口に着いただけだというのに、コメント欄は沸き返っていた。視聴者数は早くも10万人を突破している。

瑠璃の前には、岩の壁に埋め込まれた巨大な扉と、下へ続く巨大な階段が並んでいる。２層へと続く階段である。

ダンジョンの階段には、魔力でできたベールがかかっている。通常ではベールを通り抜けることはできず、隣にある扉の中で待ち受ける『フロアボス』と呼ばれる強力なモンスターを倒し、少しでもそのダンジョン粒子を体に取り込むことにより通り抜けることができるようになる。これは世界各地のダンジョン共通のルールである。

明らかに作為的な構造だが、なぜ各地のダンジョンがこのような構造になっているのかは未だに不明である。

「すみません、ちょっと寄り道しますね。ここのフロアボスは重い素材を落としてお金になるので、４層に行くついでに倒していきます」

〝フロアボスを！　道中のついでで！　倒すな！〟

〝フロアボス討伐なんて入念に準備して挑む大イベントなんだが!?〟

〝普通は！　１ケ月前からメンバー選抜して装備整えて消耗品買い込んで連携訓練して戦術を頭に叩き込んで挑むんだよ！　俺達、探索者事務所マネージャーがどれだけ準備に苦労してると思ってるんだよ！　なんでついで感覚でフロアボスに挑んでるんだよ！〟

〝キレてるｗｗｗ〟

〝マネージャーニキ落ち着けｗｗｗｗ〟
〝気持ちはわかる。準備超大変だもんなぁ〟
〝小規模な事務所だとよその事務所と合同で討伐パーティー組むからその調整とかも大変らしいな〟

「いったん映画止めますね。……では、行きます」

やや荒れるコメント欄を尻目に、瑠璃がフロアボスの扉を開く。中は、開けた巨大な空間だった。見上げると、道中とは比べものにならないほど高い天井が空のように広がっていた。

瑠璃の背後で扉が閉じる。こうなると、もうフロアボスを倒すか探索者が全滅することでしか扉が開くことはない。

『ケエエエエエエン！』

広間に甲高い声が響く。空から現れたのは、人を悠々持ち上げられそうなほどの体躯を誇る巨大な鳥。

サンダーバード。空を舞い、雷を操る1層のフロアボスである。

〝出たなサンダーバード！　ダメージを与えないと降りてさえこないクソモンスター‼　遠距離アタッカーがいないと全くダメージを与えられないってマジふざけんなよ！〟
〝ほぼ回避不可能の雷を撃ってくるからタンクも必須〟

〝遠距離アタッカー、近距離アタッカー、タンク、ヒーラー。全部揃わないと勝負の場にさえ立てないということを教えてくれたボスモンスターのチュートリアル〟

〝チュートリアル（難易度はEXTREME）〟


『ケーン！』

上空を旋回するバードの翼がまばゆく輝く。地上の瑠璃へ向けて、雷が放たれた。瑠璃が横に一歩動いて躱す。

2発、3発。サンダーバードが上空から瑠璃に向けて攻撃を繰り返す。瑠璃は軽やかなステップで回避し続ける。


〝あの雷、かわせるの!?〟

〝発生から着弾まで0・05秒とかそんな世界だぞ!?〟

〝しかも3回連続！　反射神経半端ないって！〟

〝普通は回避できないならみんなどうしてるの？〟

〝敵の攻撃を引きつけるヘイトスキルと防御バフ・雷属性耐性装備で固めて回復魔法かけてもらいながらひたすら耐える。その間に仲間の遠距離アタッカーに叩き落としてもらう〟

〝ずっる！　ガンメタ貼るじゃん!!〟

〝うるせぇ勝てばいいんだよ勝てば！〟

〝瑠璃ちゃんの回避スキルがあればタンクが要らないのはわかったけど、どうやって反撃すんの？〟

〝あっ〟

〝すっかり忘れてた！〟

〝どどどーすんの？〟

〝メジャー属性の魔法は使えないって言ってたし、マジこれどうすんの瑠璃ちゃん！〟

「では、そろそろ反撃に移りますね。私はいつもこうやってサンダーバードを倒しています。無系統魔法カテゴリ3《スラスター》発動」

瑠璃が発動した魔法によって、背中に青く光る翼が現れた。スラスター。訓練次第で誰でも扱える無系統の魔法の一種である。

背中に推進力を発生させ、走りながら加速したり空中で姿勢制御する目的で使われる。剣や斧を武器にする近接アタッカーはモンスターとの間合いを詰めるときによく使う。

しかし瑠璃は、ゴゥッ！　という音と共に爆発的推力によって空へと舞い上がった。

〝飛んだ!?〟

〝空飛ぶ探索者なんて初めて見たぞ！〟

〝スラスターは走りながら加速するための魔法だぞ!?〟
〝いやそりゃ理論上可能だけど、『ドライヤーにアホみたいな電力流し込めば風が強くなってその勢いで空飛べるよね!』くらいの無茶だからな!?!?〟

空中の追走劇が幕を開ける。先を行くサンダーバードが、後ろから追ってくる瑠璃に雷を飛ばす。瑠璃は上昇、旋回、そして急降下を繰り返して攻撃を躱す。翼の光で青い軌跡を描きながら、距離を詰めていく。

眩い雷と青の軌跡。2つが複雑に絡まり合いながら空へと上っていく。その光景は、幻想的な美しさを放っていた。

回避を繰り返しながら、スピードで勝る瑠璃が徐々に距離を詰めていく。

「捕まえました」

サンダーバードの右の翼を両手でつかむ。そしてバキッとへし折った。

『ケエエエエエーン!』

サンダーバードが空中で制御を失って暴れる。

「まだです。こちらも貰います」

今度は瑠璃が左の翼をへし折った。

〝よ、容赦ねえええぇ！〟

〝こんな方法でサンダーバード叩き落とすやつがあるか！〟

〝飛べない鳥はただの鳥だ〟


「では、とどめです」

瑠璃が右手でサンダーバードの後頭部を掴む。

「《スラスター》2重発動」

瑠璃の背中に追加で羽が発生し、ゴオオオオォ！　地上めがけて急加速していく。

『ボンッ！』という音速を超えた証である爆発音を、画面越しのリスナーは確かに聞いた。

瞬く間にサンダーバードの巨体が地上に迫り――、
ドオオオオオオオオオオオォンッッッ！

大地に叩き付けられた。辺りが揺れるほどの衝撃である。

……地面には、小さなクレーターができていた。地面に叩き付けられた頭部は、グチャグチャに飛び散って原型をとどめていない。

「私みたいに遠距離攻撃魔法持ちの仲間がいなくても、空を飛んでサンダーバードに追いついて音速以上のスピードで地面に叩き付ければ簡単に倒すことができます」

〝どこが簡単なんだ⁉　魔法使ったほうが遙かに楽だろ！〟

〝でも瑠璃ちゃん遠距離魔法の適性ないらしいし〟

〝だったら遠距離魔法の適性ある探索者を仲間に誘ったら……あっ〟

〝それ以上いけない〟


「これで素材有償回収に出すと、大体３００円くらいですね。道中のついでとしては中々の収入なので、よく狩ってます」


〝やっす！　やっす！！！！〟

〝格安大特価バーゲンじゃねぇか‼〟

〝どう考えても倒す労力ともらえるお金が釣り合ってないんだが？？？？〟

〝釣り合ってるんだよ、瑠璃ちゃんにとっては〟

〝逆に言えば、瑠璃ちゃんに３００円払ったらフロアボス倒してくれるってこと⁉〟

〝そういうことになる。未成年探索者に有償でダンジョン関連の仕事を依頼するのも禁止されてるから不可能だけどな〟

〝ほんと未成年探索者への縛りきっついな……〟


瑠璃は軽い足取りでボスの広間を後にする。ことあるごとにコメント欄が盛り上がるのにも、多少慣れてきた瑠璃である。

「さぁ、次行きましょう」

そして映画を再開したあと、2層へ続く階段を下り始めた。

西新宿ダンジョンの第2層は火山地帯。炎属性の攻撃を操るモンスターが多く出現する灼熱のダンジョン。

第3層は海に浮かぶ群島。水辺が多く水棲や両棲のモンスターが多く出現する水のダンジョン。水中から奇襲を仕掛けてくるモンスターも多く美しい光景とは裏腹に常に死と隣り合わせの戦場である。

瑠璃は、そんな過酷なダンジョンの2つの層をあっという間に駆け抜けた。タイムは1層を走ったときとほぼ同じである。4層へ続く階段を下り始めるのと同時に、ちょうど映画が終わった。


〝はえええええ!〟

〝なんで1層と同じスピードで2層3層をクリアできるんだよ!〟

〝駅伝じゃないんだぞもっとゆっくり踏破しろ!〟

〝4層は泊まりで挑むもんだぞ普通は〟

〝まーたTwisterにトレンド入りしてるよ瑠璃ちゃん〟

〝『鬼丸瑠璃ダンジョン配信』、『映画同時視聴ダンジョンRTA』、『舐めプRTA』、『最速記録更新』、『魔法少女ラプラス』。瑠璃ちゃん関連の単語でまたトレンド欄独占してるじゃん‼〟

リスナーはさらに増えて、いつの間にか15万人を達成している。

「またトレンド入りしてるんですか……他にもっと良い話題があると思うんですけど……あ、4層に着きました」

階段を下り終えた瑠璃の目の前には、古風な西洋式の城がそびえている。夜になれば、血のような紅い月が昇って城を紅く染め上げる。

第4層、紅月の魔王城。ダンジョンには、このような明らかな人工物の層も存在する。

〝なんでダンジョンの中に人工物があるんだよ！　世界観はどうした世界観は！〟

〝誰がこんな所に城作ったの⁉〟

〝そら大工さんやろ〟

〝そういうことじゃなくて！〟

〝ザ・魔王城って感じのビジュアルやね〟

〝やっぱボスって魔王みたいなやつなの？〟

〝未踏破だから誰も知らない〟

「不思議ですよねぇ、このお城。世界中の考古学者が色々研究しているそうですが、地上の城とは建築様式とか材質とかがどれも異なってるらしくて。誰がなんの目的でいつこの城を建てたのか、全くわかっていないそうです」

瑠璃が慣れた足取りで城の内部に踏み込むと、赤いカーペットが無言で迎える。中を進むと、時折ダンジョン庁が敷設した電源と通信ケーブルが這い回っており、なんともミスマッチな光景を作り出している。

廊下の窓から外に目を向ける。3つの階層を下ってきたはずなのに、外には空が広がっている。

「ダンジョンとは一体なんなのか。いろんな説がありますよね……。超文明が人工的に作り上げている箱庭だとか、ダンジョンの階段は実は時空のひずみで私達は階段を降りて地下に潜っているつもりが実は全く別の次元に飛ばされているなんて説もあります。実は階段を伝って地球の過去または未来に飛ばされている、なんて説もありましたね。星の配置パターンが地球のどの時代のどの星空とも一致しないので否定されちゃいましたけど」

そんな知識を披露しながら瑠璃は迷路のように曲がりくねった城の通路を進んでいく。すると通路の奥から、ガシャ、ガシャ、と重くて固い足音が近づいてくる。

「……出ましたね」

現れたのは、西洋風の甲冑(かっちゅう)騎士。ただしこの階層に挑む者は皆知っている。あの甲冑の中は空洞で中身がないことを。

動く鎧。その名の通り、ひとりでに動く鎧である。鎧に怨念が乗り移りひとりでに動くようになった、と探索者の間では噂されているが真相は不明である。

1体ではない。ガシャガシャと音を立てながら、廊下の奥から、10体近い動く鎧が姿を現した。それぞれ大盾や弓や剣を手にしている。


〝出やがったな、動く鎧！〟

〝4層を代表するめんどくさいモンスター〟

〝動きが遅いからクソモンスター認定はされないけど、ただただめんどくさい〟

〝物理に対して固いわ一度にたくさん出てくるわ知性があって隊列組むわマジ面倒。俺はクソモンスター認定してる〟

〝弱点の電撃魔法を使えるアタッカーがパーティーにいないとクソめんどくさい！〟

〝瑠璃ちゃんみたいな物理アタッカーにとっては最悪の相手だろ〟

先頭にいた動く鎧が剣を構えて瑠璃に突撃しようとする。その一歩目を踏み出したとき、既に剣はその手の中になかった
瑠璃が一瞬で間合いを詰めて剣を奪い取っていた。

〝は？〟

〝は！？！？　何が起こった！？！？〟

〝はえぇってレベルじゃねぇぞ!〟

〝今の動き見えたやつおる!?!?!?!?〟

瑠璃が剣を振るい、鎧の関節部分を狙って切り落とす。瞬く間に動く鎧は、地面に転がるバラバラの部品になった。

床に散らばった鎧のパーツが、ガタガタと震える。

〝まだ生きてる???〟

〝あの状態で動くとか、ホラーじゃん!〟

〝ホラーだぞ。ダンジョンにはああいう幽霊が取り憑いてるとしか思えないようなモンスターがわんさかいる〟

〝ほっといたらまたパーツ同士くっついて復活するぞ〟

〝無敵かよ、どうすれば倒せるの?〟

〝兜の中になんか光るふよふよしたコアみたいなのがあるから、それ壊せば死ぬ〟

〝瑠璃ちゃん、早くコア壊して!〟

「いえ、コアは破壊しません。殺すと奪ったこの剣も消えてしまうので、あえて無力化したまましばらく生かしておきます。素手よりも剣があったほうがちょっと戦いが楽なので」

ザシュ！　ザシュ！　瑠璃が剣を振るって動く鎧を次々仕留めていく。あっという間に、10体以上いた動く鎧は全滅した。

最後の1体を倒したとき、ボキッ……、とダメージに耐えきれず奪った剣も折れてしまった。

〝たった10体倒しただけで剣が折れちゃった〟

〝瑠璃ちゃんが剣の扱いが上手くても剣を持たない理由がわかった〟

〝あのパワーに耐えられる武器は今の技術じゃ作れない〟

最初にバラバラにして無力化していた動く鎧のコアを、兜ごと瑠璃が踏み潰す。動く鎧の群れは、３分と経たず全滅した。

「はい、これで片付きましたね……動く鎧のドロップアイテムは1つ約30円なので、３００円くらいの収入です。道中のついでの収入としては中々美味しいです。えへへ、ラッキーです」

〝動く鎧の群れとのエンカウントをラッキーで済ませるな！〟

〝あの規模とやり合ったら普通はヘトヘトだからな!?〟

瑠璃はタブレットに表示されている現在時刻を確認する。

「そろそろいい時間ですね。ちょうど近くにセーフハウスがあるので、お昼にしましょう」

迷いのない足取りで瑠璃はダンジョンの奥へと足を進めていき、１つの大広間にたどり着く。

広間の中には、プレハブの小屋が建っていた。


〝!? ダンジョンの中になんでプレハブ小屋が建ってんの！？〟

〝世界観はどうした世界観は！（本日２回目）〟

〝幻術か!?〟

〝ダンジョン配信初心者か？　アレはセーフハウスだ〟


セーフハウス。ダンジョン庁が設置している、ダンジョンの中の休憩スポットである。

モンスターの出にくい場所に設置され、交代でダンジョン庁所属の探索者が常にモンスターの襲撃に備えているので、探索者は安心して休むことができる。治療設備、仮設トイレ、ドローンの充電設備、無料の食事などが用意されており、ダンジョン探索者達にとってなくてはならない存在である。予約をすれば有料で宿泊することもできる。

セーフハウスの運営のための物資を輸送するためには、当然大量の探索者の手が必要になる。セーフハウスには大量の予算が投入されているが、それに十分見合うだけの成果を上げている。

「いい香りがしてきました……４層のセーフハウス、今週のメニューはカレーです。私、セーフハウスのカレー好きなんですよね」

瑠璃がカウンターでカレーを受け取る。

「セーフハウス、有り難いですよね。ダンジョンの中で清潔なトイレが使えますし。何よりご飯がタダなのがうれしいです」

笑顔でカレーを口に運ぶ瑠璃。

〝苦学生の瑠璃ちゃんにとっては有り難いかもしれないな〟

〝セーフハウスの中の食事の値段、考えたことなかったな〟

〝ダンジョンの中で財布落とした探索者がメシ食えなくて死ぬ事件があってから無料になったんだっけ？〟

〝ダンジョンの中に財布持ってくるとモンスターに追われてるとき落とすリスクがあるから、正直有り難い〟

「学校の寮で土日はご飯が出ないので、節約のために狩りの予定がない日でも土日はダンジョンに潜ってセーフハウスでご飯食べてます。これが未成年探索者の節約ライフハックです」

〝タダメシのためにわざわざダンジョンに潜ってるの？？？？〟

〝チェーン店なら５００円程度で食えるのに??　命がけのダンジョンの中に潜ってるの？〟

〝ぶっちゃけセーフハウスの飯なんて全然美味くないだろ……レトルトのほうがマシ〟

〝あれ、もしかして俺やべぇ探索者の配信に来ちゃった?〟

〝今さら気づくのは遅いぞ??〟

〝ダンジョンの中に食材運ぶのにどれだけ金がかかってると思ってるんだよ! 予算の無駄遣いだろ!〟

〝確かにダンジョンの中でメシ提供するのに金はかかってるけど、タダメシ出すだけで瑠璃ちゃんほどの探索者がダンジョンに潜ってモンスター間引いてくれると考えたらこれはコスパが良すぎるんよ〟

〝なるほど、確かにそれはそう〟

「セーフハウスのご飯に唯一の不満があるとすれば、対面で料理を頼むと緊張するので、牛丼チェーン店みたいに券売機を導入して欲しいことですね……」

〝そんなにセーフハウスに客こないから! 導入コストに見合わないから!〟

〝あきらメロン〟

〝おまえは何を言っているんだ〟

そんな話をしながら、瑠璃はカレーを口に運び続ける。

〝もくもくと食べてる瑠璃ちゃんかわいい〟

〝もっと美味しいもの食べさせてあげたい〟

〝わかる。焼き肉とか連れていってあげたい〟

〝もっと食え。おかわりもいいぞ〟


そのとき、コメント欄でふとある話題が持ち上がる。


〝もしかしてダンジョン七不思議の『西新宿の青い亡霊』って瑠璃ちゃんのことなんじゃ？〟

〝!!〟

〝たし蟹〟

〝そういえば辻褄が合うな〟


「な、なんですか!?『セーフハウスの青い亡霊』って？　また新しい都市伝説ですか!?」


〝西新宿ダンジョンのあちこちのセーフハウスに、青い髪の幽霊が出るって噂だよ〟

〝いつの間にかセーフハウスの食堂の隅に青い髪の女の子がいて、気配もなく静かに1人でメシを食ってるんだ〟

〝曰く、仲間におとり役を押しつけられてダンジョンの中に置き去りにされて死んだ女の子が、仲間を探してセーフハウスをさまよってるとか〟

〝仲間を見つけて呪い殺そうとしてるんだってな〟

〝声をかけようと近寄ると、すばやく逃げていくらしい〟

〝俺が聞いた説だとセーフハウスに忍び込んだ幽霊タイプのモンスターだとか〟

〝いやそれどう考えても瑠璃ちゃんじゃんｗｗｗｗ〟

〝声かけようとしたら逃げていくのくだりで答え合わせできちゃったな〟

「あ、はい。それ多分私のことだと思います……」

瑠璃がうなだれながら認める。

〝やっぱりｗｗｗｗ〟

〝幽霊の正体瑠璃とみつけたり〟

〝ま～たリアルタイムで都市伝説が1個解明されちゃった〟

「なんで、なんでセーフハウスで1人でご飯食べてただけで幽霊扱いされるんですかぁ……。

幽霊なんているはずないじゃないですか」

〝幽霊よりもわざわざセーフハウスにタダメシ食いに来る異常者のほうがいるはずないから！〟

〝幽霊よりもソロで４層まで潜る未成年のほうがいるはずないだろうが！〟

「うぐぐぐ……。それはまぁ、そうかもしれませんけど……!!」

反論できない瑠璃が恨めしそうに配信用ドローンを睨む。そしてやや落ち込みながら、残りのカレーを食べ終えた。

「では、奥のほうへ進んでいきたいと思います。ここから私の普段の狩り場まではすぐなので、映画試聴会はなしで行きますね」

# 第5章　瑠璃の全力

瑠璃がセーフハウスを出てダンジョンの奥へと歩き出す。迷いない足取りで分かれ道を右、左と進み階段を上って下っていく。

〝ここ、そろそろ未開拓エリアじゃね？〟
〝電波は届くけど〟
〝どんなモンスターが出てくるか瑠璃ちゃん以外誰も知らないってコト？〟
〝ｗｋｔｋ〟

「着きました。ここが4層の私の狩り場です」

やってきたのは、城の小さな中庭。苔むした池と噴水があり、地面を草花が埋め尽くしている。そしてそんな中庭の奥にいるのは……。

〝あれ、マンティコアじゃね!?〟
〝また大物ボスモンスターのお出ましだな!?〟

マンティコア。世界各国のダンジョンにボスモンスターとして君臨する、ライオンの頭とコウモリの翼、そしてサソリの尾を持つモンスターである。

『グルアアァァ！』

咆哮を上げてマンティコアが瑠璃に襲いかかる。サソリの尾が素早く動き、瑠璃の右腕に毒針を突き立てた。


〝ちょ、マンティコアの毒喰らった⁉　いくら瑠璃ちゃんでも洒落にならんぞ？〟

〝そんなにやばいの⁉〟

〝めちゃヤバい。あの毒は対毒スキルあげてても即死する。受けたら即ゲームオーバーと思っていい〟

〝嘘だろ瑠璃ちゃあああああん‼〟


しかし。

「あ、大丈夫です。生きてます」

瑠璃は、ケロッとしながら針を左手で抜き取る。

〝なんで生きてるの⁉〟

〝しかも普通に元気そう〟

〝ピンピンしてるやないかい！　誰だよあの毒針喰らったら即死するとか大ボラ吹いたの〟

〝違うもん、普通なら即死するもん……‼〟


「……実は私、将来結婚したり家庭を持ったりできるとはどうしても思えなくて。でもずっと1人だと寂しいので、成人したら家で猫を飼いたいと思ってたんです。でも猫アレルギーになってしまったのでその夢も諦めないといけなくなって。……でもある日気づいたんです。『対毒スキルをあげまくれば猫アレルギーも克服できるのでは？』と」


〝それで対毒スキル身につけたの⁇〟

〝猫飼うために？？？？〟

〝発想のスケールが違うｗｗｗｗ〟


「倒したら対毒スキルが上がるモンスターを調べて、頑張って狩り続けて対毒スキルカンストまで上げることができました。おかげで、このモンスターの毒程度なら全く効かないようになったんです」

〝対毒スキルカンスト!?!?〟

〝カンストまで行ったらマンティコアの毒でも効かなくなるんだ、へぇ～〟

〝ふむふむ。対毒スキルカンストさせたらマンティコア戦が楽になると……なんの参考にもならねぇよ!〟

〝スキルレベル1個上げるのどれだけ大変だと思ってるんだ!〟

〝索敵スキルだけでは飽き足らず耐毒スキルもカンストしてるだと……!?〟

〝スキルカンストっていうのがまず偉業オブ偉業なんよ。それを2つってどういうこと??〟


「ちなみに、対毒スキルをカンストさせても猫アレルギーは克服できませんでした」


〝ぬこ強いｗｗｗｗ〟

〝やはり猫様は最強ｗｗ〟

〝瑠璃ちゃんにダメージを与えられる地上唯一の生物、猫〟


『グルオオオオオオォ!』


様子をうかがっていたマンティコアが、今度はライオンの頭で瑠璃に襲いかかってくる。

「よいしょっと」

瑠璃がたてがみを掴んで、マンティコアを投げ飛ばした。巨体がひっくり返って無防備な腹をさらす。


〝出た！　瑠璃ちゃんの投げ技！〟

〝相変わらずきれいな投げ！〟

〝これは瑠璃ちゃん必勝パターーン！〟

〝もう助からないゾ♡〟

〝マンティコア「今からでも入れる保険ありますか⁉」〟

〝そこになければないですね〟


ドゴォ！　瑠璃が腹を蹴ってマンティコアの巨体を転がす。

ドゴォ！　ドゴォ！　さらに連続で蹴りを加えて、瑠璃がマンティコアを中庭の端に転がす。

ダメージと転がった酔いでマンティコアはぐったりしていた。

「とどめです」

瑠璃が頭に蹴りを叩き込む。マンティコアは絶命して、粒子になって消えていった。

「これで、マンティコア討伐完了です。ドロップアイテムは大体250円で引き取ってもらえます」

瑠璃が、マンティコアの残したサソリの尾を拾ってアイテムボックスに納める。

「15分で復活するので、1時間で4体倒せば時給1000円くらいになります。ダンジョングリズリーよりも時給がいいので、私は時間が長く取れるときは4層まで来て稼いでいます」

〝時給1000円なら普通にバイトすれば良くない!?!?〟

〝15分に1回マンティコアと戦う仕事なんて時給1000万円でも嫌だが?? てか無理だが????〟

〝お? 新規リスナーかな? 瑠璃ちゃんは普通のバイト全部面接で落とされたんだぞ〟

「で、でもこの仕事結構いいんですよ。再出現までの間ずっと暇ですし、コンビニバイト1日だけしたときに遭遇したような、タバコを番号じゃなく銘柄でしか言わないオラついたお客さんも来ませんし……」

〝オラついたお客さんより怖いマンティコアが出るでしょうが!!〟

〝つまりオレはマンティコアより強かった……!?〟

〝↑よく吸う銘柄くらい番号覚えろヤニカス!!〟

「あと、ここだと無料でおやつが食べられるので……」

瑠璃が中庭の端の地面を掘ると、サツマイモが出てきた。

〝？？？？〟

〝サツマイモ？？〟

〝サツマ、イモ？〟

〝アイエエエ!?　ナンデ!?　サツマイモナンデ!?〟

〝どゆこと？？？？〟

〝唐突なサツマイモに動揺を隠せないリスナー〟


「ダンジョンの中って特に植物の栽培に関する法律がないので、誰も来ない穴場があったら好きに作物を植えていいんですよ。セーフハウスでは無料のご飯は食べれてもおやつはないですからね。甘いものをタダで食べられるのは貴重です」


〝好き放題やってんな瑠璃ちゃんｗｗｗ〟

〝自分ちの庭みたいに使うじゃんｗｗ〟

〝実際瑠璃ちゃんにとってはダンジョンなんて自分ちの庭みたいなもんでしょ〟

〝そういえば昔あちこちの大学でダンジョン内農作について研究してなかったっけ？〟

〝ダンジョン内は昼夜と天気はあるけど四季はないから、１年中作物を育てられるってコトで一時研究されたな〟

〝かしこい〟

〝実用化されたの?〟

〝当時一番研究が進んでた大学の畑がモンスターの襲撃で潰されて以来話は聞かなくなったな〟

〝そらそうなるやろ……〟

〝いくら1年中作物を育てられても、結局モンスターから作物を守ったり地上に輸送するコストがかかりすぎるってことで今ではほとんど誰も研究してない。ソースは大学院で今も細々とダンジョン内農作を研究してるオレ〟


「ちなみに、モンスターをサツマイモの近くで倒すとサツマイモが少し魔力を吸収するみたいで、成長が良くなるんです」


〝!? 大学院で専門研究してるオレが知らないデータが出てきた! そんなん論文でも読んだことないぞ!?!? 教授に配信のリンク送る!!〟

〝大学院ニキ大興奮じゃん〟

〝またまた貴重なデータが出てきたぞ〟

〝ねぇ、今さらかもだけどこのレベルの配信ホントにタダで見れて良いの?? あとで請求書とか送りつけられない??〟

「ええと、なんだかよくわからないですけど喜んでもらえたみたいでうれしいです。では、この掘ったお芋で焼き芋を作っていきます……あっ！」

　そこで瑠璃はハッとして顔を上げる。

「あの、お芋を栽培してるところを配信しちゃいましたけど、またゴブリンの巣のときみたいにダンジョン庁に横取りされたりしませんよね……？」

〝しねーよ！〟

〝なんで普通のサツマイモをそんな危険なところに出向いて横取りしないといけないんだよｗｗｗ〟

〝ダンジョン庁をなんだと思ってんだｗｗ〟

〝俺は欲しいぞ！　ボスモンスターのダンジョン粒子をたっぷり吸収したサツマイモにどんな変化が起きているかめちゃくちゃ知りてぇ！　博士論文そのサツマイモで書きてぇよおおおお！〟

「そ、そうですか。とりつくさないでもらえば、お芋持っていってもらってもいいですよ……。元々、私の土地っていうわけでもありませんし」

　言いながら瑠璃がアイテムボックスから熊手を取り出す。真ん中が折れていて、それを接ぎ木で補修してある。

「これは、学校のゴミ捨て場にあったのを拾って修理しました」

次にアイテムボックスから新聞紙とペットボトル、アルミホイルを取り出す。

ペットボトルの中の水道水で新聞紙を濡らしてそれで芋を包む。さらに上からアルミホイルで包む。熊手で落ち葉の山をつくって、芋を埋め、ライターで火をつける。

「あとは待つだけです。大体1時間くらいしたら、無料スイーツの完成です」

瑠璃がアイテムボックスから取り出した折りたたみ椅子（リサイクルストアで購入）を置いて腰掛ける。


〝クソ、釣られた！　配信者仲間から『マンティコアをソロ討伐するやべー配信者がいる』って送られてきたリンクを開いたら女子高校生が焼き芋やってるほのぼの日常配信に飛ばされた！〟

〝バッカモーン！　その焼き芋焼いてる女子高校生がマンティコアをソロ討伐したやべー探索者だ！〟

〝んなワケないでしょ！〟

〝残念ながら現実なんだ〟

〝信じられないよな、俺もあんまり信じられない〟

〝じゃあなんですか？　この焼き芋焼いてる内気そうな女の子がソロで無傷でマンティコアを

倒してそのままのんきにダンジョンの中で焼き芋やってるってコトですか!?〟
〝残念ながら一字一句全くその通りなんだ〟
〝なんならマンティコアの毒直撃してノーダメージだったぞ〟
〝？？？？？　ここのリスナーさん達は何を言ってるんですか？〟
〝お、そろそろさっきのマンティコアを倒してから15分経つぞ〟
〝信じられないなら自分の目で確かめてみるといい〟

『グルアアアアアアァ！』

コメント欄で言われた通り、時間が経過したのでマンティコアが再出現した。
そして、バキッ！　ドゴォ！　ドゴォ！　とさっきと同じように、あっという間にマンティコアが討伐される。

〝マジだった……すいませんでした〟
〝ええんやで〟
〝そりゃ聞いただけじゃ信じられないよな〟
〝気持ちはよくわかる〟
〝俺もたまに『これ夢かな？』って思うときあるもん〟

〝待て、瑠璃ちゃんがなんかまた変なこと始めてる！〟

コメント欄の騒動など知らん顔で、瑠璃は自前のタブレットを操作していた。

「今度は動画のダウンロードをしています。私が使ってるアニメ専門サブスクサービスは、Ｗｉｆｉがあるところでアニメをダウンロードして、あとで再生することができるんです。Ｗｉｆｉが使える今のうちにアニメをダウンロードして、寮で観ようかなって」

〝ダンジョンのＷｉｆｉを何だと思ってるんだ！！！！！〟

〝そのＷｉｆｉは！　配信のために通ってるＷｉｆｉなんだよ！〟

〝ダンジョン内でスマホでモンスターの情報調べたり仲間と連絡できるように、あえて配信以外にも使えるようにしてるんであって！　決してアニメダウンロードするために飛ばしてるんじゃないんだよ！〟

〝でもＷｉｆｉでアニメを落とすために瑠璃ちゃんがダンジョンにいる時間が少しでも長くなって、モンスターを倒す回数が増えたなら、Ｗｉｆｉ維持費の元は十分取れてるだろ〟

〝たしかに、それはそう〟

〝Ｗｉｆｉくらい好きなだけ使っていいでしょ〟

「あ、ありがとうございます。では遠慮なく、好きに使わせてもらいますね」

そう言って瑠璃は、今度はアイテムボックスからゲーム機を取り出した。

〝あ、アレは天下の大ゲーム会社が誇る据え置き持ち運びどちらにも切り替えられるゲーム機じゃないですか！〟

〝瑠璃ちゃんソシャゲばっかりやってるイメージだったけどコンシューマーゲームもやるのね〟

〝手広くやってんなぁ瑠璃ちゃん〟

「はい。『友達と遊ぶのにこういうのが必要になるときもあるでしょ』といって祖母がお年玉代わりに買ってくれました」

〝理解のあるおばあちゃんだな〟

〝子供同士のコミュニケーションについてわかってすぎる〟

〝なお友達は……〟

〝こらっ！〟

〝それはNGワードだぞ！〟

〝人には触れてはならん痛みがあるのだ！〟

「では、次にマンティコアが出るまで、Wifiにつないで〝スクラップトゥーン〟で1試合やっていこうと思います」


〝wktk〟

〝まさかダンジョン内配信でスクラの試合が見れるとはなあ〟

〝もうこの程度のことじゃあんま動じなくなってきた自分が怖い〟

〝俺もスクラやってる！〟

〝フレコ教えてください！〟

〝是非リスナー参加型スクラ企画をですね〟


プレイ画面がカメラに映るようにセッティングして、試合が始まる。

スクラップトゥーン。廃材(スクラップ)を使って作った銃器を使い、4対4で戦ういわゆるTPSの一種である。

独特のコミカルで明るい雰囲気の世界観とキャラクターデザインで子供世代にも人気だが、見た目に反してかなりシステムが作り込まれており大人ものめり込む者が多い、超ヒット作品である。

『Ready……Go！』

「さぁ、行きますよ！」

瑠璃がキャラクターを操作し、颯爽と敵陣へ乗り込んでいく。

〝味方置いて突っ込んでった!?〟

〝単機特攻!?〟

〝脳筋スタイルか。いいね、俺は嫌いじゃないよそういうの〟

最初の敵と遭遇。敵は瑠璃を発見して、けん制の攻撃を繰り出しながら後退していく。瑠璃は攻撃をかいくぐりながら無理矢理敵との距離を詰め——撃破する。

〝つえええええぇ!〟

〝なんであんな無茶して被弾しないの!?〟

〝このゲームやってないからわからんのだけど、今の凄いの?〟

〝少なくとも1vs1ならガチ勢トップクラス〟

しかし、敵が倒される前に出したサインを聞きつけ、敵チームが集まってくる。

〝囲まれた!〟

〝相手チームちゃんと連携してるな〟

〝これはまずい。３人に囲まれてる。一旦退いて仲間と合流しないと〟

しかし。

「や！　よ！　ほいっと！」

恐るべき反射神経で瑠璃は相手の攻撃をかいくぐる。

「よしまた1人倒した！　……あー！　私も倒されちゃいました……」

〝なんで3人に囲まれて1人道連れにできるんだよ！〟

〝エイムの速度・視野の広さ・反射神経。どれをとってもトップ配信者レベルじゃん……〟

〝ゲームも強いとか瑠璃ちゃん凄すぎん？？？〟

スクラップトゥーンでは倒されたらゲームオーバーではなく、一定時間経過後リスポーン地点から再開できる。瑠璃も再び出撃するのだが……。

〝また単機で敵陣突撃してるー!!〟

〝味方のサインもガン無視ですな〟

〝もしかして、味方と連携をとるという発想がない??〟

〝ゲームの中でもコミュ障なんかい!!〟

単機で敵陣に突撃し、敵に囲まれ、反射神経にものを言わせて1人か2人倒し、倒されてリスポーン地点に戻る。これを瑠璃は繰り返している。敵を最低1人倒しているので味方の足を引っ張っているということはない。

〝戦犯とかじゃないけど、味方と連携とれれば間違いなく圧勝できてるのに勿体ない……〟
〝連携できないから瑠璃ちゃんなんだろ〟
〝瑠璃ちゃんが味方とのスマートな意思疎通とかできるわけないだろうが！〟

そして試合が終了。瑠璃の単機突撃の甲斐もあって、チームはギリギリ勝利した。

「やった〜！　勝ちました！」

笑顔でリスナーに報告する瑠璃。

〝瑠璃ちゃんの笑顔が見れて俺もニッコリ〟
〝瑠璃ちゃんのこんな笑顔中々見れないからな〟
〝オニマルルリの貴重な笑顔のシーン！〟
〝オニマルルリの貴重な笑顔のシーン！〟

「いやー、やっぱりスクラップトゥーンは面白いですね。ギリギリでの命のやりとり、楽しいです！」

〝ｗｗｗｗｗ〟

〝ダンジョンの中でゲームして言う台詞じゃねぇｗｗｗ〟

〝それはモンスター相手に言ってやれよ！〟

〝モンスターとの戦闘よりダンジョン内でするゲームに闘争の喜びを見いだす。これもうダンジョンに対する尊厳陵辱だろ〟

〝マンティコア「じゃあなんですか、僕との戦いは命のやりとりじゃなかったって言うんですか⁉」〟

〝マンティコアくん今頃天国でボロ泣きしてるぞ〟

〝瑠璃ちゃんにとってマンティコア倒すのなんてソシャゲの周回と同じ単純作業でしかないから……〟

〝マンティコアに同情する日が来ると思わなかった〟

そのあと瑠璃は何度かマンティコアを倒し、空いた時間は焼き上がった芋を食べたりゲームをしながら過ごした。

「⁉　いつの間にかリスナーさんが20万人を超えてる⁉」

〝おめでとう瑠璃ちゃん！〟

〝20万人すげえ〟

〝【速報】鬼丸瑠璃同接20万人突破〟

〝またTwisterでも話題になってるしな！〟


その後瑠璃は数時間狩り場に居座り、合計12体のマンティコアを倒した。

「ドロップアイテム1つ大体250円なので、大体3000円。道中倒したモンスターの素材も含めると、大体4200円くらいですね。これは来月分の寮費の支払いに充てようと思います。そろそろ引き上げますがその前に……実は今日このあと、とても大事なイベントがあります」

〝大事なイベント!?〟

〝なんかあったっけ今日？〟

〝まさかの結婚発表とか!?〟

〝瑠璃ちゃんが言わないでしょそんなこと。言わないよねェッ!?〟

「実は2ヶ月後に、WPCのリアルイベントが開催されるんです！　ドームを借り切って、作中に出てくるアイテムの立体造形物を展示したり、声優さんがトークショーをしたり、ゲーム最新情報をリアルタイムで公開したり。とにかく楽しいイベントなんです！」

瑠璃は目を輝かせて熱く語る。

〝お、おう〟
〝良かった……！〟
〝なんかわからんが瑠璃ちゃんが楽しそうで何より〟
〝楽しいよなリアルイベント！　あれはＷＰＣユーザーなら絶対行くべき！〟

「そしてそのイベントのチケット申し込みが、今日の18時から開始なんです。あっという間にチケットがなくなるので、なんとしても開始直後に申し込まないといけないんです」

瑠璃がスマホを取り出す。

「今が17時55分。あと5分で申し込み開始……緊張してきました」

〝見てるこっちまでドキドキしてきた〟
〝これは素直にチケット用意されて欲しい〟
〝今時抽選販売じゃないの珍しいな〟

「マンティコアはさっき倒したばっかりなので再出現までまだ時間はあるし。電波の状況は良好。スマホの充電もバッチリ。準備万端です……」

オープン前のチケット予約サイトを開いて瑠璃が準備する。

予約開始まであと5分。

4分。

3分。

2分――、

ビー！　ビー！

突如、配信用ドローンからアラームが鳴る。救難信号のアラームだ。

「このタイミングで救難信号……!?　場所は、4層の攻略最前線だそうです」

瑠璃が唇を噛む。

〝タイミング悪いいいいいいい！〟

〝これは素直に瑠璃ちゃん可哀想！〟

〝チケット争奪戦は大事だけど、さすがに救難信号見逃すわけにいかないからな！　なにせ人の命が懸かってるし！〟

〝早く行ってあげて瑠璃ちゃん!〟

一瞬の沈黙。

瑠璃は歯を食いしばったあと、短くこう言い放った。

「私、本気出します。2分以内に救難信号を解決して、チケット争奪戦に間に合わせます」

〝えええええええ!?〟

〝んな無茶な!〟

〝いくら何でもそれは無理だろ!〟

そんなコメントには目もくれず、瑠璃は救難信号の地点へ駆け出した。

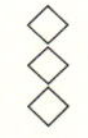

ダンジョン探索者パーティー「グローリーハンターズ」は国内トップレベルの探索者パーティーである。

タンクを務めるのはリーダーの天宮(あまみや)。あご髭が似合うベテラン探索者で、大盾で敵の攻撃を受け止めるパーティーの守りの要である。探索者屈指の筋力を誇り、ボスモンスターの強力な攻撃を難なく受け止めきる姿は毎回リスナーを沸かせている。

その隣で近接アタッカーを務めているのが、槍使いの東。天宮とは学生時代からの付き合いで、無二の親友である。伸ばしっぱなしの髪がだらしない印象を与えるが、戦いに関しては非常にクレバー。目にもとまらぬ素速い槍捌きを得意とする。

遠距離アタッカーを務めるのは、パーティーの紅一点である弓使い都城。一月前に3人目の子供を出産したばかりだが、もう最前線に戻ってバリバリに活躍しているたくましい女性だ。乱戦の中でも的確に敵の急所を射貫く弓は配信のたびに切り抜き動画が出回る。

そして最後に、1年前に加入した氷属性魔法使い、竜胆。探索者育成学校を卒業したばかりの若者で、軽いノリと茶髪がチャラいイメージを与える。彼の魔法を見た者は口をそろえて言う、『あいつは天才だ』と。

竜胆の魔法は、蛇のようにうねる軌道を描く。誰にも予測できないその動きでいつもモンスターの裏をかく。

ひとりひとりのレベルが高く、バランスもよい。人間関係も良好。グローリーハンターズは日本のダンジョン探索パーティーの中でも屈指の実力を誇っている。

そんな彼らは、今西新宿ダンジョンの攻略最前線である4層の、未踏領域を開拓しているところだった。

「でりゃぁ!」

ガキン! ガキン! 天宮の盾が、大斧を何度も受け止める。戦っている相手はミノタウロス。牛頭の怪物である。

「どうしたどうしたデカブツ！　俺の守りはそんなヤワな攻撃じゃ崩せねーぜ！　もっとタンパク質とって鍛えたらどうだ？　って、牛頭だから肉食えねーか」

冗談を言う余裕まで見せながら天宮がミノタウロスの猛攻を受けきる。

「はいそこ、隙ありぃ」

ザクザクザクッ!!

斧を振り上げたミノタウロスの脇腹を、目にもとまらぬ速度で槍が3度貫く。槍使い東の仕業だ。

狙いを東に切り替え、ミノタウロスが東に襲いかかろうとしたとき。

「アタシとも遊んでくれよな！」

動きを読み切っていた都城が放った矢が、ミノタウロスの胸に命中。矢は正確に肋の隙間を貫いて深々と突き刺さっていた。

「うぃーっす！　俺もいることを忘れてもらっちゃ困るっすよ！　氷属性魔法カテゴリ6《アイスバイパー》!!」

軽いノリの言葉と共に、竜胆が氷の魔法を放つ。蛇の形をとった冷気がミノタウロスに襲いかかる。

ミノタウロスが腕を交差させてガードする。しかし、するっと冷気の蛇が急降下して、ノーガードだった太ももへ噛みつく。

ミノタウロスは片足を凍らされ、動きが大きく鈍る。

「よし、畳みかけるぞ！」

「「了解!!」」

リーダー天宮の号令で、グローリーハンターズが猛攻を開始する。

数分後。


『ブモオオオオオォ！』

断末魔の叫びを上げて、ミノタウロスが倒れる。


〝遭遇から討伐までのタイム、3分35秒！　相変わらず早い！〟

〝このタイムで安定してミノタウロス討伐できるパーティー、他にあるかよ！〟

〝安定感・対応力・攻撃力どれも超ハイレベル！〟

〝やっぱグローリーハンターズ最強っしょ!!〟

ミノタウロス討伐で、メンバーの配信のコメント欄が湧く。

〝竜胆の氷魔法、何度見ても意味わからん。あんなに魔法曲げられるのマジ天才！〟

〝都城姉さんの矢もすげーから。乱戦の中であの精度の射撃ができる凄さわかる？〟

〝それいったらその前の東の槍捌きも凄いが？〟

〝わかってねーなぁ。そもそも、安定してミノタウロスの攻撃を捌けるリーダー天宮のパワーがあってこそだな……〟

「それじゃ、今日は最初の告知通り４層前線攻略進めていくぞ。４層も結構開拓されてきたし、もしかするとそろそろ５層への階段が見つかるかもしれねぇな!!」

リーダー天宮が画面に向かって呼びかける。

〝うおおおお楽しみ～！〟

〝3層のときは別のパーティーに先越されちゃったけど、４層では是非グローリーハンターズに次の層への階段見つけて欲しいな〟

〝友達と『どのパーティーが次の層への階段を見つけるか』って個人的に賭けをしてます！私、グローリーに賭けてますから！〟

〝階段見つけて、そのままフロアボスも倒しちゃってください！〟

〝無敵のグローリーなら絶対いける！〟

〝軍資金送ります！［￥５０００］〟

〝頑張ってください！［￥１００００］〟

〝前祝い［￥5000］〟

コメント欄が一層盛り上がる。コメントの中には、メッセージと一緒に金銭を送るマネーチケットも混ざっていた。

「さて、気合い入れていくか！」

と、天宮が胸の前で拳を打ち合わせたとき。

ズシン……。大広間の先の通路から、重い音が響いた。

ズシン、ズシン。足音が近づいてくる。グローリーハンターズのメンバーが武器を構える。

広間に現れたのは——、

「ミ、ミノタウロスが複数出現だと!?」

普段は一頭でしか出現しないミノタウロスが、５頭、10頭、どんどん奥の通路から湧いて出てくる。

〝ファ!?〟

〝はああああああ!?!?!?〟

〝逃げて！　逃げて！〟

〝無理だって、この数は逃げ切れんって！〟

〝これはいくら何でも無理だろ！！！！〟

〝とりあえずみんな救難信号出しましょう！　1パーセントでも生存率を上げるために！〟

〝どのパーティーが来てももう助からないって‼〟

〝グローリーのメンバーが死ぬところ、見たくない。私は落ちます〟

コメント欄に、一気に絶望が満ちる。

さらに。ダンジョンの奥から、高さ5メートル近い鉄塊のような巨大モンスターが姿を現した。

〝なんだあれ……⁉　デカい！！！！〟

〝形だけならあちこちのダンジョンの深い層にいる岩製2足歩行モンスター『ゴーレム』だが……？〟

〝あの色はダンジョンで取れる希少金属『ミスリル』じゃないか⁉　普通の武器じゃかすり傷もつけられないぞ⁉〟

〝ミスリル製のゴーレムってことか⁉　そんなん人間が勝てるわけないだろ！〟

〝どう考えてもこの階層のモンスターじゃねぇよ！　イレギュラーだ！　下の階層のエリアボスがイレギュラーで出てきたんだ！〟

〝鳩失礼します！　4層にいる最強探索者、鬼丸瑠璃が救難信号を受けてこっちに向かってます！　瑠璃ちゃんが来るまで持ちこたえれば助かります！〟

〝最近話題らしいけど、ポッと出の未成年が来たくらいじゃどうにもならねぇよ！〟

〝話題性だけのルーキーがこのレベルの戦いで役に立つわけないだろ！〟

「都城。竜胆。おまえら後衛組は逃げろ！」

絶体絶命。過去最悪のピンチを前にして、リーダー天宮が判断を下す。

「何言ってんのよアンタ！」

「２人を置いてなんていけないっす！」

後衛２人がリーダーの判断に食い下がる。

「冷静に考えろ。どう足掻いても全員は助からねぇ。２人逃がすのが精一杯だ。都城。生まれたばかりのお前の子供には、母親が必要だ。そして竜胆、お前は若い。未来がある。生き残るべきはお前達２人だ。わかったら早く行け！　このままじゃ全員死ぬぞ！」

天宮の言葉で、都城と竜胆がはっとした表情になる。このままでは全滅は免れないというのは、２人ともよくわかっている。ならばどうするべきか。２人は苦渋の決断を下した。

「――ありがとう、天宮！　東！」

「俺、このパーティーで一緒に探索できたこと、一生忘れないっす！」

歯を食いしばりながら、後衛２人がダンジョン出口へと駆けていった。

「悪いな東。こんなどう考えても死ぬ戦いに付き合わせてよ」

「いいって。前々から２人で話してたろ。こういう事態になったら、俺ら２人でなんとしてもあの２人を生還させるって」

ミノタウロスが近づいてくる。

「30秒。なんとしても30秒持たせろ。あいつらの足なら、それだけ時間を稼げば逃げ切れる」

「あの数相手に30秒は無茶ぶりだろ、リーダー。……いいぜ、死んでも稼ぎきってやるよ！」

覚悟を決めた２人が、襲い来るミノタウロスを迎え撃つ。

「うおおおおお!!」

ガキン！　ガキン！　迫りくるミノタウロス相手に、２人は必死で盾と槍を振るう。

10秒。

20秒。


——そして30秒が経とうというときに。

ダダダダダッ！

地上へ向かって逃げたはずの２人、都城と竜胆が走って戻ってきた。

「!?　何やってんだおまえら！　振り返らず逃げろって言っただろうが！」

リーダー天宮が叫ぶ。そして、戻ってきた２人の背後を見て絶句した。２人を追いかけて、3頭ミノタウロスが現れた。

ダンジョン深層側と地上側。両方からミノタウロスに挟み撃ちにされていた。

「あいつらだけでも逃がしてやれねぇのかよ。ちくしょう、ちくしょおおおおぉ!!」

リーダー天宮の無念の叫びが広間に響く。

天宮も東も、武器を構える力さえもう残っていない。2頭のミノタウロスが、2人にとどめを刺すべく斧を振り上げる。

〝もうだめだ〟

〝くそおおおおお!〟

〝グローリーハンターズ、これまで本当にありがとう〟

誰もが絶望したとき。

ゴウッッッッッッッッッッッッッッッッ!!

すさまじい速度で、地上側通路から広間に青い『何か』が突っ込んできた。

青い『何か』は天宮達の前を横切る。

ブシャアアアァ!

天宮と東を囲んでいたミノタウロス2体の首から上が消えて、断面から血を噴き出しながら亡骸が倒れる。

「な、なんだ……!?」

「どうなってやがんだよ!? 一体何が起きてんだよ!!!」

事態を飲み込めていない天宮と東が、広間に突っ込んできた青い〝何か〟を見る。

そこに立っていたのは1人の少女。青いパーカーと青い髪が、返り血で赤く染まっている。

背中には〝スラスター〟の翼。両手には、もぎ取ったばかりのミノタウロスの首を持っていた。

「「あれは……悪魔!?」」


〝?????????〟

〝????〟

〝何が起きてんの!?〟

〝新しいモンスター!?〟

〝さらにイレギュラー発生ってこと!?〟

〝今の一瞬でミノタウロス2体死んだ？　嘘だろ？〟

〝なになになになに!?〟

〝本物の悪魔!?〟


ド派手な登場を決めたのは、他でもない鬼丸瑠璃である。

「チケット受付開始まで、あと1分15秒……。本気出して、それまでに絶対終わらせます」

瑠璃はミノタウロスの群れを見渡す。

これまでの瑠璃は、モンスターとの戦いの中でも力を十分に温存してきた。だが今は絶対に破れないタイムリミットがある。普段の自信なさそうな作り笑顔は消し飛んで、鋭い眼光でミノタウロスの群れを睨む。

ドンッッッッ！！！！

120FPSカメラにさえ映らない速度で距離を詰め、一番近くにいたミノタウロスのみぞおちに拳を叩き込む。

『ブ、モオォ……!?』

何が起きたかわからないまま倒れていくミノタウロスの手から斧を奪う。そのまま旋回させて襲ってきていたミノタウロス2頭をまとめて両断。

「あと、1分」

冷たい口調で瑠璃が告げる。

斧で両断し、蹴りを叩き込み、瑠璃は次々とミノタウロスを仕留めていく。瑠璃の一動作でミノタウロスが1体、また1体と沈む。

〝あれが救難信号に駆けつけてくれた探索者、鬼丸瑠璃ちゃんです!!〟

〝アレが探索者!? つえええええ！！〟

〝新種の深層モンスターじゃなかったの!?〟

〝人間の枠超えすぎなんだよ!!〟

斧で両断する。

柔術の技で投げ飛ばし岩に叩き付ける。

貫手で顔から脳まで貫通する。

鉤突きで喉を穿ち潰す。

瞬間瞬間に合わせて最適な技を放ち、ミノタウロスを蹴散らしていく。

その姿は天使のように美しく、そして悪魔のように無慈悲だった。グローリーハンターズのリスナーも、瑠璃のリスナーも、目が離せなくなっている。


〝俺も４層探索者だけどさぁ！　パワーもスピードも技のキレも桁外れじゃねぇか！　あんなの見たことないぞ！〟

〝戦いの技術って、突き詰めたらここまでキレイになるんだな〟

〝ふつくしい……〟

〝あれだけの数の敵と戦いながら、ちゃんと都城と東を護る位置取りしてるの神すげぇ‼〟


「こ、こっちも助けて欲しいっす！」

瑠璃の後ろの方向から悲鳴が響く。グローリーハンターズの後衛２人が、ミノタウロスに追い回されているところだった。

瑠璃は２人のほうを振り向きもせず、右手で持っていた斧を後ろに投げる。

ギュンッッ!

斧がブーメランのように飛翔し、2人を追いかけていた先頭のミノタウロスに命中、縦に両断する。斧の勢いは止まらず、後ろにいたミノタウロスを右肩から左腰にかけて斜めに両断、さらにその後ろにいたミノタウロスの首を落とし、ダンジョンの壁に深い溝を刻んでようやく止まった。

「ノ、ノールック背面投げで3枚抜きっすか!?」

「神業ってレベルじゃないよ……!?」

助けられた後衛の2人がその場に崩れ落ちる。ミノタウロスの恐怖ではなく、目の前で見せつけられた絶技に腰を抜かしていた。

「あと45秒……!」

武器を失った瑠璃だが、当然無手でもミノタウロスに後れをとることはない。

3体のミノタウロスが、前・右・左の3方向から同時に攻撃を仕掛ける。

「シッ!」

踏み込みと共に瑠璃の繰り出した音速に近い速度のジャブが、正面のミノタウロスの顎にヒット。脳を揺らして一撃で昏倒させる。そのミノタウロスの斧を奪い、身をかがめながらその場で旋回、左右のミノタウロスの胴を両断。包囲を一瞬で食い破り、新たに手にした斧を手に暴れ回る。

〝技が、動きが、キレが良すぎてマジ神……感動で涙出てきた〟

〝立ち回りうめえええええ!! ミノタウロスどもと100回リハーサルした？ ってくらい完璧な殺陣〟

〝容赦なくて悪魔っぷりが凄い〟


瑠璃はついにミノタウロスを全滅させる。息があるのは、昏倒させられて斧を奪われたミノタウロスだけだ。それも、完全に殺すと本体と一緒に斧が消えてしまうため、瑠璃があえて無力化したまま生かしてあるだけに過ぎない。

「残り、30秒……！」

斧を構えてミノタウロスの大量出現を引き起こした元凶である、ミスリル製ゴーレムに向き合う。

ギャリン！ 常人どころかトップ層探索者でさえ目視不可能な速度で瑠璃の斧がゴーレムの足を切りつけ、オレンジの火花を噴き上がらせる。しかし。


〝嘘だろ!? 全然効いてねぇ!!〟

〝あの威力の攻撃でかすり傷も付いてないのチートだろ！〟

〝やっぱり見た目の通りミスリル製なんだ！ 物理攻撃じゃどうにもなんないぞあんなの！〟

〝ああ、今の攻撃で斧のほうがダメになっちゃったか〟

瑠璃は刃毀れした斧を後ろに投げる。旋回しながら飛ぶ斧が元々の持ち主のミノタウロスの頭を叩き割った。

「あと、15秒……!! 武器でダメなら!」

瑠璃が腰を落として右拳を腰の横に溜める。空手の正拳突きの構えだ。そして右腕に魔力を集中させていく。

ビリビリビリ……ッ!!

あまりの魔力密度に大気が震える。

「筋力強化魔法カテゴリ10《レイジ・アーム》!」

素手でドラゴンの頭部を破壊するほどの瑠璃の筋力。それがさらに、規格外の量の魔力を注ぎ込んだ魔法によって、爆発的に強化されている。

瑠璃はもはや戦略兵器とでも言うべきその拳で、

ドゴオオオオッッッ!!!!!!!!!!

ゴーレムを殴る!

ダンプカー同士が正面衝突したかのような轟音が響き渡る。ダンジョン内最高クラスの強度を誇るミスリルの体に、大きなくぼみができていた。

ドゴドゴドゴドゴドゴドゴォォッッッ!!

瑠璃の攻撃は終わらない。魔力を纏う右腕で、ゴーレムに無慈悲な連撃を叩き込み続ける。

——そして拳の雨がやんだとき。ミスリルゴーレムは原型をとどめない無残な金属塊になっていた。

〝勝った？ 勝ったあああああああああああああぁ!!〟
〝完☆ 全☆ 勝☆ 利〟
〝【朗報】グローリーハンターズ生還〟
〝鬼丸さんありがとおおおおおおおお！〟
〝推しが！ 生き延びた!!〟
〝鬼丸瑠璃最強!!〟
〝これは間違いなく最強の探索者!!〟
〝鬼丸さんありがとうございます！ チャンネル登録しました！！！〟

グローリーハンターズのコメント欄は勝利を祝うコメントで沸騰している。そしてそんな様子は全く気にかけず。

「間に合いました！」

瑠璃は急いでアイテムボックスからスマホを取り出し、必死に操作する。

〝？？？？〟

〝えっ何してるのこの子⁇〟

〝戦いのときより真剣な顔してるんだが？〟

〝瑠璃ちゃんリスナーの者です。瑠璃ちゃんは、ソシャゲのリアルイベントのチケット申し込みしてるんです〟

〝は？？？　ソシャゲのリアルイベント⁇〟

〝お前冗談も大概にしろよ⁉〟

〝この状況でソシャゲのリアルイベントのチケット申し込みするわけないだろ！〟

〝あの子の変な噂をばらまきに来たのか？？　あ？〟

〝さてはアンチだなオメー〟

〝鬼丸さんはグローリーの恩人だからな。アンチは許さねぇ〟

〝本当なのに‼　本当なのに‼〟

〝古参ファンがいきなりアンチ呼ばわりされるの草〟


そんなやりとりをしている間に。

「やった！　やった！　チケット取れました～！」

かつてないほどの満面の笑みで瑠璃が叫ぶ。喜びの余り何度もその場で飛び跳ねている。


〝かわいい‼〟

〝かわいい‼〟

〝さっきミノタウロスの頭を斧でかち割っていたとは思えない笑顔〟

〝さっきミノタウロスの腕をへし折っていたとは思えない笑顔〟

〝さっきミスリルゴーレムを素手でボコボコに粉砕したとは思えない笑顔〟

〝あの子悪魔みたいな戦い方する第一印象が強かったけど、普段こんなに笑う子なんだな〟

〝いや、我々古参勢もあんなに良い笑顔は初めて見た。かーわいい〜〜‼〟

〝????〟


喜びが落ち着いた瑠璃は自分の手を見ていた。

「全力を出すのは久しぶりだけど、違和感がありますね……？　私って全力でもあんなに
──」

「ありがとう、おかげで助かったぜ！」

「礼を言うよ。鬼丸瑠璃ちゃんだっけ？　本当に強いね、近頃の若い子は凄いなぁ！」

考え事をしていた瑠璃に、グローリーハンターズのメンバーが駆け寄ってくる。

「あ、いえその、お気になさらずに！　ぜぜぜ全然！　大したことしてないので！」

瑠璃は手をぶんぶん振って必死に気にしなくていいアピールをする。

〝大したことしてしてるが⁉〟

〝大したことしかしてないが!?〟

〝めちゃくちゃテンパってて草〟

〝これがさっきまでミノタウロスを一方的にボコり倒してた探索者の姿か……?〟

〝ミスリルゴーレムをボコってたあの凛々しさは一体どこへ????〟

〝ミノタウロスどもを蹴散らしたあの雄々しさはどこへ????〟

〝今ならワイでも勝てそう〟

〝死ぬぞい?〟

「えと、ええと、皆さん怪我とかはなさそうですかね? それでは、お邪魔しました! あとはごゆっくりどうぞ!」

そう言い残して、瑠璃は現れたときと同じように背中に加速魔法《スラスター》の翼を発生させて、ゴウッッッッッッッ!! とすさまじい速度で走り去っていった。

そしてこんなときでもきっちり自分が倒したモンスターの素材を回収していた。

〝嘘だろwwwwww〟

〝爆速で帰ってってたwwwwww〟

〝人と話すのが嫌だから逃げてったってこと????〟

〝すみません、5分ほどトイレ行ってたらリスナー爆増して盛り上がってるんですが。僕がいない間に何があったんです??〟

〝いいですか、落ち着いて聞いてください。あなたがトイレに行っている間に、グローリーハンターズがイレギュラーに巻き込まれてミノタウロス数十体とミスリル製のゴーレムに包囲されて絶体絶命になって若手探索者がソロで助けに来て全部倒してくれました〟

〝?? その若手ソロ探索者どこ?〟

〝人と話すのが苦手だからモンスター倒したあと速攻で逃げていった〟

〝??????〟

グローリーハンターズとそのリスナー達はポカンとしながら、瑠璃が消えていった通路のほうをしばらく眺めていた。

◇◇◇

「ふう、疲れました……!!」

グローリーハンターズの救難信号に駆けつけたあと。瑠璃はダンジョンの入り口に戻ってきていた。

「思わぬ臨時収入、いくらになるかな……」

アイテムボックスの中から素材を取り出して、機械に投入しようとしたとき。

「ちょいまった、瑠璃ちゃん」

後ろから声をかけてきたのは、神楽坂琴葉だった。後ろには部下のミントも連れている。


〝あ、逆バニー持ってきたお姉さんだ！〟

〝こんにちは逆バニーのお姉さん！〟

〝知らない人向けに言っとくけど、あの人日本４大探索者事務所〝パープルリーフ〟のトップだからな!?　超スゴイ人なんだからな!?〟

〝あの若さで!?　マジ!?〟

〝あの人に喧嘩売ったら超腕利きの探索者達に袋だたきにされるぞ〟

〝敏腕美人糸目京都弁所長……属性盛りすぎだろ！〟

〝あと、本人もゴリゴリの武闘派で超強い〟

〝そんなスゴイ人が瑠璃ちゃんに今日はまたなんの用なんだろ？〟


「まずはお疲れ様。救難信号に駆けつけたところ観てたで。大したもんやわ、ほんまに」

「凄かったよ！　瑠璃ちゃん！」

「あ、ありがとうございます……」

瑠璃がおずおずとお礼を言う。

「それでね、要件なんやけど。そのゴーレムの素材、ウチに預けてみぃひん？　ウチの事務所で、瑠璃ちゃん専用の武器に加工してあげるわ」

「……え？」

「瑠璃ちゃんには、前にミントがお世話になったし。実は瑠璃ちゃんの叔母の紫苑さんには、ウチもむかしようお世話になったんよ。そのお礼に、ウチの事務所で――ていうかこの間買収したばっかりの探索者向けの武器製作会社で――瑠璃ちゃんのために武器を作ろうおもてな。紫苑さんからも、是非やってくれって言ってもろてるんよ」

「瑠璃ちゃん！　そのゴーレムの素材、結構重くて瑠璃ちゃんにとってはいい収入になるからもったいないって思うかもしれないけどさ！　武器は絶対あったほうがいいよ！」

瑠璃は少しばかり考え込んでから。

「わかりました。紫苑さんもそう言っているなら、お願いしたいです」

瑠璃が頭を下げながら、ゴーレムが落とした金属の塊を琴葉に渡す。

〝あのミスリルゴーレムの素材丸ごと使って瑠璃ちゃん専用の武器作るの!?　うおおおおこれは楽しみ！〟

〝しかも業界最大手の技術力で作るからな！　ワクワクが止まらん〟

〝瑠璃ちゃんがさらにパワーアップするのか！　期待で夜しか眠れねぇ!!〟

「……思った通り、これ全部ミスリルやね。地上の金属とは比べものにならへん強度やわ。これなら、瑠璃ちゃんが振り回しても壊れへん武器が作れるやろ」

「あ、でも、未成年の私が獲得した素材は、ダンジョンの外に持ち出せないのでは？」

「未成年探索者は、素材の売却が禁止されとるだけで、手続きしたら持ち出せるんよ。売却しない誓約書とか書いたり、色々面倒な手続きがあるんやけどね。その辺はウチが詳しいから、すぐ終わるわ」

琴葉に丁寧に教えられながら、瑠璃はダンジョン出口に備え付けられた窓口で手続きを済ませる。ちなみに対応したダンジョン庁の職員は、突如現れた業界最大手の一角のトップを前に冷や汗をかきっぱなしであった。

そうしてゴーレムの素材を琴葉に預け終えた瑠璃は、寮に戻るのだった。

瑠璃がミノタウロスとミスリルゴーレムを倒してグローリーハンターズを救った日の夜。

「「「鬼丸瑠璃ちゃん、本当にありがとう！」」」

グローリーハンターズによる、事件の報告会も兼ねた、瑠璃に感謝を伝える放送が始まっていた。

場所はいつもメンバーのたまり場になっている東の家。

「いや、死んだと思った。マジで」

「おじさんもビックリだよ。あんな大規模なイレギュラーに遭遇したのもそうだし、それを1人であっという間に片付けちゃったのは腰抜かしたよ。最近の若者はスゴイねぇ～！」

「アタシもド肝を抜かれたね」

「俺もっす！　あの斧投げノールック背面3枚抜き、まじパネェっす！」

メンバーが思い思いに当時を振り返る。


〝ホント無事で良かった〟

〝鬼丸さん本当にありがとうございました！〟

〝ありがとう鬼丸さん‼〟

〝ありがとう、ほんとうにありがとう……〟

〝推しが生きている喜びを噛みしめてる〟

〝瑠璃ちゃんのリスナーです。瑠璃ちゃんについて語る会と聞いて〟

〝同じく瑠璃ちゃんと聞いて〟

〝(無言のままドヤ顔で後方で腕を組む)〟

「いやミノタウロスの首を2つ同時に引きちぎりながら登場したとき、めっちゃ怖くてさ。最初ゴーレムよりもっと深い層から来たモンスターかなんかかと思ってさ。思わず『悪魔⁉』って言っちゃったんだよな。マジごめん、瑠璃ちゃん」

天宮と東がカメラに向かって頭を下げる。

「そして実は今日、なんと鬼丸さんからメッセージが届いています」

天宮がスマホを取り出した。


〝マ!?〟

〝瑠璃ちゃんがミントちゃん以外の人とコミュニケーションを!?〟

〝瑠璃ちゃんの成長に涙を禁じ得ない〟


「鬼丸さんに『今日はありがとうございました。お礼にご飯でもどうでしょうか?』ってメッセージを送ったところ! 『ご無事で良かったです。あなた達が無事に地上に帰還できた幸運をうれしく思います。お礼は不要です。ダンジョンに挑む仲間としてこれからも切磋琢磨していきましょう』とのメッセージを頂きました!」


〝すげぇ、超謙虚だ……!!〟

〝凄い頼れる先輩探索者オーラが出てる!〟

〝強いだけじゃなくてすぐれた人格も持ち合わせてるんだなぁ!〟

〝と思うじゃん?〟

〝違うの?〟

〝瑠璃ちゃんはコミュ障だから人と一緒にご飯行くのが怖いだけだぞ〟

〝えぇ……〟

〝嘘だろ????〟

〝初対面の人とご飯行くなんて難しいか?〟

〝瑠璃ちゃんがそんな高度なことできるわけないだろ!〟

〝ミノタウロスは素手で倒せるのに?〟

〝ミスリルゴーレムも素手でぶっ壊せるのに?〟


「というわけで！　俺達も鬼丸さんのような超ハイレベル探索者に近づけるように、今日の鬼丸さんの戦闘の視聴会やっていくぜ！　途中でちょくちょく止めながら、グローリーハンターズのメンバーで鬼丸さんの動きについて議論して勉強していくぞ！　東、頼んだ」

「了解」

　東がリビングのテレビをタブレットに接続して、今日の配信のアーカイブを再生する。瑠璃が駆けつけたところから動画が始まった。

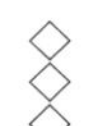

「やっぱ馬力の桁が違うよなぁ……いったいレベルいくつになればあんなパワー手に入るん

だ」

「わかっちゃいたけど、敵の配置をしっかり把握した上で、俺とリーダーをミノタウロスから守るように立ち回ってるねぇ。乱戦の中でなんつう冷静さと視野の広さだよ……」

「奪った斧を振り回すスタイル。投げ技に打撃技。ほんっとうに技のレパートリーが広いねぇ」

「ちょっと一旦止めてください！ やっぱここっしょ！ 俺と都城さんを助けてくれたときの、斧投げノールック背面3枚抜き！ これ、マジ感激したっす！ このシーンだけ巻き戻してもっかい見ていいっすか!?」


〝グローリーハンターズによる解説が聞けると聞いてウキウキでやってきた探索者ワイ、何も参考にならずむせび泣く〟

〝瑠璃ちゃんの戦い方、真似できるとかそんな領域じゃないからなぁ〟

〝次元が違いすぎてなんも参考にならん！〟

〝あんなん真似できてたまるか！〟

〝日本トップクラスのグローリーハンターズでさえ、さっきから『すげぇ』しか言ってないからな〟

〝あのグローリーハンターズが、プロサッカー選手を見るサッカー小僧みたいなキラキラした目をしてる……!!〟

こうして本来の『瑠璃の動画を見て勉強する』という目的は果たせなかったものの、配信は大いに盛り上がった。

そしてまた、この配信から瑠璃の存在を知ったグローリーハンターズのリスナーが瑠璃のチャンネルに流れ込むのだった。

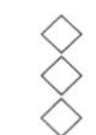

「それでは、今日も普段通り4層探索してお金を稼いでいこうと思います」

救難信号に駆けつけ、ミノタウロスの群れとミスリルゴーレムを倒した翌日のこと。

瑠璃はいつものように配信を始めた。

(最近、そんなに緊張しなくなってきたかも。私も少しは配信に慣れてきたのかなぁ)

などと考えながら瑠璃がコメント欄を見ると、いつもと雰囲気が違った。

〝配信開始ルリ!〟

〝血の饗宴の始まりルリ〟

〝今日もモンスターを血祭りに上げていくルリ~!〟

「な、なんですか!? なんかみなさん、いつもと雰囲気違いませんか!? それに、リスナーの数も普段より多いような！」

今のリスナーは６万人。放送開始直後の同接数は過去最高を大きく更新していた。しかも、リアルタイムでどんどん増えていく。

〝知らないルリ？〟

〝昨日の戦闘の切り抜きが出回って、ネット上で瑠璃ちゃんがミーム化してるルリ〟

〝ネットは今ルリミーム一色に染まってるルリ！〟

〝ミーム元になった動画のＵＲＬを送るルリ！ ＵＲＬ↓■■■■■■■■■■〟

「ミーム!? どういうことですかそれ!?」

ルリが動画にアクセスする。そこでは、ミノタウロスの首を引きちぎり、ミスリルゴーレムを拳で粉砕する瑠璃の姿が流れていた。

そして。

『ギリギリでの命のやりとり、楽しいです！』

と笑顔の瑠璃が映る。

「へ、編集の仕方～!! 今の発言、多分私がダンジョンの中でスクラップトゥーンやってたときのですよね!? このつなぎ方じゃまるで、私がモンスターとの命のやりとりを楽しんでるみたいじゃないですか！」

続いて映るのは、鰐間の攻撃を指2本で受け止め、反撃でボコボコにする瑠璃の姿。瑠璃が鰐間に土下座したり決闘の中止を申し出たりしたシーンは全てカットされている。

そして羞恥に顔を真っ赤にしながら逆バニーに着替えた鰐間と、『やったー！』と満面の笑みで飛び跳ねる瑠璃の姿が映っていた。

「今のは、私がリアルイベントのチケットとったときの映像ですよね!? これじゃまるで私が鰐間さんを逆バニーに着替えさせて喜んでる、男性に露出の多い格好をさせるのが大好きな女みたいじゃないですか！」

動画は、救援に駆けつけた瑠璃を見たときのグローリーハンターズの「『あれは……悪魔!?』」という台詞で〆られている。

「……この動画を見た人は、私がモンスターを倒したり成人男性に逆バニーを着せて喜んだりする悪魔のような女だと誤解するのでは？」

〝そうだよ？〟

〝そのキャラで瑠璃ちゃんがミームになってる。いつの間にか語尾が『ルリ』という属性まで付与されてな〟

〝通称エアプ瑠璃〟

〝とばっちりを受けた鰐間は泣いていい〟

「で、でもこれまでの私のリスナーの皆さんは、私が腕っ節が強いだけの陰キャオタクだってこと知ってますよね!?」

〝もちろん知ってるルリ〟
〝でもこっちのほうが面白いからあえて乗ってるルリ!〟
〝エアプ瑠璃ミーム楽しいルリ〜!〟

「わ、私がネット世界でおもちゃにされている……!! おのれネット民め……」

瑠璃は頭を抱える。

〝とはいえ、本気で嫌がってるなら続けるのはよくないんじゃね?〟
〝瑠璃ちゃんが嫌だと言えば、Ｔｗｉｓｔｅｒとかでミームやめるように呼びかけるけど〟
〝我々は分別のあるネット民なので〟

「……いえ。私も現実の人間が元になったネットミームで笑ってた、バキバキのネット民なので。やめてもらう資格がないと思います。どうぞ飽きるまで好きなだけミームを擦り倒してください」

諦めたような顔で、ため息と共に瑠璃が宣言する。


〝公認になったルリ～！〟

〝本日もデーモンの饗宴を楽しみにしているルリ（英語から自動翻訳）〟

〝未成年には生け贄のマネーチケットを捧げられないのが残念ルリ（フランス語から自動翻訳）〟

〝どうしてブルーデーモン・ルリはテンションが低いルリ？（英語から自動翻訳）〟


「あ、英語でもミームが使われてる。海外まで広がってるんですね」


〝実は、エアプ瑠璃のキャラ付けでさっきの動画に英語字幕を載っけた動画が海外でバズっていてだな……〟

〝もちろん本来の瑠璃ちゃんのキャラを紹介する動画もあるんだが、そっちは視聴数そんなに伸びていなくてだな……〟

〝ていうか海外ではエアプルリのほうのキャラで認知されていてだな……〟

〝名前に【鬼（デーモン）】が入ってるっていうのもウケて、『ブルーデーモン・ルリ』で認知されていてだな……〟

〝どうしたんだい？　ブルーデーモン・ルリのサバトはまだ始まらないのかい？（イタリア語

から自動翻訳)〟

〝初めまして、ブルーデーモン・ルリ！　アタシはナタリー‼　好物は成人男性の逆バニー姿。ここにパラダイスがあると聞いてきたよ！（英語から自動翻訳)〟

〝ブルーデーモン・ルリ、今日もモンスターを残酷にクラッシュするクールな動画を観せてくれ（英語から自動翻訳)〟


「だ、誰がブルーデーモンですか……‼」

長い長いため息をついてから。瑠璃はいつもよりさらにテンション低めで探索を始めた。

その後は特にイレギュラーや救難信号などが発生することはなく。

瑠璃はいつものようにモンスターを倒して、普通にアルバイトをするのと同じような額の収入を手に入れて配信を切り上げた。

「あ、何か届いてる……」

寮に戻った瑠璃がポストを確認すると、珍しく自分宛に何か届いているのに気がついた。

「『ゼニスイノベーション株式会社』……確か、外資系の大手製薬会社だ。私なんかに、なんの用だろう？」

首をかしげながら瑠璃が自室に戻って封を開ける。そして、驚きに目を見開いた。

# 第6章　モンスタースタンピード

『【鬼丸瑠璃からの重要なお知らせ】
今後の鬼丸瑠璃の活動に関する重要なお知らせがあります
本日16時より、生配信にてご説明します
配信リンクは以下です』

瑠璃の下に封筒が届いた次の週。

いつになく固いメッセージで、瑠璃はＴｗｉｓｔｅｒに配信の告知を出していた。

「それでは、配信を始めます。今日はお集まりいただき、ありがとうございます。ええと、今日は皆さんに、大事なお知らせがあります」

かしこまった口調で瑠璃が配信を始める。

配信場所もいつものダンジョンの中ではなく、カラオケボックスの一室だ。


〝お知らせって何!?〟

〝まさか男ができたとか!?〟

〝結婚引退!?〟

〝おちつけ。探索者は男できても引退しないだろ。それはそれとして男ができたら俺はショックで寝込む〟

〝れれれれれ冷静になれ〟

〝しょーもない告知であって欲しい〟


普段とは違う配信にリスナー達も動揺を隠せない。

「わ、私はこの度、名前はお出しできませんが、とある外資系企業様から、魔力を大量に保有する被験者として、正規雇用のオファーを頂きました。報酬として、年間3000万円を提示頂いております」


〝瑠璃ちゃんどっかの企業の正社員になるってこと!?〟

〝年収3000万円!? すげぇ!!〟

〝臨床実験体としての正社員って珍しいな!?〟

〝待って待って話が見えない〟


「この企業では、モンスターを倒してレベルが上がった探索者の体がどのような変化を起こしているのか研究し、これからのダンジョン探索に役立てていこう、というプロジェクトを進めています。私がこのプロジェクトに協力し、私の体を研究してもらうことで何か人類の役に立つことがあるだろう、とのことです」

〝なんだか話のスケールがでかくなってきたな〟

〝それがどう今後の配信に関係してくるの⁉〟

「ええと、実はこの企業から１つ条件を出されています。研究の途中でモンスターを倒してレベルが上がると、データを正しく計測できなくなるので『もう一生ダンジョンに入らない』という条件が契約に含まれています」

〝！？！？！？〟

〝一生ダンジョンに入らない！？！？〟

〝嘘だろ⁉〟

〝活動停止ってこと⁉〟

〝ふっかけすぎだろその会社！〟

〝たった年収３０００万円の新しい仕事とダンジョン探索、瑠璃ちゃんはどっちを取るんだよ‼〟

「私は、新しいお仕事を選びます。ええと、決して年収３０００万円に目がくらんでいるワケではなくて、ええと……新しい仕事で人類の将来とか、発展に貢献したくてぇ……」

〝嘘つけぇ！〟

〝年収3000万円しか見てないだろ！〟

〝ダンジョン探索して新しい素材とか見つけるほうがよっぽど人類の未来に貢献できるぞ！〟

〝ていうか契約条件おかしすぎるだろ。その会社、瑠璃ちゃんをダンジョンに入れないために契約持ちかけてきてるだろ〟

〝日本のダンジョン探索を遅らせたいライバル国なんていくらでもいるしな〟

〝なるほど、それなら筋は通る〟

〝そういえばその会社、外資系っていってたっけ〟

〝日本の足を引っ張るために瑠璃ちゃんを飼い殺しにする気かよ！〟

〝瑠璃ちゃんを飼い殺しにできるなら1年で3000万円なんて安いもんだからな〟

〝3億でも安すぎる〟

〝クソみてぇな契約じゃねぇか！〟

〝瑠璃ちゃんはこんな飼い殺し契約にサインしないよね？？〟


「実は今日、秋葉原に来ていて、来月からの収入をアテ込んでいっぱい買い物しちゃいました。これまでは〝お金がマッハで飛ぶから絶対に手を出さない〟と決めていた推しのフィギュア類をまとめて買っちゃったんです！　見てくださいこの宝の山を！　絶対に使っちゃいけないお金も全放出しちゃったんです。もう本当に貯金がすっからかんで来月の寮費も払えません……まぁ探索者学校も辞めるのでいいんですけれど。えっへっへ」

カメラには、WPCのフィギュアやキャラグッズの山が映し出される。

〝瑠璃ちゃあああああああん！〟

〝行動が早いwww〟

〝1ミリも契約やめる気がなくて草〟

〝なんでそう！　変な方向にばかり思い切りがいいのよ！〟

〝顔にっこにこじゃねぇか！〟

〝せめてちゃんとお賃金振り込まれてから買い物してくれ！〟

「年収3000万円になったら……年に1200万円をWPCに課金して、家賃に500万円使って高級アパートに住んでフィギュア専用の部屋とか作って、1000万円使って推しグッズ買って、残りの300万円は叔母さんに仕送りして……!!　ああ、夢が広がります〜！」

〝食費光熱費とか入ってないガバガバ計算じゃん〟

〝そもそも年収3000万円ならがっつり税金引かれて半分も手元に残らないぞ〟

「そうなんですか!?　そんな、それじゃこれまで育ててくれた叔母さんに仕送りできないじゃないですか！」


〝できるが!?〟

〝まず仕送りを削るの草〟

〝最初にそこ削るなよ!!〟

〝月100万円の課金を一切見直す気ないの最高に鬼丸瑠璃してる〟

「そうか、年収3000万円になってもそれがそのまま手元に入るワケじゃないんですね……」

と落ち込む瑠璃。

〝まだ正式に契約交わしてないんでしょ？　今からでもやめない？〟

〝俺、瑠璃ちゃんの配信見れないのさみしいよ〟

〝諦めろ。瑠璃ちゃんが人見知りで配信好きじゃないのも、お金大好きなのもみんなしってるだろ？〟

〝それはそれとして寂しいな〟

「ええと、引退するのは、私もとても寂しいです。短い間でしたが、これまでこんな私を応援してくださってありがとうございました。皆さんのコメントを見ながら配信するのは、私にとってもとても楽しい時間でした」

〝嘘つけ。内心ウッキウキだろ!〟

「な、なんでわかったんですか!?」

〝鏡見てみろ鏡を!〟
〝さっきからずっと顔がニヤけてるんだよ!〟
〝3000万円のことしか考えてない顔してる〟
〝これでもうたくさんのリスナーの前で喋らなくて済む、って安心してる顔でもある〟
〝よくもまぁ心にもないことをスラスラ言えたもんだな!〟
〝そうそう、これが瑠璃ちゃんなんだよ〟
〝でもまぁ俺らはそんな瑠璃ちゃんが好きだったんだ〟
〝バイバイ瑠璃ちゃん、元気でね〟

「……。では、これで配信を終わりにします。どうか皆さんもお元気で――」

瑠璃が最後の配信を切ろうとしたそのとき。

ビー！　ビー！　ビー！　ビー！　ビー！

瑠璃のスマホからアラートが流れる。

「す、すみません！　ちょっと警報内容確認しますね。――！！　西新宿ダンジョンで過去最高規模のモンスタースタンピードが発生、東京23区内の住人に避難勧告がでてます！」

モンスタースタンピード。ダンジョン内のモンスターが、地上に侵攻する現象である。これまでモンスタースタンピードが起きた際には、例外なく甚大な被害が出ている。モンスタースタンピードによって消滅した国も数多く存在する。


〝は？〟

〝やべぇ〟

〝東京終わった〟

〝首都ど真ん中でスタンピードは洒落にならん〟

〝自分西新宿のラーメン屋のおっちゃんです。仕込み中のスープ放り出して全力で逃げます〟

〝自分現場近くの交番勤務の警官です。非難誘導するので自分が逃げられるのは最後になります〟

〝自分西新宿のオフィスに休日出勤中のシステムエンジニアです。窓からモンスターが見えます。オワタ〟

〝過去のスタンピードの被害規模考えたら、残念だけど上の3人は間違いなく助からないな〟


「リ、リスナーさん達が死んじゃう……!?」

瑠璃が配信用タブレットに掴みかかる。


〝助けて瑠璃ちゃん!〟

〝いくら瑠璃ちゃんが強いっていったって、ただの女子高校生だからな? 瑠璃ちゃんが助けに行く義務なんて一切ないんだぞ〟

〝スタンピードの対応はダンジョン庁の仕事だぞ?〟

〝いくら瑠璃ちゃんでも、スタンピードに対処するのは命がけになると思うし、そんなコトして欲しくない!〟

〝行っても助けられる保証なんて全くないしな〟

〝俺は助けて欲しいぞ!!〟

〝助けに行ったら、瑠璃ちゃんの新しい仕事の契約条件違反になるんじゃないの!?〟

〝折角年収3000万円の仕事に就けるのに、助けに行ったらパーだぞ!? もう二度とそんなチャンスやってこないぞ!?〟

「と、とりあえず！　配信は続けますが一旦カメラはオフにしますね！」

瑠璃がタブレットを操作して、考えこむ。

「スタンピードの対応はダンジョン庁の仕事だし、私が行っても役に立つかなんてわからないし、ここでまたモンスターを倒したら、今来てる仕事の話だって流れちゃうし。そもそも、大規模スタンピードが起きてるところに乗り込んだら流石に私だって死んじゃうかもしれないし。……行ってもいいことなんてない。行く必要なんてないよね」

自分に言い聞かせるように瑠璃が声に出す。

「……でも、私のリスナーさん達、いい人達だったな。からかったり悪ノリしたりするけど、なんだかんだこんな私のことを好きって言ってくれて。ほんの少しだけど、リスナーさん達のコメント見るの、楽しかったな……」

長い沈黙。そして瑠璃は、決断を下した。

午後16時05分。
西新宿ダンジョンにて、スタンピードが発生した。
過去に日本で例がないほどの数のモンスターが地上にあふれ出した。

ゴブリンや動く鎧といった小型モンスターがダンジョンの入り口を突破して地上の道路にまで現れ、今もさらに増え続けている。

これに対し、探索者達が速やかに駆けつけていた。

消防署を日本各地に点々と設置するように。日本の各ダンジョン近くには、スタンピードに備えた施設が設置されている。そしてその中には常に、ダンジョン庁所属の探索者達がスタンピードに備えて待機している。

西新宿を受け持つ対スタンピード部隊の髭面の隊長が、100人近い部下に指揮を飛ばす。

「1から3班は民間人の避難誘導にあたれ！　残りは全員モンスターの迎撃だ！」

ダンジョンからあふれ出したゴブリンやダンジョンウルフを、火炎や電撃の魔法が灼いていく。運良く攻撃を掻い潜ったモンスターの攻撃をタンクの盾が受け止め、前衛アタッカーが剣や槍で仕留める。

負傷者はすぐさま簡易救護所に運び込まれ、回復魔法によって治療されまた前衛へと戻っていく。

ここまでの死者は、民間人含めてゼロ人。ダンジョン庁の日頃の備えとたゆまぬ訓練の成果である。

「隊長！　ボスモンスターの出現です！　ダンジョングリズリーとレッドフレイムドラゴンが出現しました！」

「ぬぅ……!!　そんな大物まで現れるか……！」

しかし、援軍が現れたのはモンスター側だけではない。

「パープルリーフ事務所到着しました！　これより戦闘に移ります」

「BB事務所も到着した！　同じく戦闘に移る！」

神楽坂琴葉と鍔間玲二が現場に駆けつけた。後ろにはそれぞれ、数十人の事務所の精鋭を従えている。琴葉の後ろにはミントの姿もあった。

ダンジョン庁は、スタンピードが発生したときのために民間探索者事務所と連携する体制を整えていた。

さらに、幸運なことにパープルリーフ事務所とBB事務所はそれぞれ大規模なダンジョン探索を予定しており、準備万端の探索者達が西新宿に既に終結している状態だった。

有事に対する日頃の備えと幸運が合わさり、かつてない数の探索者がスタンピードの対処に当たることとなった。

「両事務所、協力感謝する！　ボスモンスターが2体出現している。こちらの援護を頼みたい！」

「了解！　BB事務所行くぞ！　業界最大手はウチだと証明しろ！」

ダンジョンに乗り込むために逆バニーの装いをしていたエースの鍔間玲二が先陣を切り、槍を片手にモンスターの群れに突撃。ゴブリンやダンジョンウルフを蹴散らしながら、ダンジョングリズリーに迫る。

「はぁっ!!」

ダンジョン庁所属のタンクが抑え込んでいたダンジョングリズリーの喉を、鍔間の槍が貫く。

さらに、BB事務所の後衛から遠距離攻撃魔法が殺到。ダンジョングリズリーの巨体が倒れた。

「ウチらも負けられへんね。パープルリーフ事務所！　気張りや！」

「「了解!!」」

パープルリーフ事務所の面々が、鬨(とき)の声を上げる。ミントを先頭に突撃を開始した。

「実は最近、アタシは1つムカついていることがあります」

笑顔の裏に怒りをにじませながら、ミントが剣を抜き、魔力を高める。

「瑠璃ちゃんのことは大好きだし配信でツッコミ役やるのもいいんだけどさ！　アタシだって未成年探索者の中なら最強クラスの、武闘派エリート探索者なんだよね！　そこんところ、リスナーのみんなに思い出して欲しいな！　炎属性魔法カテゴリ8《メテオシュート》！」

直径4メートルの巨大な炎の塊が出現し、放たれる。ミントの行く手を塞いでいた動く鎧の群れを焼き尽くした。

さらに奥から押し寄せてくるゴブリンやダンジョンウルフの群れを、ミントが目にもとまらぬ剣さばきで仕留めていく。

あっという間にレッドフレイムドラゴンへの道が拓けた。

「調子ええね、ミント。ほな大型ボスモンスター戦術、はじめや！」

「「了解！　拘束魔法カテゴリ5《バインドチェーン》！」」

パープルリーフ事務所の後衛メンバーが一斉に同じ魔法を発動。地面から大量の鎖が生えて、空を飛んでいるレッドフレイムドラゴンに絡みつく。

素早い大型モンスターと戦うときは、後衛メンバーが拘束魔法を重ねがけして機動力を奪う。探索者なら常識の基本戦術である。

「ウチもただの経営者やのうて現役やってところ、見せとこか」

琴葉が腰から2本の剣を抜き放つ。

「水属性魔法カテゴリ7《ウォーターエッジ》2重発動」

対の剣から、研磨剤を含んだ2条の高圧水流が放たれる。水流がドラゴンの翼膜を刻み、巨体を地に叩き落とす。

カテゴリ7以上の魔法は必要魔力が多く魔力の制御も難しい。そんなカテゴリ7の魔法を2重展開するというのは、神業に等しい。

日本でそんな芸当ができるのは、パープルリーフ事務所所長にして探索者ランキング8位、神楽坂琴葉1人しかいない。

『ゴオオオォ！』

怒りに燃えるレッドフレイムドラゴンが口を開け、魔力を集中させる。ブレスを放つ構えだ。

「させっかよ！」

そう言って颯爽と現れたのは、紫苑だった。ドラゴンの顎に筋力強化魔法を乗せた強烈な膝蹴りを叩き込む。

ドラゴンの脳が揺れて、一瞬動きが止まる。そしてその一瞬が命取りとなった。

「いつかのリベンジさせてもらうよ！　やあああああぁぁ!!」

背中に《スラスター》の魔法による翼を纏い、加速したミントが勢いを全て乗せて、剣を振り下ろした。　切り落とされたドラゴンの首が宙に舞う。

「すっげぇ……あれが業界最大手のパープルリーフか！」

「統率力も個人のレベルも尋常じゃないぞ」

腕利きであるダンジョン庁所属の探索者達が、思わず唸っていた。

「せんぱーい！　来てはったんですか」

声を弾ませて、琴葉が紫苑に駆け寄る。

「ああ。用事があってたまたま近くにいてな。あたしも現役引退したとはいえ、こんな大事ならなんか手伝いくらいしないわけにはいかないだろ。あの頃みたいにアタシが前で暴れるから、お前は後ろから援護な。やれるか？」

「――!!　もちろんです！　任しといてください！」

連携の取れた動きで、２人が小型モンスターを蹴散らしていく。

「所長、嬉しそうだなー。あんなにいい笑顔の所長、初めて見たかも」

押し寄せるモンスターを倒しながら、ミントは２人の後ろ姿を眺めていた。

そうして探索者達が奮戦するうちに、モンスターの勢いが落ち着いてきた。『このままならいける』。探索者達がそう思った瞬間、『それ』は現れた。

ゴゴゴゴゴ……!!

地面が揺れる。巨大なモンスターが、その体に比べてあまりに狭い西新宿ダンジョンの門を内側から押し広げ、強引に地上に這い出てきた。

白く眩いその威容が、陽の光を浴びて煌めく。

――そのシルエットは、サソリによく似ていた。4対の脚と1対の凶悪なハサミ。全長20メートルを超える巨体は白輝の装甲に包まれている。モンスターというより、どこか近未来的な、機械的なデザインだった。

「アレが今回のスタンピードを引き起こした元凶のモンスターだ！　対象を仮に『サイバースコーピオン』と命名。全員、全火力をサイバースコーピオンに集中、撃破せよ！　ヤツを止められなければ、首都圏が機能不全に陥る！　ダンジョン庁も事務所も関係ない！　この場の全員でなんとしても奴を止めるのだ！」

髭面の隊長の号令で、色とりどりの魔法攻撃がサイバースコーピオンに殺到する。

しかし――、

「無傷、だと……!?」

白く輝く装甲には、傷一つなかった。

「魔法攻撃が効かないならば！　俺がこの槍で串刺しにしてくれる！」

槍を構えて鰐間玲二が正面からサイバースコーピオンへ突撃する。鰐間が間合いに踏み込んだ瞬間。

ザンッ!!

「何……!?」

鰐間玲二の槍は、半ばから先が消失していた。恐ろしく速い、サイバースコーピオンのハサミの薙ぎ払いによって切り落とされていたのだ。

槍だけではない。間合いの中に入っていた、道路標識も、街路樹も、トラックも、全て今の一撃でまとめて両断されていた。

「〜〜!! 退がれ! 前衛は全員退避しろ! まともにやり合える相手ではない! 奴の間合いに踏み込めば命はない! 絶対に入るな! 後衛探索者は拘束魔法に切り替えて奴の動きを止めろ!」

命令を受けて《バインドチェーン》の鎖が大量にサイバースコーピオンの脚に絡みつくが……。

ブチブチブチッッ!

鎖を引きちぎり、サイバースコーピオンが侵攻を続ける。人間の多いほうを目指しているのか、駅へ向けて歩んでいく。

「構わん! 拘束魔法を繰り返せ! わずかだが確実に奴の動きは鈍っている! もうすぐダンジョン庁の切り札が到着する、それまで持ちこたえるのだ!」

道路に転がる乗り捨てられた車や信号機をハサミで薙ぎ払って障害物を排除しながら、サイバースコーピオンは歩き続ける。無数の鎖が生成されてはすぐ引きちぎられる。

鎖は一歩の歩みで引きちぎられてしまうが、確実に、確実に侵攻を遅らせている。

「――来たぞ！　アレがダンジョン庁の切り札だ！」

キイイイイィ……ン！

空を裂いて、ビル群の遙か上に黒い飛翔体が現れた。ダンジョン庁が自衛隊と連携して配備している、対モンスター専用無人爆撃機である。

「総員退避！　巻き込まれるぞ！」

爆撃機の腹部が開き、1つの大型弾頭が投下された。

「ダンジョン産の高級素材をふんだんに使い、魔力を限界まで詰め込んだ対モンスター用貫通弾頭を喰らえ！　一発40億円もする虎の子だ！　300メートルの岩盤だろうが貫通するぞ！」

弾頭の内部で魔法が発動し、膨大な魔力をジェットのように噴出して加速していく。瞬く間に音速を超え、さらに加速していき、そして着弾した。

ドゴンッッッッッ!!

爆音に辺りの探索者達は思わず耳を塞ぐ。

人類の技術の粋と予算を結集した対モンスター最終兵器。その一撃を受けたサイバースコーピオンの甲殻は……わずかにへこんでいた。

着弾点を中心に、深さ10センチメートル程度のくぼみがある。ただ、それだけだった。

「馬鹿な、人類史上間違いなく最高の貫通力を持つ兵器だぞ……!?」

ダンジョン庁所属の探索者達は呆然としていた。

しかも——、
ガパッ。

サイバースコーピオンの背中で、複数のハッチが開く。そして中から、小型のサイバースコーピオンが現れた。大きさは普通のサソリと同じ程度。それが、無数にわらわらと這い出てくる。

装甲の凹んだ箇所に集まると、体が溶け合う。そして、凹んだ箇所をあっという間に元通りに修復した。

探索者達の猛攻も、40億の弾頭による攻撃もなかったかのようにサイバースコーピオンは無傷の姿で探索者達を見下ろしていた。

「くっ……!!　あの小さいサソリ、ナノマシンか！　あの装甲の強度に加えて自己再生能力まで持ち合わせているとは、規格外にもほどがある！」

サイバースコーピオンが尾を振り上げる。尾の先端に、ダンジョン庁の貫通弾頭とは比べものにならない規模の魔力が集まっていく。

その場にいる全員の背中に寒気が走った。

そして、サイバースコーピオンの尾から、収束した極大の魔力が放たれる。

ギュオオオオオオオオオオ!!

極太の紅いビームが、弾頭を投下した無人爆撃機を貫く。どころか、勢いは衰えることなく空を裂き、遙か遠くの雲を貫き、巨大な穴を開ける。

「なんだあの威力は……!! 今の一撃が地上に放たれていたらビルが丸ごと消し飛んでいたぞ!? 今の人類の科学力では、奴に勝てん……」

髭面の隊長が地に膝を突く。周りの探索者達も、戦意を喪失している。

そのとき――、

「ああ、来ちゃった……。3000万円、欲しかったなぁ……」

どこか後悔しているような表情で、瑠璃がサイバースコーピオンの前に立ちはだかる。

「すみません、おまたせしました。今から配信を再開します」

ドローンを操作してカメラをONにする。戦いに巻き込まれないよう、ドローンをその場で待機するモードに切り替える。


〝うおおおおおおお!〟

〝瑠璃ちゃん来た! これで勝つる!〟

〝瑠璃ちゃんが3000万円のオファーより俺らを選んでくれた。それがただ嬉しい〟

〝覚悟しろよこのサソリ野郎!!〟

「あの大きいサソリが、スタンピードで出てきたみたいです。毎週絶対リアタイで見るって決めてるアニメ『放課後の魔法少女』が、あと10分で始まるので。それまでに絶対に終わらせます」

その場の全員の。リスナー達の。日本中の期待を背負いながら、瑠璃が拳を構えた。

サイバースコーピオンも瑠璃の纏う魔力に気づき、驚異と見なして今日初めての戦闘態勢に入る。

だが――、

ドン!!

瞬速一閃。

誰の目にもとまらない早業で、瑠璃がサイバースコーピオンの脚関節を回し蹴りで破壊していた。

〝出たぁ、瑠璃ちゃんの速攻!!!!〟

〝ホントいつ見ても動き出す瞬間がわからんのだよこれが!!〟

〝いけえええええ瑠璃ちゃん!〟

〝そんなサソリなんてぶっ飛ばせえええええ!!〟

サイバースコーピオンが振り回す巨大なハサミを掻い潜り、瑠璃が8本ある脚を次々破壊していく。

破壊されるたびに小サソリが現れて修復する。修復されるたびまた破壊する。息をつく間もない、嵐のような攻防が繰り広げられる。戦いの余波で周囲のアスファルトや看板が次々破壊されていく。

周りに集まっている探索者達は、武器を握りしめたまま戦いを見守っている。

戦いを瑠璃に任せているわけではない。全員まだ臨戦態勢のままだ。ただ、超ハイレベルな戦いの中に、割って入る隙を誰も見つけられないのだ。

サイバースコーピオンが瑠璃の体を貫かんと尾の先端を振り下ろす。瑠璃がそれを読んで1歩横へ回避。地面に穴が開き、アスファルトの破片が飛び散る。

反撃する瑠璃の貫手を、サイバースコーピオンがハサミで迎え撃つ。

ガガガガガガガ!!

嵐のような攻防の中で繰り返される破壊と修復。そして瑠璃が破壊する速度のほうが、わずかにサイバースコーピオンの修復速度を上回っていた。

〝勝てる!! 勝てるぞ瑠璃ちゃん!!〟

〝行ける行ける!!〟

〝行けえええええ!〟

〝やっちゃいなよそんなサソリなんか!〟

リスナー達が瑠璃の勝利を確信したそのとき。

ガシッ。

ほんのわずかな、0・1秒にも満たない瞬きほどの隙を突き、サイバースコーピオンのハサミが瑠璃の体を捉えた。

「しまった！　ぐぅ……!!」

巨大なハサミが瑠璃を締め上げる。そして地面に叩き付けた。

ドォン！！！！！！！

瑠璃の体がアスファルトの上で跳ねて、数十メートル吹き飛ぶ。

……倒れたまま、瑠璃は動かない。額からは血が流れている。


〝嘘だろ、瑠璃ちゃんが負けた!?〟

〝瑠璃ちゃんが負けるなんて信じられない！〟

〝嫌だ嫌だ嫌だ〟

〝ごめん瑠璃ちゃん、俺が助けてくれなんて言ったばっかりに！〟

〝瑠璃ちゃん死んじゃったの!?〟

〝どんな強い敵でも、瑠璃ちゃんならなんとかしてくれると思ってた。ごめん俺が間違ってた〟

〝また起き上がっていつもみたいに、注目されるのが嫌だとかぼやいてくれよ！〟

〝ねぇ、起きてよ瑠璃ちゃん！　もうすぐアニメ始まっちゃうよ!?〟

瑠璃の配信のコメント欄も、かつてないほどの悲愴感に満ちている。

（……私、負けたんだ……。久しぶりだなぁ、いつ以来だろう？）

朦朧とする意識で、瑠璃はぼんやりとそんなことを考えていた。

体が動かない。目だけでなんとかサイバースコーピオンを探すと、尾からまたビームを放とうとしている瞬間だった。

ビームが狙う先は、西新宿の中でもひときわ大きい、ガラス張りの青いビル。

――プラズマゲームズ本社だった。

# 第7章 西新宿の青い悪魔

瑠璃を無力化したサイバースコーピオンが、次なる標的を探す。目にとまったのは、ひときわ大きなビルだった。尾の先端が、プラズマゲームズの本社に狙いを定める。魔力が高まり、ビームが放たれる、その寸前。

ス　パ　ッ。

尾の先端が、一瞬にして切断される。尾が地面に落下し、行き場を失った魔力が周囲に飛び散った。

「「「――――！？！」」」

集結しているエリート探索者達も。カメラ越しに見守っているリスナー達も。誰1人、何が起きたのか認識できなかった。

サイバースコーピオンの背後には、瑠璃が立っていた。全身から、目視できるほど密度が高まった青い魔力が立ち昇っている。傷も完全に治っていた。

〝瑠璃ちゃん生きてる!?　瑠璃ちゃん生きてるうううううううう！〟

〝瑠璃ちゃん復活！　瑠璃ちゃん復活！〟

〝今の瑠璃ちゃんがやったの!?　マジで今の見えんかった〟

〝速　す　ぎ　る〟

「ようやく目を覚ましやがったな、瑠璃」
待機モードになっている瑠璃の配信ドローンの隣で、紫苑がつぶやいた。

〝目を覚ました？〟
〝どゆこと？〟
〝解説オナシャス〟

「瑠璃は昔、組み手の途中で力加減をミスってアタシに大怪我させたことがあってな。それ以来、力を発揮するのが怖くなって無自覚に力をセーブするようになっちまったんだ」

〝は⁇〟
〝これまであんなに強かったのにまだ全力ではなかった⁇〟
〝嘘やろ？〟
〝ワケガワカラナイヨ〟

「そのセーブが、今やっと外れた。今の瑠璃は、さっきまでの5倍強いぞ」

〝うおおおおおおお瑠璃ちゃん覚醒キター！！！！！！〟

〝もともとクソ強いのにさらに5倍??〟

〝勝ったな。風呂入ってくる〟

〝なんで今このタイミングで覚醒したの!?〟


「今ビームでぶっ壊されそうになったの、瑠璃の大好きなソシャゲ運営会社だからな。それを守るために吹っ切れたんだろ」


〝ｗｗｗｗｗｗｗｗｗｗｗｗｗｗｗｗｗｗｗｗｗｗ〟

〝覚醒のトリガーがソシャゲ運営会社ってｗｗｗｗｗ瑠璃ちゃんマジかｗｗ〟

〝覚醒の仕方ｗｗｗｗｗｗｗ〟

〝『大事な人を守りたいんです！』とか『大事な人の仇を討ちます！』とか！　覚醒ってそういう感じでするもんなんじゃないんですかねぇ!?〟

〝俺達リスナーの命が危ないってときに覚醒してくれなかったよな瑠璃ちゃん！〟

〝リスナーの命とソシャゲ運営会社どっちが大事なんだよ!!〟

〝そら運営会社よ〟

〝瑠璃ちゃん株爆上がりしたと思った次の瞬間ちょっと下がったぞ〟

「瑠璃ちゃん！　これを使うて！　瑠璃ちゃんが倒したゴーレムの素材を使った武器や！」

琴葉がアイテムボックスから何かを取り出し、近くにいた所員達と力を合わせて瑠璃に投げ渡す。

長柄斧のようなシルエット。瑠璃の怪力に耐えられるように異常に太い柄。斧に当たる部分には刃毀れを防ぐため刃がついておらず、鈍器となっている。ハルバードメイスとでもいうべき、瑠璃の特性に合わせた武器だった。

「ありがとうございます！　使わせてもらいます！」

瑠璃がハルバードメイスを構えて、サイバースコーピオンに向き合う。

「あなた、今自分が何を攻撃しようとしたかわかってるんですか!?」

これまで誰も見たことがないほどの怒りを込めて瑠璃がサイバースコーピオンに問いかける。

「学生時代の私は、ずっと退屈で、生きてる意味がわからなかったんです。口下手で、友達もいなくて。学校で退屈な授業を受けて、家に戻ったらずっと戦闘訓練で。灰色の日々が過ぎていくだけでした。彼氏とか友達と遊びに行くクラスメイトをずっとうらやましく見てました」

ハルバードメイスを握る手に力がこもる。

「……でも、ある日ＷＰＣに出会ったんです。スマートフォンゲームは私みたいな根暗のぼっちの人生でも、明るくしてくれたんです。ＷＰＣのおかげで、生きていて楽しいって思えたんです」

ドンッッッ!!

サイバースコーピオンの巨体が宙に舞う。

瑠璃が手にしたハルバードメイスでサイバースコーピオンの頭部を下から殴り飛ばしていた。


〝あの巨体吹っ飛ばすってマジか!!〟

〝スーパー瑠璃ちゃんつえええええ！〟

〝マジで馬力5倍にアップしてない!?〟

〝あり得ねぇ……!!〟

〝もうなんか強いとか弱いとかそういう次元じゃなくね??〟

〝やばいやばいやばい〟

〝変な汗出てきた〟

〝プラズマゲームズなにとんでもないバケモン生み出してくれてんだよ！〟


「あなたが攻撃しようとしたのはＷＰＣ運営会社プラズマゲームズの本社です！　中学生時代から毎日ずっと育ててきたゲームデータが！　消えたらどうしてくれるんですか！　一体、これまで私がどれだけの時間を！　いくらのお金をかけたと思ってるんですか！」

ゴオオオオォン！！！！

瑠璃がハルバードメイスを叩き付けると、人類の英知を集結してもへこませることしかできなかった純白の装甲にヒビが入る。

「《スラスター》2重発動！」

ギュンッ！！！

瑠璃の背中に、2対の翼が現れる。そして、空へ向かって駆け上がる。一瞬で瑠璃は雲のさらに上、上空3000メートルに飛び上がっていた。

そして反転。飛び上がるのに使ったスラスターの推進力を、今度は真下に向ける。推進力と重力によって、爆発的に加速していく。

キイイイイイィ——‼

音速の壁を軽々越え、一条の流星となってサイバースコーピオンへと吶喊。そして筋力強化魔法を発動。魔力、筋力、技術、持てる全てを込めて、ハルバードメイスを叩き付けた！

ドゴオオオオオオオオオォォォォォォンッッッッッッッッッ！！！！！！！！！！

爆音が衝撃となって周囲の探索者達を襲う。一帯のビルのガラス窓が砕けて飛び散る。

暴風が吹き荒れ、街路樹が倒れ、車が転がる。

——サイバースコーピオンがいた場所には、深さ10メートルを超える巨大なクレーターができていた。

地下を通っていた水道管がちぎれ、水がむき出しの地面に流れ出している。

クレーターの中央で、サイバースコーピオンが地に伏していた。

衝撃で、脚が2本を残して全てちぎれ飛んでいる。ハサミも片方しか残っていない。

そしてあの、人類の英知を結集した一撃に耐えた異次元の強度を誇る装甲は、見る影もなく砕け散り。外縁部に残骸が残っているだけだった。背中には、内部の機器や配線がむき出しになっていた。

「プラズマゲームズ本社を破壊しようとした、あなただけは絶対に許しません」

瑠璃がサイバースコーピオンの背に飛び乗る。そしてハルバードメイスを垂直に突き立て、胴体を刺し貫き、ハルバードメイスがサイバースコーピオンの体を地面に縫い止める。

『QRRRRRRRRRRRRRRRR!!』

サイバースコーピオンが軋むような声を上げる。


〝翻訳「いってええええええ!!!」〟

〝「地上侵攻はもうこりごりだよ~」かもしれない〟

〝サソリの串焼き一丁上がり!〟

〝ブチ切れ瑠璃ちゃんまじこえええええ!〟


続いて瑠璃が腕の付け根部分に脚をかけ、両手でサソリの腕を握る。そして、

「よい、しょっと!」

全身を使って、サソリの腕を引きちぎった。

『QRRRRRRRRRRRRRRRR!!』

サイバースコーピオンの悲鳴が再び西新宿に響く。

さらに瑠璃は背中に飛び移り、びっしり並ぶ機械類を、片端から引きちぎっていく。内臓を破裂させせられるに等しいダメージを受けて、サイバースコーピオンが身をよじる。

必死に残った脚を動かすが、地面に縫い止められているので動けない。そもそも、脚のほとんどが先の一撃で吹き飛んでいて未だに修復できていない。

パイプを引きちぎり、動力ユニットらしきものを拳で粉砕する。

どこからかナノマシンの集合体である小さいサソリが現れて修復するが、破壊されるスピードに追いつけない。

目につく機器類を、瑠璃が片端から壊していく。引きちぎり、叩き割り、踏み砕く。


〝礫にした上で腕引きちぎって装甲引っぺがして内臓引っかき回すって、ホント容赦ないな……!!〟

〝身動き取れなくて脚をバタつかせることしかできないサイバースコーピオンちゃん、可哀想に見えてきた〟

〝なんというかこう、手心というか〟

〝やめたげてよぉ!〟

〝サソリ君が何したっていうんだよ！　ちょっとばかし西新宿の大通りをぶっ壊しまくって目

につい たビルを跡形もなく消し飛ばそうとしただけじゃねぇか！　瑠璃ちゃんに慈悲はねぇのかよ！〟

〝普通に大罪なんだよなぁ〟

〝これはやっぱり悪魔〟

〝モンスターの内臓を引きちぎるのは楽しいルリ～！〟

〝Oh……!!　ブルーデーモン・ルリのサバトはかくも残酷だったのか（英語から自動翻訳）〟


一方的な破壊は数分続いた。そして。

『QQRRRRRRRRRRRRRRRRRR!!』

断末魔の叫びをあげて、ついにサイバースコーピオンが動きを止める。巨体は尾の先端部分だけを残して、光の粒子になって消えていく。

「ふぅ、やっと終わりました……。時間は……、16時58分。ギリギリアニメの放送に間に合いました」

瑠璃が大きく息を吐き出す。

「やったー!!　やったよ瑠璃ちゃん！　凄いよ!!」

瑠璃の下に、ミントが駆け寄ってくる。

「あ、ミントちゃんもいたんですね。ありがとうございます。なんとか勝てました……」

「なんとかどころか、圧勝だったじゃん！　吹っ切れてからの瑠璃ちゃん、めちゃくちゃ強かったよ！　あの堅い装甲もブチ抜いちゃってさ！　ホント凄かったよ！」


〝勝ったああああああああああああ‼〟

〝こうして西新宿の平和は守られたのであった〟

〝ありがとう瑠璃ちゃんんんんんんんんんんんんん！〟

〝【朗報】俺氏生き延びる〟


〝俺達は今、伝説が生まれる瞬間に立ち会っている〟

〝これは間違いなく伝説〟

〝瑠璃ちゃんのリスナーやってて良かった！〟

〝さっきまで暴落してた円相場が、今ストップ高〟

〝マジ救世主〟

〝F○CK！　円の暴落でボロ儲けしようとしたら逆に大損してマイカーを売ることになっちまったぜ！（英語から自動翻訳）〟

〝俺なんてマイホームを売るハメになったぜHAHAHA！（英語から自動翻訳）〟

〝為替なんてギャンブルなんだからやめとけってあれほど言っただろ？（5000ユーロの損失から目をそらしながら）（フランス語から自動翻訳）〟

「すみません、時間なので今からアニメ視聴タイムに入りますね。今ならまだ、ギリギリオープニングの最初から見れるはず……！」

瑠璃が急いでクレーターから脱出する。自前のタブレットを取り出して、急いでデジタル放送を立ち上げた。

するとと画面には。

『【緊急特番】西新宿でスタンピード発生　現場生中継』という文字と。今まさに瑠璃達がいる現場を上空から撮影した映像が映っていた。

「え、え、えええええ!?　どういうことですか!?　『放課後の魔法少女』の放送、なくなっちゃったんですか!?　リアタイで放課後の魔法少女を観ることをモチベーションに週の後半を乗り切ってきたのに!?」

「あー、確かに緊急の大ニュースだからアニメの放送は流れちゃうだろうねぇ」

泣きそうになっている瑠璃の肩にミントが優しく手を置く。そのとき。

「今まさに！　東京を恐怖のどん底に陥れたモンスターが討伐されました！　討伐した鬼丸瑠璃さんに、インタビューをお願いしようと思います！　鬼丸さん！　なにか一言、お願いします！」

レポーターとカメラマンが瑠璃に駆け寄ってくる。番組の画面も切り替わって、瑠璃とレポーターが映し出される。

「ひゃ!?　え、私今、テレビに映ってるんですか!?　これ、全国に放送されて？？？？　え、一言って、えと、ええと……!!」

「なんでもいいです！　何か一言、今の正直な気持ちをお聞かせください！」

ぐいぐいと若い女性リポーターが詰め寄ってくる。

「素直な気持ち……えと……ええっと……素直な気持ちというと……!!」

今自分の顔がテレビで全国放送されている。初対面の人が凄くグイグイ距離を詰めてくる。

人見知りの瑠璃は、一気にキャパシティを超えてテンパっていた。

(何か！　何か言わないと！　ええと、なんでもいいんだよね!?　今の私の素直な気持ちを言えばいいんだよね!?)

「今の私の正直な気持ちは『こんな緊急特番より、早く普段の放課後の魔法少女の放送に戻して欲しい』です!!」

偽らざる、瑠璃の本心はテレビカメラを通して電波に乗り、全国へと響いた。

「お、鬼丸さん……??」

百戦錬磨のリポーターも、予想の斜め上すぎる答えに呆然としている。

——これが、鬼丸瑠璃の地上波デビューである。

**【瑠璃ちゃん配信実況スレ　２５５】**

９６　名無しの瑠璃スナー
うおおおおおおおお瑠璃ちゃん最強！！！！　瑠璃ちゃん最強‼

９７　名無しの瑠璃スナー
１回ダウンして動かなくなったときはマジ焦った

９８　名無しの瑠璃スナー
あそこで１回吐いた。今は祝いの酒の飲みすぎでまた吐きそう！

９９　名無しの瑠璃スナー
もう今日国民の祝日にしようぜ‼

１００　名無しの瑠璃スナー
元からあんなに強かったのに、５倍強くなるとかマジなんなんだよｗｗｗｗ

１０１　名無しの瑠璃スナー
アレ聞いたとき変な笑いがこみ上げてきた

１０２　名無しの瑠璃スナー
バケモンだと思ってたのにバケモンオブバケモンだった

１０３　名無しの瑠璃スナー
覚醒してからマジ一方的だったなｗｗｗｗ

１０４　名無しの瑠璃スナー
瑠璃ちゃん怒らせたらめちゃくちゃ怖いんだなって

１０５　名無しの瑠璃スナー
ブチ切れ瑠璃ちゃんからの、インタビューで「放課後の魔法少女の放送に戻してください」だもんな

１０６　名無しの瑠璃スナー
温度差で爆笑した

１０７　名無しの瑠璃スナー
アナウンサーポカンとしてたもんなｗｗｗｗ

１０８　名無しの瑠璃スナー
毎回斜め上突っ走ってく瑠璃ちゃん最高すぎる

**【瑠璃ちゃん配信実況スレ　２６３】**

１７　名無しの瑠璃スナー
神楽坂所長が持ってきた、あの馬鹿でかいハルバードみたいな武器。アレも瑠璃ちゃんのパワーアップに大きく貢献したよな～！

１８　名無しの瑠璃スナー
わかる。瑠璃ちゃんにピッタリの武器だわ

１９　名無しの瑠璃スナー
刃毀れしないように最初から刃のない鈍器になってたり、折れないように柄が太かったり。瑠璃ちゃん専用に作った武器っぽい。流石パープルリーフ事務所、良い仕事するわ

２０　名無しの瑠璃スナー
武器込みなら瑠璃ちゃん、日本どころかもう世界トップクラスなんじゃね？

２１　名無しの瑠璃スナー
世界の瑠璃ちゃんになっちゃったかぁ

２２　名無しの瑠璃スナー
もう世界一なんじゃないの！？　瑠璃ちゃんより強い探索者の配信なんて、海外の配信含めて見たことないが？

２３　名無しの瑠璃スナー
流石にまだそれはない。配信に出ないだけで、世界にはアホみたいに強い探索者がまだゴロゴロ転がってるんだ

２４　名無しの瑠璃スナー
聞いたことあるけど、都市伝説じゃないの？

２５　名無しの瑠璃スナー
マジだぞ。今の世界トップクラス勢はＷｉｆｉ繋がらないような最深層で配信せずに探索してるか、ダンジョン庁とかマフィアとかデカい組織が切り札として隠し持ってるから正確な情報はわからないけど。今回到着が間に合わなかっただけで、日本のダンジョン庁も最低１人はそれくらいの探索者を隠し持ってるはず

２６　名無しの瑠璃スナー
瑠璃ちゃんと同格かそれ以上に強い探索者が転がってるの⁉　こっわ‼

２７　名無しの瑠璃スナー
おい、そろそろ瑠璃ちゃんの記者会見が始まるぞ！

２８　名無しの瑠璃スナー
またなんかやらかしてくれることを期待してる

「気が重いです……」

サイバースコーピオン討伐後。瑠璃は病院に運ばれ、検査を受けていた。結果は健康そのもの。ダメージは一切残っていない。

探索者は一般人に比べて治癒力が高い。とはいえ普通は1ヶ月かかる怪我を一週間で治すとかそういったレベルのもので、戦闘中に負った傷を完治させるなどというのは常識外れの早さである。

病院にはミントと紫苑、そして神楽坂も付き添っている。

そして瑠璃が検査を受けている間に、（勝手に）瑠璃の記者会見を開催することが決まっていた。

「オタクあるある。写真撮るときの笑顔、ぎこちなくなりがち。……嫌だ～!!　私のぎこちない作り笑顔がこれからニュースと新聞に載りまくるなんて～！」

「どう考えても今日のトップニュースだし、明日の朝刊の一面に載るだろうねぇ」

「うぅ、嫌です……!!　新聞の私の写真、顔だけスタンプか何かで隠して欲しいです……」

「見たことないよそんな新聞記事!?　諦めよう瑠璃ちゃん。大丈夫、記者会見にはアタシもついてるからさ。何も答えられることないから、ホントに隣にいるだけだけど」

「ありがとうございます。それだけで、本当に心強いです……!!」

彼女だけではない。紫苑と琴葉所長も付き添いとして参加することになっている。というより、付き添うことを無理矢理記者団に飲み込ませた。

そんなことを話しながら、瑠璃達一行は記者会見の会場であるホテルへと到着した。

意を決して瑠璃は会議室の扉を開ける。その瞬間。


『『パシャパシャ!!』』


おびただしい数のカメラのフラッシュが瑠璃を襲う。瑠璃の足下がふらつく。

(瑠璃ちゃん！　しっかりして、瑠璃ちゃん！)

ミントが耳元で声をかけて手を握らなければ、間違いなく気を失っているところだった。

なんとか瑠璃が所定位置につくと、記者達からわっと質問が寄せられる。

「鬼丸さんこの度のモンスター討伐おめでとうございます！」

「強さの秘訣はなんですか!?」

「普段から『放課後の魔法少女』を観ているんですか？」

取材記者がわっと押し寄せる。

「え、ええと強さの秘訣は叔母に小さい頃から技術をみっちりと叩き込まれていたからです……。ほ、放課後の魔法少女は毎週リアルタイムで欠かさず観るようにしていて、そのあと配信で見返しています……」

瑠璃はミントの服の裾をぎゅっと掴んで心のよりどころにしながら、なんとか質問に答えていく。

「今後の活動はどうしていくのですか？」

「既に複数の大手事務所がスカウトすると公表しておりますが、どの事務所にしますか？」

「海外事務所も手を上げておりますが、どうしますか？」

記者達の興味は、瑠璃の今後の活動へと移っていた。

（い、いやだ。人間関係が既にできあがってるところに入っていきたくない！　そもそもコミュニケーション能力ゼロの私なんかが事務所でやっていくなんて絶対無理だよ〜！）

「わわわ私は！　どこの事務所のオファーでも、絶対に受けません！」

記者達に動揺が広がる。

「事務所のオファーを受けない!?　それはなぜですか!?」

「事務所に所属したほうが様々なサポートを得られてメリットが大きいと思われますが!?」

「断る理由をお聞かせください！」

「もしかして民間探索者事務所ではなくダンジョン庁のほうで活動していくということですか!?」

（どうしよう、『人間関係が怖くて事務所に入るのが嫌で』なんて言って納得してもらえる雰囲気じゃない！　なんとかしてこの場から逃げたい！　何か、みんなに納得してもらえるいい理由を考えないと……!!）

瑠璃はテンパっていた。そしてテンパると、ろくでもない行動に走るのが瑠璃である。

「私は！　自分で新しい事務所を立ち上げます！　なので他の事務所のお誘いは受けれません！」

「「な、なんだってー!?」」

鬼丸瑠璃が新事務所を設立するという大ニュースは、探索者界隈を震撼させた。

「鬼丸瑠璃事務所設立！　大ニュースだ！　すぐに特番組め！」

「事務所設立について、詳しくお聞かせください！」

「一体どんなメンバーを集めるんですか!?」

記者達の質問がさらにヒートアップしていく。その圧に耐えきれず瑠璃は。

「きゅう」

気絶して机に突っ伏した。

その写真は、朝刊の一面を華々しく飾ることとなった。

翌日。

「言っちゃった……どうして私はいつもこう、テンパると変なこと言っちゃうんだろう……。

どう考えても自分が悪いけど、誰かのせいにしたい……」

記者会見の場で気絶した写真がデカデカと載ったネットニュースを忌々しそうに見つめながら瑠璃が吐き出す。

「ここまで大きなニュースになっちゃったらもう後戻りできない……事務所のメンバー集めなきゃ……!!」

こうして、鬼丸瑠璃の事務所メンバー探しが始まるのだった。

《了》

# あとがき

初めましての方ははじめまして、音速炒飯と申します。

この度は、本作〝コミュ力0オタク少女〟を手にとってくださりありがとうございます！

本作は所謂〝ダンジョン配信〟ジャンルの作品です。私はこのジャンル、読み手として大好きです。特にコメント欄がギャグ要素も交えつつ盛り上がっていくのが好きで、ダンジョン配信ジャンルを読みあさっているうちに『自分でも書きたい！』と思い企画書を一二三書房様にお送りしたところ承認いただき、本作が世に出ることとなりました。

主人公の無双による爽快感・コメント欄の盛り上がり、というダンジョン配信の強みをしっかり活かしつつ、音速炒飯らしいコメディ全振り作品として描かせていただきました。楽しんでいただけたなら幸いです。

さて、近況報告です。

先日私は長野の地を離れ、神奈川県の横浜近くへと引っ越しました。

車でのんびり移動できる長野も気に入っていたのですが、横浜も電車で数十分以内の距離に何でもあってとても快適です。特に大きな本屋さんが行動圏内に複数あるのが嬉しいです。出掛けたついでによく店頭を眺めております。

最後になりますが、謝辞を。

素敵なイラストを描いてくださったHIROKAZU様。鬼丸瑠璃という、大変クセの強いキャラクターに息を吹き込んでくださりありがとうございました。

表紙の瑠璃、瑠璃らしさをバッチリ表現していただきました。ハルバードメイスのデザインもとても好きです！

そして編集のU様。K様。数々のご意見ありがとうございました。お二人のお力により、作品のクオリティに磨きがかかりました。

校正様。執筆時に気をつけているのですがどうしても生まれてしまう誤字脱字。本作でも沢山修正いただきました。感謝申し上げます。

最後に、読者の皆様。この度は数あるダンジョン配信作品の中から本作を手に取って頂き、本当にありがとうございました！　これから更にストーリー盛り上げていきますので、引き続きお付き合い頂けましたら幸いです。

さて2巻ですが、事務所結成編がスタートします。瑠璃と同じくらい濃い新キャラが2人登場し、大暴れする内容となる予定です。

どうかお楽しみに！

音速炒飯

唯一無二の最強テイマー
～国の全てのギルドで門前払いされたから、他国に行ってスローライフします～
原作：赤金武蔵　漫画：田村紘一
キャラクター原案：LLLthika
異世界還りのおっさんは終末世界で無双する
原作：羽々音色　漫画：ダンタガワ
ジャガイモ農家の村娘、剣神と謳われるまで。
原作：有郷　葉　漫画：たちまよしかづ
キャラクター原案：黒兎ゆう

# 【悲報】コミュ力0オタク少女、ドラゴンをワンパンで沈めて有名配信者を助けたら不本意バズが止まらない1

2024年12月25日　初版発行

著　者　　音速炒飯

発行人　　山崎　篤

発行・発売　　株式会社一二三書房
〒101-0003 東京都千代田区一ツ橋2-4-3
光文恒産ビル
03-3265-1881

編集協力　　株式会社パルプライド

印刷所　　中央精版印刷株式会社

■作品の感想、ファンレターをお待ちしております。

■本書の不良・交換については、メールにてご連絡ください。
株式会社一二三書房　カスタマー担当
メールアドレス：support@hifumi.co.jp

■古書店で本書を購入されている場合はお取替えできません。



■価格はカバーに表示されています。



ISBN 978-4-8242-0355-7 C0193